www.tredition.de

AF185695

KLAUS ROSE

KALINICHTA

ISBN
Paperback   978-3-347-32611-8
Hardcover   978-3-347-32612-5
e-Book   978-3-347-32613-2

Verlag und Druck: tredition GmbH
Halenreie 40-44, 22359 Hamburg

Copyright 2020: Klaus Rose
Umschlag, Illustration: Klaus Rose

KLAUS ROSE

Kalinichta

du wunderschönes Land der Griechen

Die Handlung beruht auf Tatsachen und die geschilderten
Personen existieren, so auch die Übereinstimmungen mit
vorhandenen Gegebenheiten. Ähnlichkeiten mit anderen
noch lebenden oder auch toten Personen sind Zufall.

Das Buch:

Die außergewöhnliche Episode einer großen Liebe ist in ein dramatisches Reiseabenteuer verpackt, das im Frühjahr 1980 beginnt. Im Monat April gleichen Jahres begibt sich Richard mit der Freundin Karla auf einen über zwei Monate andauernden Trip aus München über den Balkan ins Land der Götter, und das ist Griechenland. Doch die Geschichte hat einen Clou: Karla ist schwanger.

Richard ist in ein Jammertal geraten, denn er fühlt sich nicht reif für ein Kind. Noch dazu besteht Karla darauf, ihr gemeinsames Domizil in München aufzugeben. Ihr Kind soll nicht in der Großstadt aufwachsen. Und obwohl er protestiert, setzt Karla die Wohnungsauflösung durch, denn sie hat ihn mit der Vaterrolle mürbe gemacht. Also fügt sich Richard in sein Schicksal, doch er leidet unter dem Verzicht auf seine Lieblingsstadt. Dennoch vereinbaren sie einen Waffenstillstand und stellen den Hausstand in eine Garage, um damit nach der Rückkehr von den Griechen in das Dreiländereck umzuziehen

Mit Magengrummeln machen sich die Zerstrittenen mit einem ausrangierten Transporter, von dem handwerklich bewanderte Richard zum Wohnmobil umgebaut, dazu mit ihren zwei Katzen, auf den Weg, allerdings sind deftige Streitereien unvermeidbar, denn Richard musste die Tour gegen Karlas Bedenken durchsetzen.

Schlussendlich arrangieren sie sich, denn die Reise erzeugt eine Schönwetterfront, obwohl berechtigte Zweifel an der Beziehung in Richard nagen. Als sich in Korinth eine unfassbare Tragödie abspielt, werden die Karten neu gemischt

,

Der Autor:
Klaus Rose, Jahrgang 1946, kommt 1955 als Flüchtling nach Aachen. Nach dem Studium zieht es ihn nach München. Später kehrt nach Aachen zurück und engagiert sich in der Kommunalpolitik. Und nach dem Renteneintritt verbringt er die viele Freizeit mit dem Schreiben der Romane.

Dem Schicksal ist die Welt ein Schachbrett nur, und wir
sind die Steine in des Schicksals Faust.

George Bernhard Shaw

1

Während der Pandemie ist mir der Lesestoff ausgegangen, also gehe ich zum Bücherregal und durchsuche es nach einem Krimi. Und wie ich so stöbere, sticht mir ein uraltes Tagebuch ins Auge. Das wühle ich hervor und blättere darin. Es ist ein Tagebuch aus dem Jahr 1980, in dem ich die Reise mit Karla nach Griechenland festgehalten habe, wodurch ich mein Erinnerungsvermögen in Spannung versetze. Wie war das damals noch gleich?

O ja, ich erinnere mich. Und schon befinde ich mich gedanklich im Winter 1980, denn an einem verschneiten Freitag im Januar beginnt mein Dilemma. An dem Tag überfällt mich meine Freundin Karla wie der Blitz aus heiterem Himmel mit der Schreckensnachricht: „Freu dich, Richard. Du wirst Vater."

Das sagt sie so mir nichts dir nichts nach einem Besuch bei ihrer Frauenärztin, dabei huscht ihr eine vorsichtige Regung der Vorfreude über das Gesicht, als sie ergänzt: „Anfang September kommt das Kind."

Die zu erwartende Vaterrolle hat mir die Sprache verschlagen. Vor Fassungslosigkeit ist mir das Herz in die Unterhose gerutscht und ich stehe kurz vor dem aus den Latschen kippen, was ungewöhnlich ist und selten bei mir vorkommt. Ohne den Versuch einer Vorwarnung hat Karla mir ihre Schwangerschaft untergejubelt, wodurch ich ratlos aus dem Fenster stiere und das Schneetreiben betrachte. Was geschieht da gerade mit mir? Hat mich ein Pferd getreten. Karla weiß wie ich ticke, wie kann sie mir ein Kind unterschieben? Derartige Überfälle verübt man einfach nicht, denn sie konnte wissen, dass ich noch keinen Nachwuchs will. Wenn überhaupt?

Also muss es eine Abtreibung richten, da gibt es kein Vertun, denn in Fragen zur Familienplanung bin ich konsequent. Ich kann mir ein Kind noch nicht vorstellen und Karla ist zu jung. Sie ist nicht mal 22 Jahre alt. Als junge Mutter verbaut sie sich eine erfolgreiche Zukunft, denke ich, die ihr wichtig sein sollte.

Doch ich habe ins Leere spekuliert, denn ein Schwangerschaftsabbruch steht für Karla außer Frage. Jedwede Diskussion darüber erstickt sie rigoros im Keim. Da hilft mir auch das Argument nicht aus der Patsche, dass es mir dreißigjährigen Chaoten an der notwendigen Reife für die Kindeserziehung fehlt. Es gibt Bessere, die sich in die Lage versetzen können, die Verantwortung für ein Kind zu übernehmen, aber zu denen gehöre ich nicht. Derlei abstruse Gedanken schwirren mir durch mein Unterbewusstsein. Karla hat die Pille abgesetzt, und das ohne mein Wissen, worüber wir hätten reden müssen. Mit der Schwangerschaft hat sie mich vor vollendete Tatsachen gestellt. Hat sie das aus Berechnung gemacht? Das wäre absurd. Und wenn doch, dann gehört dazu ein plausibler Grund. Setzt sie mit dem Alleingang auf den Irrweg, dass sie unsere angeschlagene Beziehung mit dem Kind rettet?

Zuzutrauen ist ihr dieser Rettungsversuch, denn zwischen Karla und mir kriselt es gewaltig. Wir stecken in einer Sackgasse und das Wiederbeleben der Verliebtheit ist so gut wie ausgeschlossen. Meines Wissens ist das bei keiner gescheiterten Bindung gelungen. Oder ist das bei uns anders? Darauf hoffe ich, denn ich liebe Karla. Sie ist mein Fels in der Brandung und gibt mir von Unsicherheit gepeinigtem Partner den notwendigen Rückhalt.

Doch Karla macht den Deckel auf ihren Kinderwunsch, als sei das Kinderkriegen das Normalste der Welt: „Im Spätsommer kommt das Kind. Richte dich darauf ein", betont sie entschlossen, ohne auf meine Gefühle Rücksicht zu nehmen.

Mit ihrer Willensstärke und Bestimmtheit hat sie die Geburt unwiderruflich festgezurrt, und das an einem stinknormalen und nasskalten Wochentag, der durch und durch ungemütlich ausfällt, und an dem undurchsichtige Wintergewitterwolken den Himmel über München verdunkeln.

Also geschieht das, was in solchen Situationen meistens der Fall ist, ich lasse mich von Karla weichkochen. Zwar beschleichen mich die Züge eines wehrlosen Opferlammes, doch mit der kommenden Vaterschaft muss ich mehr oder weniger umgehen, doch anfreunden kann ich mich damit nicht

Die Auswirkungen der Schwangerschaft nehme ich schweren Herzens hin, aber Karla lässt einen noch verheerenderen Hammerschlag vom Stapel, der das Fass zum Überlaufen bringt. Ohne eine Miene zu verziehen, wirft sie die Ungeheuerlichkeit in den Raum: „Die Großstadt München ist eine schlechte Umgebung für unser Kind. Ich möchte nicht, dass es in dem kriminellen Milieu aufwächst."

Rums. Ich liege wie ein schwer getroffener Boxer auf den Brettern. Wenn das ein Scherz sein sollte, dann ist er Karla gründlich misslungen. Außerdem macht man zu dem ernsten Thema keine Scherze. Sie weiß, wie abgöttisch ich mein München liebe.

Doch da Karla mein schönes München verlassen will, hat sie das absurde Urteil bewusst gefällt. Aber was sagt es aus? Es sagt nichts darüber aus, wo sie gedenkt, das Kind zur Welt zu bringen.

Wegen dieser Unklarheit frage ich Karla, aber ziemlich kleinlaut; „Was hast du vor? Wo ist deiner Meinung nach der richtige Ort für unser Kind?"

Mit der Frage hat Karla gerechnet, denn die antwortet wie aus der Pistole geschossen: „Wir wären bei meiner Mutter in Aachen wunderbar aufgehoben."

Sakrament, hat sie einen an der Waffel? Seit wann ist München kriminell? Und dann zur Mutter ziehen zu wollen. Aus deren Fängen hatte ich sie pünktlich beim Erreichen der Volljährigkeit nach München entführt, und sie quasi aus der Gefangenschaft der Eltern befreit. Hat sie die Tat vergessen? Zählt die nicht mehr? Und jetzt soll ich mein heißgeliebtes München aufgeben, um mit ihr nach Aachen zu gehen?

Diese Vorstellung ist ein Albtraum, und ich denke, dass Karla ihren Vorschlag nicht ernst meinen kann. Für mich grenzt das Leben mit ihrer Mutter an die Höchststrafe. Wenn ich behaupte, dass Karla hohl im Kopf ist, dann trifft das zu. Aber weil ich sie über alles liebe, will ich das nicht wahrhaben. Trotz allem ist mir ihre plötzliche Abneigung gegenüber München und unserer hervorragenden Wohnsituation suspekt. Ihre Vorwürfe an die Adresse München sind aus der Luft gegriffen, ja geradezu unberechtigt und entbehren jeder Grundlage, womit sie nicht fair sind. Sie weiß, dass ich die bayrische Landeshauptstadt anhimmele, auch wenn ich sie scherzhaft Weißwurstmetropole nenne. Die Weltstadt mit Herz ist die schönste Stadt Deutschlands und hat sich zu meiner Heimatstadt aufgeschwungen, obwohl ich aus Sachsen-Anhalt stamme und im Aachener Raum aufgewachsen bin. Im Dreiländereck wohnen meine Mutter und die Schwester, außerdem habe ich dort einen großen Freundeskreis, der mich mit Kusshand zurücknehmen würde.

Aber muss man wegen der Familie und der Freunde in Aachen leben?

Bisher musste ich annehmen, dass sich Karla pudelwohl in München fühlt, denn hier gibt es unseren Eishockey-club, der auf der Schwelle zur ersten Bundesliga steht. Wir lieben die Mannschaft und haben jede Heimpartie und jedes mögliche Auswärtsspiel in der bayrischen Region besucht, was uns zu eingefleischte Fans des Vereins gemacht hat. Doch was bietet das langweilige Aachen? Dort weiß keine Sau, aus welchem Material ein Puck angefertigt wird.

Kurz und gut, ich lege mein Veto gegen ihren absurden Umzugsgedanken ein, und hätte dabei bleiben müssen, dann wäre alles anders gekommen. Karla hätte ihre absurde Idee verworfen und wir wären in München wohnen geblieben. Garantiert wären wir eine glückliche Familie geworden, denn es hätte uns an nichts gefehlt.

Aber nein, ich Idiot bin zu schwach. Mit Pauken und Trompeten pralle ich an Karlas Egoismus ab. Ich kann mich nicht durchsetzen und gebe nach. Wäre ich erfolgreich gewesen, wenn ich das Thema Heiraten ins Spiel gebracht hätte, um sie umzustimmen? Hätte sie sich nach der Hochzeit sicherer und somit wohler mit dem Kind in München gefühlt?

Wohl kaum, außerdem ist mir der Gedanke nicht im Traum eingefallen, denn das Heiraten lehne ich strikt ab. An diese rückständige, ja verkrustet Form der ehelichen Bindung verschwende ich keinen Gedanken, womit ich mit Karla übereinstimme. Zudem bin ich aus der Kirche ausgetreten, was meine Mutter dazu bewegt hatte, den Kirchenbeitrag für mich zu bezahlen. Als Mitglied der Frauenhilfe hatte sie sich geschämt, so durfte niemand in der Gemeinde von dem Austritt erfahren. So rückständig sind die Menschen in den 70-ziger Jahren gestrickt, und die Kirche profitiert als Institution mit den Kirchensteuereinnahmen davon.

Tja, was bringt also ein Trauschein? Ist der Orgasmus durch den intensiver? Liebt es sich als Verheirateter besser? Fühlt sich ein Kind in einer Ehe geborgener?

Das weiß nicht mal der liebe Gott. Allerdings wird die Wohnungssuche mit Trauschein leichter, denn für unverheiratete Paare mit Kind ist die Suche nach dem Platz zum Leben ein Spießrutenlauf. Die von der spießbürgerlichen Welt errichteten Hürden sind unüberwindbar. Die rückständige Gesellschaft behandelt Unverheiratete wie Verbrecher, und ähnlich sehen das die Vermieter. Denen gegenüber kommt man sich vor wie ein Betrüger, der zersetzende Vorhaben im Schilde führt, was wir später am Leib spüren werden. Somit können Sie meinen Äußerungen entnehmen, dass ich ein gottloser und rebellischer Geselle bin, und das bin ich durch und durch. Vor der Pforte zum Himmel darf ich keine mildernden Umstände erwarten.

Doch dazu später mehr, denn weiterhin befinden wir uns im München der 70-ziger Jahre, wo ich mit Karla in wilder Ehe zusammenlebe. Wie verwerflich das ist, das habe ich mit dem Spießrutenlauf erwähnt, denn das fortschrittliche Denken der Menschen hat Steinzeitniveau. Deren Handeln wird vom Wiederaufbau und dem Glauben an das Wirtschaftswunder geprägt. So ist es leider die Herrenrasse, die weiter über das Wohl und Wehe der einfachen Leute und der ehemaligen Soldaten bestimmt. Aber als was ist die Wehrmacht aus dem Krieg heimgekehrt?

Nicht als die versprochenen Helden, sondern als erniedrigte Verlierer, von den Siegermächten bestraft und von der Gehirnwäsche der Nazis versaut. Durch ihre Gehorsamkeit sind die Befehlsempfänger unnütze Lemminge, die der Ideologie der Nazis bis ans Lebensende hinterher laufen werden und ihr treu bleiben. Die Ideologie steckt tief in ihren Gehirnen, so als hätte sie ihnen der vom Größenwahn befallene Führer persönlich mit einer Spritze eingeimpft. Mit der absurden Einstellung, die Weltherrschaft gehört den Deutschen, sind die Soldaten für den Wahnsinnigen mit dem Namen Adolf Hitler zu einem Vernichtungsfeldzug aufgebrochen, der Tod und Verwüstung über Europa gebracht hatte. Die Wehrmacht hat ihrem schlechten Ruf zur Ehre gereicht. Sie hat für den Verrückten den Heldentod auf sich genommen, und hat sehenden Auges, ohne den Finger des Widerstandes zu krümmen, die Verbrechen an der Menschlichkeit auf dem Gewissen. Hinterher fühlte sich niemand dafür verantwortlich. Gerade die, die mit wehenden Fahnen in den Krieg gezogen waren, hatten angeblich nichts von den Vernichtungsgräueln gewusst.

Doch nichts war's mit der Weltherrschaft, außerdem sind die vielen Kriegstoten Schall und Rauch, unter ihnen Zivilisten und Kinder, die im Bombenhagel umgekommen waren. Aber die Überlebenden lernen nichts daraus. Wie um Himmels Willen sollen sie eine neue Denkweise lernen, und die begreifen, wenn sich sogar die fortschrittlich Denkenden damit schwertun?

Die gibt es, aber ein Großteil der Kriegsgeneration ist gehirnamputiert, bitte entschuldigen Sie die leider zutreffende Umschreibung. Anstatt sich am Wahlslogan: „Nie wieder Krieg", zu orientieren, rückt die verlorene Generation nicht von der eingetrichterten Erziehung ab. Die Naziherrschaft hat ihnen das eigenständige Denken ausgetrieben. Sie sind verwurzelt in die von Banausen wie dem Verteidigungsminister Franz Josef Strauß eingebläuten Normen, denn die neue Elite ist leider die Alte. Und man will es nicht glauben, aber die Engstirnigen mit der fragwürdigen Vergangenheit bilden erneut die Spitze des Machtapparates. Sie sitzen auf den Parlamentsbänken und bekleiden einflussreiche Posten. Sie steuern mit ihrer Rückständigkeit den Staat. Da kann die junge Generation rebellieren, bis sie blau anläuft.

Und welche Mischpoke gehört zu den Rückständigen? Natürlich viele Hausbesitzer, und das Bittere ist deren halsstarrige Meinung: Unverheiratete Paare sind Parasiten, die keine Chance auf eine Wohnung verdienen, mit oder ohne Kind. Bei unserer Wohnungssuche, nach der Rückkehr aus Griechenland, hat man uns das mit aller Härte spüren lassen

So, jetzt habe ich Sie genug mit den unsäglichen Nachkriegsjahren gequält und ich habe ausreichend Dampf abgelassen. Sie kennen nun meine Grundeinstellung, zu der das wünschenswerte Verbleiben in der bayrischen Landeshauptstadt gehört. Wie wichtig das wäre, das belegt mein Job, denn ich arbeite bei einer berühmten Baufirma, bei der ich die Position des Verantwortlichen über die Zaunanlage bekleide, die den Riyad Airport in Saudi Arabien schützen soll. Diese Firma bezahlt mir ein stattliches Gehalt, doch meine Finanzkraft ist unerheblich für Karlas Wohnungsverzicht, denn sie ist es gewöhnt, dass unsere Finanzen stimmen. Dass ich für die neue Bleibe einen Batzen Geld hinblättern muss, und ich den durch meine Jobs beschaffe, das ist für sie ein selbstverständlicher Vorgang.

Aber ein noch wichtigerer Aspekt für den Verbleib ist unsere preiswerte Altbauwohnung, die wir mit Patrizia in bester Lage Neuhausens bewohnen. Um die beneidet uns halb München. Diese Wohnsituation passt hervorragend zum Leben mit einem Kind, zudem ist der Luxus der Zentrumsnähe Gold wert. Diesen Schatz will ich unter allen Umständen behalten.

Tja, die Wohnsituation und Lebensform bieten keinen Anlass zu meckern, geschweige denn, sie aufzugeben. Und nicht vergessen darf ich das kulturelle Angebot, denn die Zeit spielt verrückt. Zwar gibt es die Hitparade, in der Sänger wie Heino und Heintje ihre Erfolgsschnulzen trällern, ansonsten dominiert die Rockmusik. So zum Beispiel hat sich im Theater an der Breienner Straße das Musical Hair positioniert, und Rockgrößen wie Frank Zappa, Pink Floyd oder Deep Purple geben sich in den Kneipen und Konzertsälen die Klinke in die Hand. Ich habe deren Konzerte mit Enthusiasmus verfolgt, und ich will das weiterhin tun, solange sich die Stars der Szene in der Weltstadt ein Stelldichein geben.

O ja, meine Argumentationskette gegen das Verlassen Münchens ist einleuchtend und lückenlos. Dagegen kann sich Karla normalerweise nicht verschließen, bin ich mir sicher, deshalb entsetzt mich ihre Drohung: „Rutsch mir den Buckel runter. Du willst das Kind ja nicht", wirft sie mir vor. „Dann gehe ich eben ohne dich nach Aachen zurück."

Kladderadatsch, derart drastisch reagiert Karla auf meinen berechtigten Herzenswusch, so steht mein Anliegen wie eine unsichtbare Wand zwischen uns. Der Druck, den sie mit dem Kind erzeugt, ist unmenschlich, so ist ein wilder Streit unvermeidbar.

„Du bist nicht bei Trost", beschimpfe ich Karla, dabei schüttele ich Karla mit dem Griff an ihre Oberarme. „Kein vernünftiger Mensch geht zur Mutter zurück."

Und Karla kontert: „Ich will nicht vernünftig sein, sondern das Beste für mein Kind", was in seiner Bedeutung schwer zu widerlegen ist.

Doch ich gebe nicht auf und will sie mit dem Mittel der Befreiung von der Mutter überzeugen.

„Hast du vergessen, dass ich dich durch die Entführung nach München von den Fesseln der Mutter befreit habe? Das war gar nicht so einfach."

Doch das überzeugende Argument mit der Entfesselung von der Mutter führt nicht zu Karlas Meinungsänderung, denn die setzt auf fragwürdige Vermutungen: „Seit der Entführung hat sich viel geändert", knurrt sie. „Da sich mein Vater vom Acker gemacht hat, komme ich blendend mit meiner Mutter aus."

Karla verteidigt ihren Standpunkt, wie sich eine Bärenmutter vor ihr Junges stellt, denn ihr ist bewusst, dass ich ihrem Durchsetzungsvermögen nicht gewachsen bin. Geht es um ihr Leben mit dem Kind, dann vergisst sie alle Hemmungen und zerstört durch ihre Ablehnung den Baustein unserer Beziehung. Ist ihr das klar?

Offensichtlich nicht, oder es ist ihr egal. Dass wir von Münchens Ausstrahlung und der phantastischen Umgebung wie die Maden im Speck leben, will nicht in Karlas Kopf. Der Schaden ist unreparierbar, der durch den Wegzug entsteht, demnach nur mit Opfern in Grenzen zu halten. Leider ich bin derjenige, der zu großen Opfern bereit sein muss.

Nun gut, es riecht noch Trennung, doch da ich Karla liebe und ich ihr quasi hörig bin, suche ich nach einem erfreulichen Ausweg aus dem Drama, nur wie kann der aussehen? Mir ist trotz waghalsiger Gehirnverrenkungen kein Erfolgserlebnis beschieden. München bleibt Karlas Negativfaktor, also bedarf es eines Geistesblitzes. Warum ich auf die Hippiebewegung gekommen bin, das weiß ich nicht, wahrscheinlich weil ich mir über deren Werdegang gerade den Kopf zerbreche. Jedenfalls werde ich erleuchtet, und das durch die Reise ins göttliche Griechenland.

16

Mich fasziniert Ende der Siebziger das Aussteigerleben, deshalb trage ich mein langes Haar mit Stolz. Durch diese Aufmachung fühle ich mich zu den Gesellschaftsrebellen hingezogen. Musikalisch und literarisch verehre ich das Wilde der Rolling Stones und die geistigen Ergüsse eines Jack Kerouac.

Dessen Roman „Unterwegs" gilt als Manifest der Beatniks und treibt mich an. Er ist einer der wichtigsten Texte der sogenannten Beat Generation. Bewundernswert finde ich den Künstler Joseph Beuys und den Schriftstellers Heinrich Böll, die zu Ikonen der Friedensbewegung werden. Und diese Ikonen gehen mit der Studentenbewegung gegen den Vietnamkrieg auf die Straße. Aber insbesondere möchte ich mich der Friedfertigkeit der Hippies in Griechenland annähern. Auf einer Insel lebt eine autarke Kommune, die eine magische Anziehungskraft auf mich ausübt. Über die Aussteiger-Philosophie habe ich eine Menge Literatur gewälzt. Jetzt will ich mir deren Lebensumstände und Griechenland überhaupt aus nächster Nähe ansehen.

Um den Trip zu den Griechen zu verwirklichen, setze ich Karla unter Druck: „Wenn ich nicht in München bleiben kann, dann lass uns vor der Geburt zu den Griechen reisen."

Was mache ich da? Wird das ein Bestechungsversuch?

Nun ja, wohl eher ein schlechtes Tauschangebot. Ich tausche die Wohnung gegen Griechenland ein, das ist immerhin etwas. Wenn ich schon aus München weggehen muss, dann soll es wenigstens der Abstecher zu den Griechen werden.

Der Wunsch habe ich in einem vertretbaren Vorschlag gesteckt, und Gott sei Dank verfüge ich über die Wunderwaffe Überzeugungskraft, denn ich brauche Karlas Einverständnis für das Gelingen des Reiseabenteuers. Es wäre gut, wenn sie mit der Stimme ihres Herzens zu der Entscheidung steht, deshalb ergänze ich: „Bitte, Karla. Schlag mir die Reise nicht ab."

Erstaunt zieht Karla ihre Augenbrauen hoch, denn es ist nicht so einfach, sich die Griechenlandreise vorzustellen. Also muss sie, bevor sie zusagen kann, intensiv über den Vorschlag nachdenken. Dazu gilt es zu erwähnen, dass wir im Vorfeld bereits Spanien und Portugal mit einem VW-Bus bereist hatten, den ich Blümchenbus getauft hatte. Mit an Bord waren unsere Katzen Luci und Fritz. Bei der Reise artete jeder Aufenthaltsort zum Abenteuer aus. Es hieß warten, waren die Katzen unterwegs, und es ging erst weiter, sobald sie zurückgekehrt waren.

Der Blümchenbus ist verkauft, aber auf ähnliche Zustände wie in Spanien und Portugal läuft es in Griechenland hinaus. Das wird Karla denken. Was spricht also für und was gegen die Reise? Und womit und wann soll sie losgehen?

Ich besitze hellseherische Gaben, dadurch durchkreuze ich Karlas Gedankenfluss, in dem ich auf den fahrbaren Untersatz eingehe: „Der Hermesversand bietet picobello Transporter mit hohem Dachaufbau zum Kauf an, übrigens gar nicht teuer. Ich beschaffe uns solch ein Teil und baue es zum Campingbus um. Was sagst du dazu."

Karla lacht.

„Mensch Richard, du bist verrückt", antwortet sie. „Ich habe noch nicht zugesagt, schon planst du den nächsten Schritt."

„Dann sag ja", nagele ich Karla fest. „Du willst es doch auch. In den Holzboden säge ich ein Loch und mache daraus eine Katzenluke."

Der mögliche Aufenthalt in Griechenland hat ein Feuer der Begeisterung in mir entfacht. Ich brenne lichterloh. Liebend gern wäre ich sofort losgesaust und hätte den

Transporter gekauft, doch Karlas Äußerung, „ich muss mir das mit der Reise in Ruhe überlegen", holt mich auf den Boden der Tatsachen zurück. Schon hat sich die Trauer um den Verlust meiner heißgeliebten Umgebung in meinen Gedankengang gemischt. Wozu braucht sie die Bedenkzeit?

Auf unseren Reisen haben wir uns prächtig verstanden. Wir waren beide in unserem Element. Egal, durch welches Land wir gereist waren, oder wo wir länger Station bezogen hatten, da hat es uns gefallen, jedenfalls habe ich es so empfunden. Oder gehe ich nur von meiner Wahrnehmung aus?

Vom Kummer gebeugt, lasse ich Karla stehen und gehe in das Zimmer unserer Mitbewohnerin. Sie ist die Hauptbetroffene von den Auflösungsplänen. Und die nimmt mich in ihre trostspendenden Arme, was sie mit erweitertem Weitblick tut. „Überstürze nichts", sagt sie mit ihrer weichen Stimme. „Karla liebt dich und reist mit dir nach Griechenland. Aber das gemeinsame Wohnen müssen wir aufgeben, denn geht es um das Kind, dann bleibt Karla hart."

„Mein Gott, ist das schade", gehe ich auf sie ein. „Das Leben mit dir hat mir gut gefallen, denn wir hatten eine wunderbare Zeit miteinander."

„O ja, es war wunderbar", sülzt Patrizia. „Doch jede Zeit geht einmal zu Ende."

„Ja, so ist es", sülze auch ich. „Aber ich bin sicher, dass du adäquaten Ersatz für unser Zusammenleben findest. Und das wünsche ich dir mit Herz und Seele."

Wir passen gut zueinander, sodass aus der Zuneigung hätte mehr werden können, würde Karla nicht zwischen uns stehen. Patrizia wäre bei einer Trennung eine Option. Das sind Vorstellungen, die mir in den Sinn kommen.

Warum gehe ich der Sache nicht auf den Grund? Zu Zeiten der freien Liebe ist ein Tausch der Partner normal.

Das tue ich nicht, und ich habe nicht mit Patrizia geschlafen, obwohl auf sie als attraktive Hippiefrau jeder Mann mehrere Augen wirft. Mit ihren flippigen Grundzügen punktet sie bei mir, und ich gefalle ihr anscheinend auch. Kommen Karla und ich nicht klar, dann ist Patrizia die enge Wahl. Doch diesen unangebrachten Gedanken verbiete ich mir, denn spreche ich ihn aus, dann gieße ich Öl ins Feuer.

In den Jahren meiner Abwesenheit von München unterhalte ich mich mit Patrizia stundenlang am Telefon, ja sie besucht mich sogar, obwohl es Karla nicht recht ist. Die sieht in Patrizia eine Konkurrentin, nur aussprechen tut sie das nie. Hat Patrizia tatsächlich gehofft, dass meine Beziehung zu Karla zerbricht? Das ist nicht auszuschließen, obwohl meine Zuneigung zu ihr rein platonisch ist, die höchstens Spekulationen zulässt.

2

Die Wogen im Beziehungsgefecht haben sich Gott sei Dank schnell geglättet. In mir ist das Gefühl zurückgekehrt, dass nichts so heiß gegessen wird, wie es gekocht wurde, demnach ist alles paletti. Dass unsere Liebe jeden Zwist übersteht, darüber herrscht Einigkeit, daher wollen wir es weiterhin miteinander versuchen. Inzwischen bin ich sogar so weit, dass ich mich tierisch auf unser Kind freuen kann.

In dieser Festtagsstimmung erbeute ich von der unsicheren Karla das Zugeständnis für unsere Griechenlandfahrt. „Okay, ich mache das Spektakel mit", würgt sie hervor. „Aber unter einer Bedingung."

„Und die wäre?"

„Wir nehmen die Katzen mit. Und als Gegenleistung leitest du die Voraussetzungen für die Auflösung unserer Wohnung ein."

„Natürlich kommen die Katzen mit, dafür ist die Katzenluke gedacht." Ich bin begeistert von dem Vorschlag. „Ich wüsste nicht, wo wir sie lassen könnten. Und die Kröte der Wohnungsauflösung muss ich anscheinend schlucken."

„Also gut, mein Schatz." Karla knufft mich. „Dann leite alle Formalitäten für das baldige Auflösen der Wohnung in die Wege."

Karla hat ihr Ziel erreicht, doch mit der Geschwindigkeit der Auflösung ist sie unzufrieden. Ihr geht meine Vorgehensweise nicht schnell genug. Nach ihrer Einschätzung ziehe ich die Schritte unnötig in die Länge, also nur halbherzig durch, was nicht stimmt. Aber so ist sie. Karla hat eigene Vorstellungen vom Tempo, mit der man das Abwickeln durchzieht, dabei ist ihre Eile unbegründet. Was soll also das aufgebauschte Larifari?

Sie hat ihren Willen bekommen und sollte Ruhe geben, denke ich. Also Schluss mit der peinlichen Vorstellung. Ich will keinen Ärger wegen meiner angeblich ungenügenden Handlungsbereitschaft, deshalb demonstriere ich meine Entschlossenheit, die ich ihr mit den passenden Gesten unter die Nase reibe, worüber Karla schmunzelt. Hätte sie gelacht, dann wäre es des Guten zu viel gewesen. Ja, so muss es sein. Das mit dem Kopf durch die Wand erzeugt verletzte Gefühle, und die vermeide ich, indem ich die Problemlage locker angehe

Patrizias Auszugsvorhaben gelingt hervorragend, denn sie hat Dusel. Die ihr aufgezwungene Suche nach der neuen Bleibe endet erfolgreich. Die findet sie im Handumdrehen ein paar Straßenzüge weiter. Es ist ein kleines Appartement, also kein Zimmer in einer Wohngemeinschaft, trotzdem spürt man ihre Erleichterung. Auch Karla, die mit ihrem Gewissen kämpft, ist zufrieden. So in etwa hatte sie sich die Chose ausgemalt, wahrscheinlich auch erhofft.

Auch eine Garage für den unverzichtbaren Hausrat, den wir auslagern wollen, um ihn später mit nach Aachen zu nehmen, ist schnell gefunden. Die Garage ist Bestandteil eines Hinterhofes unseres jetzigen Wohnhauses. Somit sind die Voraussetzungen für den Kauf des Transporters geschaffen, den der Hermes Versand zum Kauf anbietet und für den ich einen vernünftigen Preis aushandele.

Von da an verbringe ich jede freie Minute mit dem Umwandeln der Kiste in ein alternatives Campinggefährt. Dafür säge ich eine Öffnung in das über zwei Meter hohe Dach, das uns beim Kochen Stehhöhe garantiert. Darin baue ich ein durch eine Kurbel verstellbares Dachfenster ein. Das dient der Entlüftung. Zu guter Letzt säge ich das Loch für die Katzenluke in den durchgehenden Holzboden und versehe den Innenraum mit einem poppigen Schrank.

Wunderbar, bisher hat alles geklappt. Und als vorletzten Arbeitsschritt installiere ich die Kochvorrichtung auf ein Regal, die ich an eine Propangasflasche anschließe. Mit dem Gaskocher werden wir klarkommen, denn er garantiert uns heißes Wasser für den Kaffee und die Eier, und das eine oder andere Fertiggericht.

Nach meinem Geschmack sieht das Ambiente phantastisch aus, zumindest originell, was mir Karla bestätigt. Nachdem mir auch das Bett durch die mit Jeansstoff bezogenen Schaumstoffstücke gelungen ist, das zu einer Sitzbank umfunktioniert werden kann, verkleide ich die nackten Innenwände mit einem weichen hellgrauen Velourteppichboden, dann gebe ich mein Meisterwerk zur Begutachtung frei.

Die Resonanz bei den Bekannten ist erfreulich. Somit ist unser Zwischenzuhause in trockenen Tüchern, und wir machen zu Testzwecken einen kleinen Ausflug mit unseren zwei Katzen in die nähere Umgebung. Als auch die vor Begeisterung schnurren, hätten wir uns für die Abreise fertigmachen können, doch ein Gerichtstermin macht uns einen Strich durch die Rechnung, denn ich hatte im Herbst wegen dem Einbau neuer Wohnungsfenster mit Doppelverglasung vor Gericht eine Schadensersatzklage angestrengt.

Die Verwicklungen durch die Schweinerei, die uns eine schlampige Firma hinterlassen hatte, sind schnell erzählt. Dass ein Vermieter den Einbau neuer Fenster zur Mietpreisanhebung veranlasst, das ist an sich okay, doch der Ablauf war nicht in Ordnung, denn unter den Fenstern hatten die Arbeiter ekelhafte Schuttberge zurückgelassen. Sie hatten nur die Altfenster ins Fahrzeug verladen, aber sie hatten sich nicht bequemt, ihre Ein- und Ausbau Hinterlassenschaften vorschriftsmäßig zu entsorgen, das wäre das Mitnehmen gewesen. Ich bin über die Farce aus allen Wolken gefallen, dennoch haben wir den Dreck unter der schweißtreibenden Mithilfe Patrizias in einen der Öffentlichkeit zugänglichen Container gebracht.

Und wie ist die Klage abgelaufen und was habe ich daraus gelernt?

Ohne Anwalt einen Gerichtsvergleich anzustreben, das ist ein unsinniges Anliegen, sozusagen für die Katz. Der arrogante Richter hat mich wie einen dummen Jungen abgekanzelt, was ich mir hätte ersparen sollen. Doch zur Krönung geriet, dass er die Gerichtkosten auf mich abgewälzt hat, womit er mich Kläger auf die Palme getrieben hatte. Was für eine Frechheit. Hat man solch eine Peinlichkeit schon mal erlebt?

Ich betone es noch einmal, weil es so unglaublich klingt. Mich als Geschädigten hat er dazu verdonnert, für die Kosten des Verfahrens aufzukommen. Und das ist ein grottenschlechter Witz.

So gut, so schlecht.

Große Hoffnungen auf einen angemessenen Geldsegen habe ich mir eh nicht gemacht. Und die Kosten des Verfahrens kann sich der Richter in seinen Allerwertesten stecken. Ich werde einen Brief aus Griechenland an die Gerichtskasse schicken, in dem ich meinen Verbleib auf einer Ägäis-Insel ankündigte. Sollen die Geldeintreiber sehen, wie sie damit umgehen. Für mich ist das Thema erledigt. Dazu muss ich nachtragen, dass an mich im Laufe der Jahre keine Zahlungsanforderung herangetragen wurde, weder per Post, noch in anderer Form. Wahrscheinlich bin ich durch das Raster der gerichtlichen Verfolgung gefallen.

Nun aber zurück zu den Beziehungsschwierigkeiten, denn mein Schmerz über den Verlust meiner Traumstadt, ist nicht verkraftet, denn das geschieht langsam. Und weil das so ist, kommt es andauern zu Streitereien. „Hör dir wenigstens meine Argumente an, warum ich aus München wegwill", fordert mich Karla auf, ihr zuzuhören. „Hier fehlen mir die Freundinnen. Ja wen habe ich denn in München?"

„Du hast die Brigitte und die Patrizia", zähle ich auf. „Sind dir zwei Freundinnen nicht genug?"

Karla holt tief Luft, dann reagiert sie: „Okay, mit Brigitte verstehe ich mich sehr gut, aber Patrizia ist mir nicht geheuer. Böse Zungen behaupten, dass sie dich angebaggert hat."

„Den Quatsch glaubst du?" Ich schüttele widerstrebend den Kopf. „Mein Gott, da ist nicht ein Fünkchen Wahrheit dran."

„Das mag sein". lenkt Karla ein, „aber all meine Schulfreundinnen wohnen in Aachen. Zwei davon haben sogar ein Kind bekommen."

Ich bin sprachlos, denn was kann ich gegen das dämliche Argument ausrichten? Die erwähnten Freundinnen haben sie nicht ein einziges Mal besucht, und plötzlich sind sie wichtig? Wie soll man sich gegen solche Halsstarrigkeit aufbäumen?

Vorerst tue ich es mit dem Spontaneinfall: „Wenn du so an deinen Schulfreundinnen hängst, warum bist du dann mit mir nach München gegangen?"

Tja, der Einfall war nicht schlecht, aber nicht gut genug, denn Karla setzt ihren Umzugswunsch durch. Alle Gegenargumente sind chancenlos. Mir hilft nur ein kräftiger Ruck, um mir den Abschied von München zu erleichtern.

Allerdings muss ich für das Abschiednehmen viel Weitsicht aktivieren, durch die ich mich mit der Vaterrolle arrangiere, was dem Beziehungstief positiv entgegen wirkt. So wird das Streitthema vom Gefühl der Vorfreude auf die Reise und auf das Kind abgelöst.

Und das führt dazu, dass mich das kleine Würmchen in Karlas Bauch anfängt zu fesseln. Was wird es werden? Wird es ein Junge, dann soll er Julian heißen. Den Namen wünsche ich mir, aber ich will Karla nicht vorgreifen, denn eine Endscheidung soll sie treffen. Dass mir die Baufirma eine stattliche Gehaltsaufbesserung anbietet, als ich den Job aufkündige, verstärkt meine innere Zerrissenheit, mit der ich meiner Traumstadt den Rücken zukehre, aber als eine persönliche Anerkennung empfinde ich das Angebot allemal. Doch ich bin Freiberufler. Ich kann tun und lassen, was ich will. Die Entscheidungsgewalt liegt in meiner Hand. Trotzdem fühle ich mich der Firma zu Dank verpflichtet, denn der Job hat mir eine Menge Geld auf die hohe Kante beschert.

An was muss ich für die Reise denken? Welche Formalitäten sind vor der Abreise in die Wege zu leiten? Was gibt es vor einer Auslandreise zu erledigen?

Beim Zahnarzt war ich und den internationalen Führerschein besitze ich, dazu einen gültigen Reisepass, mehr an formellem Kram wird nicht nötig sein. Auch Karla ist mit einem Reisepass gesegnet. Und von meinem Stammlokal verabschiede ich mich nicht mit einer Lokalrunde. Der Wirt hat genug Geld an mir verdient.

Karlas abschließender Besuch bei der Frauenärztin verläuft erfreulich. Bei ihr und dem Kind sind keinerlei Komplikationen zu befürchten. Zwar kann ich dem miserablen Ultraschallbild nicht viel abgewinnen, trotz allem sorgt es für einen Zustand der Sorglosigkeit. Warum um

Himmels Willen soll sich Karlas Zustand durch die Autofahrerei verschlechtern? Sie ist robust. Ihr können die Erschütterungen auf dem knochenharten und unbequemen Beifahrersitz nichts anhaben. So in etwa denke ich. Trotzdem besorge ich ein weiches und dämpfendes Kissen. Das genügt an Verbesserungsmaßnahmen, um dem Kind in ihrem Bauch nicht zu schaden. Und damit ist für mich das Thema Sitzkomfort erledigt

Dennoch steht weiterhin der leidige Umzug ins Dreiländereck wie ein Gespenst im Raum, doch mit dem gebotenen Herzschmerz schließe ich den Aufenthalt in der Weltstadt für mich ab, aber über den Berg fühle ich mich nicht. Ich bin immer noch der Meinung, dass Karla ihre Entscheidung über den Weggang aus München eines Tages bereut.

In den 68-ziger Jahren war mir die zweihundertfünfzigtausend Menschen zählende Grenzstadt zum Königreich Belgien und zu den Niederlanden zu langweilig geworden. Nichts hatte sich bewegte in dem Kaff, deshalb war ich nach München geflüchtet. Und in die Stadt der Langeweile will Karla tatsächlich ziehen?

Auch jetzt, Monate vor der Geburt des Babys, gibt es keine Konzerthalle und kein sportliches Spitzenangebot. Der weit über Aachen hinaus bekannte Fußballclub dümpelt in der Bedeutungslosigkeit herum, und Eishockey ist nur ein Science Fiction Begriff. Herausragend sind allerdings die Szenekneipen Carlton, und der unverwüstliche Leierkasten mit dem legendären Charly als Wirt. Im Leierkasten habe ich viele Nächte bis in den frühen Morgen verbracht. Aber was will Karla an einem Ort, wo sich der Fuchs und der Igel gute Nacht sagen?

Das Argument mit den Freundinnen, die ein Kind bekommen haben oder erwarten, das ist Quatsch. Versteht sich Karla mit den Frauen überhaupt? Den Kindern beim

Wachsen zuzusehen, das reicht nicht zur ausgefüllten Lebensführung. Eine tragfähige Freundschaft braucht Ausdauer und Engagement.

Und dann die Väter. Will sie mich in die Kindererziehung einbeziehen, dann sollten diese Pappnasen zu mir passen und keine gottverdammten Spießer sein. Alles andere wäre Zeitvergeudung, denn mit geschniegelt und gebügelten Lackaffen bin ich nie klargekommen.

Auch das Verhältnis zu Karlas Mutter ist unklar. Wie kann sie sich sicher sein, dass es ihr bei der Mutter gefällt und unser Kind dort geborgen aufwächst? Vielleicht treten vergessene Gräben wieder auf, die sie als verschüttet angesehen hatte, und die Unruhe stiften?

Über all den Zinnober hätten wir reden müssen, anstatt sich davor zu drücken. Aber jetzt ist es zu spät. Patrizia ist in ihr Appartement umgezogen und die Wohnung ist gekündigt. Es steht nur noch der Ausräumvorgang an. Das ist der erschütternde Sachstand. Ich fühlte mich wie ein vogelfreier Freigeist, dem man die Flügel gestutzt hat, dem aber trotz allem die Welt mit seiner prallen Schönheit zu Füßen liegt.

Das Ausräumen der Wohnung wird von den Katzen argwöhnisch begleitet. Die gute Luci verhält sich bei dem Manöver apathisch. Die Katze ist durch den Wind. Sie läuft uns maunzend zwischen meinen Beinen umher, als hätte ich ihren Lieblingsfressnapf versteckt. Der ängstlichere Fritz vollzieht sogar ein regelrechtes Kunststück, denn der verkriecht sich hinter die Badewanne. Es kostete uns viel Mühe, den Verstörten herauszuziehen und in den Campingbus zu verfrachten.

Als das schändliche Ausräumwerk vollbracht ist, zünde ich mir eine Zigarette an. Mit der im Mund schaue ich mich ein letztes Mal in der leeren Wohnung um, dabei habe ich Tränen in den Augen. Alle Erlebnisse, die sich in den Räumen abgespielt haben, spule ich wie einen Spielfilm vor meinem inneren Auge ab. Dazu gehört die bitterkalte Nacht, in der sich Karla fest an mich gekuschelt hatte und so unser Kind gezeugt wurde. Doch das hat sie vergessen, stattdessen zwingt sie mich, das mit Erinnerungen vollgestopfte Altbaudomizil aufzugeben. Die Poster an den Wänden, die ich hängen lasse, schreien nach einem Verbleib, aber die Zeit ist abgelaufen. Es gilt nur noch eins, den Blick nach vorn richten.

Für ein zünftiges Gelage sind wir mit Brigitte verabredet, mit unserer Begleiterin bei unzähligen Eishockeyschlachten. Mit einem Fondue feiern wir den traurigen Abschied von der realen Welt. München hat uns euphorische Erlebnisse geschenkt hatte. Alle Episoden haben sich tief in meine Gedächtniswände eingebrannt, daher bin ich dem physischen sowie psychischen Zusammenbruch nahe. Nur meine Reiselust verhindert es, dass ich in einem Meer an Tränen ertrinke.

Das Fondue ist üppig. Ich esse zu viel davon, dazu verdrücke ich einige Knoblauchbrote, die mir gut munden. Eine geraume Weile muss ich von dem Fleischberg und den Broten zehren, denn wer weiß, wann wir essensmäßig wieder aus dem Vollen schöpfen können. Auch vom schmackhaften Rotwein inhaliere ich reichlich, und auch den schmecke ich noch tagelang auf den Lippen.

Ich weiß nicht, wie hoch mein Promillegehalt im Blut ist, wahrscheinlich zu hoch, deshalb versucht mich Brigitte vom Autofahren abzubringen, doch das vergeblich. Das alkoholisierte Fahren ist in Bayern ein Kavaliersdelikt, so ignoriere ich wie jeder echte Bayer das Fahrverbot und lache über den Scherz. Ich kenne keine Negativerfahrungen, so ist es um meine Einsicht schlecht bestellt.

Es ist stockfinster, als sich die Szenen der Rührung abspielen, die sich bei unserem Auseinandergehen zwangsläufig ergeben. Wie keine andere ist Brigitte tief in mein Herz eingedrungen. Mit dem Pfund kann ich wuchern, denke ich. Hoffentlich merkt Karla, was sie mit dem Verzicht auf München anrichtet? Wahrscheinlich nicht, denn erst die Zukunft macht die Konsequenzen sichtbar, doch dann sind wir in Aachen und sie nützen nichts mehr.

Wir steigen in den Campingbus und ich fahre los, wobei ich mich nach der Freundin umdrehe. Ich fühle mich beim Winken wie ein Strafgefangener auf dem Weg zur Hinrichtungsstätte. Doch das Gefühl ist unbegründet und ich schüttele es wie eine lästige Fliege ab.

Auf die Autobahn nach Stuttgart stelle ich den Bus auf einer Standspur in Randlage der Raststätte Augsburg ab. Dort öffne ich die Katzenluke und gebe den Katzen den gewünschten Freigang. Karla und ich putzen uns die Zähne im Waschraum der Tankstelle, dann legen wir uns Schlafen.

Das ist sie also, die erste Nacht im Zuhause auf Rädern, aber einschlafen können wir nicht. Dafür sind wir viel zu aufgekratzt. Das Aufstiegsspiel zur 1. Bundesliga unseres Eishockeyvereins am nächsten Tag ist der spannend Programmpunkt. Wir glauben fest daran, dass die sportliche Erfüllung kein Traum bleibt, und mehr Spektakel gibt es nicht für einen echten Fan.

3

Da Proviant in Form von Margarine und Honig in der Bordküche vorhanden ist, gehe ich zum Tankstellenshop und ordere vier frische Semmeln. Für ein Frühstück in warmer Umgebung stellen wir den Heizstrahler auf volle Leistung, wodurch man es im Bus gut aushalten kann. Nebenher versorgen wir die Katzen mit Trockenfutter, womit sie zufrieden sind, denn verwöhnt sind sie nicht. Unsere zwei Tiger bleiben gottlob in der Nähe des Busses, daher kann die Fahrt gesättigt weitergehen, und wir treffen rechtzeitig vor Spielbeginn im württembergischen Schwenningen ein.

Es ist fünfzehn Uhr. Erwartungsfroh parke ich den Bus auf den Parkplatz vor dem Eisstadion. Ich steige aus und stelle mich für die Gäste-Eintrittskarten in eine lange Schlange. Das unvermeidbare Anstehen dauert Ewigkeiten, und ich verschlinge mehrere Zigaretten, doch dafür werde ich mit attraktiven Stehplatzkarten belohnt.

Im Stadion machen sich die abendlichen Knoblauchbrote bemerkbar. Die vor uns Stehenden weichen merklich zurück, so sind unsere Sichtverhältnisse ausgezeichnet. Als wir im letzten Drittel resignieren wollen, denn Schwenningen führt mit 3:0, wodurch die Aufstiegshoffnungen auf ein Minimum schwinden, dreht unsere Mannschaft mit drei Toren die schon verloren geglaubte Partie.

„Das reicht für den Aufstieg", brülle ich meine Freude heraus, denn die Heimpartie hatte der EHC München mit 5:2 gewonnen und somit gibt das Auswärtsunentschieden

den Ausschlag. Unser Jubel kennt keine Grenzen. Und noch weniger bei den mitgereisten EHC-Fans, die im Freudentaumel die Eisfläche stürmen. Leider zieht sich die Mannschaft zur Aufstiegsfeier in ein Restaurant zurück. Die Jungs wollen unter sich bleiben. Uns bleibt nur übrig, es den Spielern gleichzutun, und ebenfalls in einem Lokal auf den Aufstieg anzustoßen.

Die eiskalte Nacht verbringen wir auf dem Parkplatz vor dem Eisstadion unter zwei Lagen dicker Steppdecken, die uns vor dem Erfrierungstod schützen. Draußen muss sich unser Fritz mit zwei anderen Katzen herumbalgen und verletzt sich dabei an einer Vorderpfote. Das Reiseunternehmen fängt für den geborenen Pechvogel denkbar schlecht an. Da sich der Verletzte auf den Schrank verkriecht, können wir die Wunde nicht beurteilen und behandeln, anderseits schläft er sich wie so oft gesund.

Die Nacht fällt kurz aus. In der kuscheln sich Karla und ich eng aneinander, so geht es mir ganz passabel. Neben der Kälte stecke ich auch den Alkoholgenuss relativ gut weg, aber Karla wird von quälenden Kopfschmerzen geplagt. Morgens bleibt sie im Bett liegen, so serviere ich ihr das Frühstück auf einem Tablett, wofür sie mich mit lobenden Worten und Blicken überhäuft, und das geht bei mir runter wie Olivenöl.

Da wir uns in Bodenseenähe aufhalten, will ich nach Lindau. Das ist eine Stadt, die mich schon bei meinem ersten Aufenthalt in München zu gelungenen Abstechern animiert hatte. In Linda will ich Karla zeigen, wo ich damals umtriebig war, dafür machen wir einen Rundgang durch die Stadt und über die Insel, dann ist das Vergangenheitsthema erledigt. Um den aufkommenden Hunger zu stillen, gehe ich zu einer Bäckerei, in der ich mehrere Kuchenteilchen kaufe. Karla bekommt die gewünschte Zimtschnecke und für mich habe ich einen Rollkuchen und ein Stück Apfelkuchen erworben. Mit den Teilchen fahren wir auf einen mäßig frequentierten Parkplatz mit Seeblick. Dort setzen wir uns an den Tisch im Innenraum des Busses und essen die Teilchen, dazu trinken wir eine Tasse Kaffee. Danach lesen wir in unseren Urlaubslektüren, wobei die Katzen mutig werden und sich ins Freie wagen, doch sie bleiben im Umfeld des Busses. Letztendlich streite ich mich mit Karla, und wieder geht es um die Aufgabe des Wohnsitzes, worüber ich nicht hinwegkomme. Wo führt das bloß mit uns hin?

Langsam werden die Auswirkungen schwierig für unsere Beziehung, denke ich. Geht es so weiter, dann sind die Möglichkeiten gering, aus dem Schlamassel herauszufinden. Die angestrebte Harmonie wird zur Einbahnstraße in die falsche Richtung, doch wegen der Schwangerschaft sollte die Quelle des Missmutes im Minutentakt versickern. Aber wie dämme ich meine Anwandlungen konsequent ein? Als Patentlösung schließen wir einen Waffenstillstand, ja wir schlafen in der Nacht sogar miteinander. Für Karla ist das mit dem Kind im Bauch ein komisches Gefühl.

Es ist saukalt am Bodensee, trotzdem putzen wir uns die Zähne und frühstücken, dann gehen wir im Lindauer Hallenbad schwimmen, dabei säubern wir uns ausgiebig unter der Duschvorrichtung. Das sich Waschen an der Katzenluke mit einer Schüssel ist nur für absolute Notfälle angedacht.

Erfrischt und sauber gehen wir einkaufen, denn Ostern steht vor der Tür. Wir kaufen ein Zehnerpack Eier, zwei Pinsel und die passenden Eierfarben, dann kochen wir die Eier und bemalen ein Ei nach dem anderen in den poppigsten Mustern, dabei entwickeln wir eine erstaunliche Kreativität. Das Bemalen ist zwar kindisch, dennoch ist es eine tolle Aktion, nur verstecken können wir unsere Kunstexemplare nirgendwo. Die Umgebung des Parkplatzes, auf dem wir mit dem Wohnmobil stehen, bietet keine Versteckmöglichkeiten an und ist daher ungeeignet, außerdem bleibt es weiterhin lausig kalt.

Beim Fritz finde ich eine Zecke, noch dazu ist seine Wunde voller Eiter. Ich entferne die Zecke mit der Pinzette und steche die Wunde mit einer spitzen Schere auf, dann drücke ich die eiterige Masse heraus, die fürchterlich stinkt. Der Tapfere lässt die Prozedur mit Gelassenheit über sich ergehen, was außergewöhnlich ist, und wofür er viele Streicheleinheiten einkassiert.

Weil wir das Osterfest in diesem Jahr nicht in Aachen verbringen, wollen wir mit den Müttern wenigsten telefonieren, dafür suchen wir eine Telefonzelle, denn das Wort Handy war damals ein unbekannter Begriff. Wir finden eine Zelle, doch die wird von Anrufwilligen blockiert. Das kann Stunden dauern, bis wir drankommen, denke ich, also geben wir den Versuch auf, stattdessen steigen in unser Wohnmobil und machen uns auf nach Kempten im Allgäu.

Die meiste Zeit knattern wir in langsamen Tempo über die geräumten Straßen der Winterlandschaft mit seiner zwanzig Zentimeter dicken Schneeschicht, und prompt passiert das, was unsere Beziehung bis zum Erbrechen belastet, denn erneut bahnt sich ein Streitgespräch über den Wegzug aus München seine Bahn. „Dass mit dem Eishockey können wir in Zukunft abhaken". werfe ich Karla vor.

Und die antwortet rotzfrech: „Du mit deinem blöden Eishockey. Mir ist das Baby wichtiger. Warum siehst du das nicht ein?"

Eigentlich müssten wir das Thema Wohnungsauflösung überdrüssig sein, aber wir haben das Problem, das wie ein

Bollwerk zwischen uns steht, vor uns hergeschoben und nie ausführlich aufgearbeitet. Alle Endscheidungen waren hoppla-hopp gefällt worden. Man muss kein Prophet sein, um zu erahnen, dass uns weiterhin mancher Krach ins Haus steht. Das sind schlechte Voraussetzungen für unseren vielwöchige Trip in das von der Sonne überflutete Griechenland.

Vor der Beziehung mit Karla hatte ich die Mädchenwelt Münchens kräftig aufgemischt, aber die Weihnachtsferien auf Besuch bei meiner Mutter in Aachen verbracht. Dort hatten mich Freunde, zu denen der Kontakt nie abgebrochen war, zu einer klassischen Silvesterfete in einen Partykeller eingeladen. Und da traf ich auf sie. Es war wie eine biblische Erscheinung, denn es geschah das, was mir nicht jeden Tag widerfährt. Mir erschien die prächtige Gestalt eines Engels. Aber welches Geschöpf stand mir gegenüber? Dreimal dürfen Sie raten. Es war Karla, die mich mit wunderschönen, und vor allem großen Augen angesehen hatte, als stünde der Leibhaftige vor mir.

Jedenfalls war ich hin und weg. Und dann ihre Brüste. Markanter geformte Hingucker hatte ich nur selten bei anderen Frauen bewundert. Aber diese Schönheitsmerkmale übertraf Karlas fester und knackiger Hintern. Bei unserem ersten langsamen und engumschlungenen Tanz konnte ich meine Finger nicht bei mir behalten, und ich habe ihn zärtlich gestreichelt.

Tja, dieser Engel wurde meine Freundin. Ich war von ihrer Ausstrahlung so überwältigt, dass ich meinen Heimaturlaub, ohne Kontaktaufnahme mit dem Arbeitgeber, also eigenmächtig, um zwei Wochen verlängert hatte. So begann unsere Liebe überaus aufregend. Dass mir der Büroleiter, als ich im Büro in München auftauchte, die fristlose Kündigung unter die Nase hielt, das geschah zwangsläufig. Aber es war mir egal, denn ich wollte zum mir erschienenen Engel zurückkehren.

Leider führten meine Treffen mit Karla zu Problemen mit dem Vater, der Typen wie mich allein wegen meines Aussehens hasste. Herumtreiber wie mich lehnte er strikt ab. Mir gab man seinerzeit den Namen Gammler. Es war ihm ein Graus, mich in der Begleitung seiner Tochter zu wissen. Der Spießer meinte sogar, mich beim Jugendamt der Verführung seiner minderjährigen Tochter bezichtigen zu müssen, dermaßen altmodisch und rückständig war er eingestellt.

Tja, da hatte er die Arschkarte gezogen, denn der Amtsleiter stutzte Karlas Vater auf Kleinformat zurecht, so resignierte der. Sagt man dazu, er hatte den Schwanz eingezogen? Danach war die Ehe der Eltern zum Scheitern verurteilt. Deren Ende war durch mein in ihr Leben treten besiegelt. Aus Wut über seine Niederlage war der Vater ausgezogen und hatte seine am Boden zerstörte Ehefrau zurückgelassen. An ihren Schuldgefühlen hatte die blutjunge Karla mächtig zu knabbern.

Die Schwierigkeiten in der Epoche des Kennenlernens hatten uns einiges abverlangt, aber sie haben uns zusammengeschweißt, denn die Differenzen waren kein Grund für eine Trennung. Wie siamesische Zwillinge wuchsen wir aneinander. Trotz allem hatten die Eheprobleme der Eltern sichtbare Spuren bei Karla hinterlassen. Erst als ich mir ihre Schuldgefühle nicht mehr ansehen wollte, warf Karla ihren Ballast ab. Ich schnappte sie mir, denn ihr ging es inzwischen ganz passabel, und dampfte mit ihr nach München ab, denn da hatte sich zumindest die Beziehung zur Mutter normalisiert.

Doch der Sturkopf blieb der Rolle des Hintergangenen treu. Ein einziges Mal war der Vater aus Neugier über das Befinden der Tochter über seinen Schatten gesprungen, denn für uns total unerwartet, stand er vor unserer Wohnungstür in München. Er klingelte, und ich hatte ihm die Eingangstür geöffnet, da sah ich Karlas Vater an, wie es in ihm brodelte, als er trocken zu mir sagte: „Einen schönen guten Tag. Ich möchte meine Tochter sprechen"

Ich war zu perplex, um ihn hereinzubitten. Was will er in München? Das hatte ich gedacht. Wird er ausrasten und Karla züchtigen? Oder wird er uns beiden etwas antun?

Karla erfüllte ihm den Wunsch und war eine Stunde mit ihm um die Häuser gezogen, und das war's. Dass ich in deren Abwesenheit auf heißen Kohlen saß und ich mir Todesszenarien ausgemalt hatte, erwähne ich ungern und ich schäme mich für meine Reaktion. Doch die rührt daher, dass man zu viele Horrorgeschichten liest.

Es dauerte zwei Jahre, da erfuhren wir per Zufall, dass er durch den Aufprall seines Wagens auf einen Baum ums Leben gekommen war. Hatte er sich umgebracht? Die Todesursache wurde nie geklärt.

So, nun kennen Sie mich und die Umstände zur Genüge, unter denen ich Karla lieben gelernt hatte. Meine Sichtweisen und Macken habe ich Ihnen ausreichend vorgeführt. Und damit komme ich zur Entführung, denn wir befanden uns im Wonnemonat Mai, als ich mit Karla in der Stadt mit Herz angekommen war. Mit meiner Citroen-Kastenente und wenigen Habseligkeiten hatten wir uns auf dem städtischen Campingplatz niedergelassen. Das bisschen Kleidung passte damals in den Koffer, aus dem ich schon bei meinem vorherigen Aufenthalt in München mehr als passabel gelebt hatte. Zu unseren Besitztümern zählte ein kleines Hauszelt, das wir bei regnerischem Wetter auf meinem Stammplatz aufgerichtet hatten.

Der Start war passabel verlaufen. Und obwohl mir das Leben auf dem Campingplatz ausgesprochen gut gefällt, mussten wir schleunigst eine passable Wohnung finden. Dafür gingen wir den üppigen Anzeigenmarkt in der Süddeutschen Zeitung durch. Und in dem wurden wir nach zwei Wochen pfündig. Ein fünfunddreißig Quadratmeter Appartement in einer angenehm gestalteten Neubau-Wohnanlage am Stadtrand wurde unser erstes gemeinsames Zuhause.

Alles Weitere lief wie am Schnürchen ab. Ich kaufte einen VW-Bus, mit dem ich Kleintransporte organisierte. Von den Einnahmen richteten wir uns mit Gegenständen aus Haushaltsauflösungen zufriedenstellend ein. Auf den Bürojob hatte ich noch keinen Bock, denn das freie Leben gefiel mir und es fehlte uns an nichts. Auch die ersten Freunde waren schnell zur Stelle. Das waren zwei benachbarte Pärchen, mit denen wir uns bestens verstanden und eine Fete nach der anderen feierten.

Doch der Anfangszauber war bald verflogen, denn nach einem Jahr wurde uns der Kontakt zu den Anfangsfreunden zu eng, daher bezogen wir mit Patrizia, mit der sich Karla beim Sozialpädagogik Studium angefreundet hatte, eine Vier-Zimmer Altbauwohnung im schönen Stadtteil Neuhausen, die stark renovierungsbedürftig war. Ohne zu überlegen hatte ich zugegriffen, trotz des miserablen Zustandes, und mich mit dem Makler auf eine Miete zum Schleuderpreis von dreihundert Deutsche Mark im Monat geeinigt. So bekam ich den Zuschlag, also waren wir vor Freude regelrecht aus dem Häuschen.

Mit handwerklichem Geschick verschönerte ich den Zustand der Wohnung, so zum Beispiel legte ich sämtliche Kabel unter Putz, installierte einen Elektroherd mit der passenden Kücheneinrichtung, verlegte einen neuen Teppichboden und richtete ein Badezimmer ein. Dass das kein Luxusbad wurde, aber eins mit viel Liebe zu alternativen Details, war ganz in unserem Sinne. Jedenfalls war alles eine Menge Arbeit.

Als ich fertig war und wir die Zimmer eingerichtet hatten, durfte gewohnt werden, und das in einer Dreier-WG praktisch umsonst. Dass wir uns ein Katzenpärchen angeschafft hatten, schon im vorherigen Appartement, erwies sich nicht als Nachteil. Ganz im Gegenteil, denn die Katzen bereicherten unser Zusammenleben. Auch Patrizia hatte sich mit Luci und Fritz bestens arrangiert. So begann unsere Station München wie die Geschichte aus einem Märchenbuch.

Mein Gott, das reicht an schwärmerischen Rückblicken. Ich habe die Vergangenheit erschöpfend aufgearbeitet, also beschäftigen wir uns wieder mit der Reise, bei der wir über Landsberg den Ammersee erreichen. An dem finden wir einen geeigneten Platz zum Übernachten direkt am Seeufer. Neben uns parkt das gleiche Modell, wie wir es fahren, doch ein Kontakt stellt sich nicht ein. Erwähnenswert ist noch, dass es uns am Abend gelingt, unsere Mütter ans Telefon zu bekommen, wobei große Erleichterung in den Gesprächen mitschwingt.

Trotzdem stellt sich mir die Frage: Warum müssen sich Mütter immerzu Sorgen um ihre Kinder machen? Bei meiner Mutter ist das allerdings verständlich, denn ich bin ihr Liebling. Sie hat viel zu früh ihren Mann, also meinen Vater verloren.

Nach dem notdürftigen Waschgang in einer Schüssel an der Katzenluke mit dazugehörigem Zähneputzen, brechen wir früh am nächsten Morgen auf. Als Frühstück gibt es ein Teilchen vom Bäcker auf die Faust. Wir fahren über Pasing ins Zentrum Münchens, wo wir zuerst einen

Großeinkauf im Kaufhof machen. Karla kann nicht wiederstehen und kauft sich zwei T-Shirts. Dann laden wir eine Palette Katzendosen, Katzenstreu, einige Dosensuppen und Fertiggerichte, sowie die große Anzahl Wasserflaschen in den Einkaufswagen, dann bezahle ich den Kladderadatsch an der Kasse.

Ernährungsmäßig sind wir für die nächsten Wochen eingedeckt, daher bringe ich Karla zu ihrer Frauenärztin, währenddessen ich unsere schmutzige Wäsche in einem Waschsalon durch eine Waschmaschine mit Trockenvorrichtung jage. Nebenbei lasse ich Fritz bei der Tierärztin verarzten.

Den hat es schlimmer erwischt, als erwartet. Die Bissstelle an der Vorderpfote hat sich zu einem Abszess ausgeweitet, das aufgeschnitten werden muss. Er bekommt sogar eine Narkose verpasst, aber danach ist Fritz schnell wieder auf der Höhe. Die Ärztin gibt mir ein Antibiotikum mit, das ich ihm täglich in die Wunde spritzen soll, alles Weitere heilt die Zeit.

Ich bedanke mich vielmals, anschließend sause ich zur Sparkasse und decke mich mit frischem Geld ein, dann hole ich Karla von ihrem Arztbesuch ab. Die erstattet mir in groben Zügen Bericht über das oberflächliche Ergebnis der Untersuchung. „Die Ärztin hat festgestellt, dass die Gebärmutter recht groß ist. Vielleicht bekommen wir Zwillinge?", scherzt sie und windet sich wegen meiner dummen Visage in einem Lachanfall. Ich jedoch kann über den Scherz nicht lachen, deshalb würge ich mit bitterer Miene daran herum.

Danach will ich in unser ehemaliges Wohnviertel fahren, um bei Patrizia vorbeizuschauen, doch dafür ernte ich Karlas Protest. Die will den Kasten, in dem wir gewohnt hatten, nicht mehr sehen. Die ganze Ecke ist ihr verleidet. Sie ist ihr unsympathisch geworden, also ziehe ich die Konsequenzen und knurre; „Tja, wenn das so ist, dann lassen wir's bleiben. Zwischen Patrizia und dir hatte es eh nicht gestimmt."

Es war ein langer, erfolgreicher Tag. Den feiern wir mit Brigitte, die sich über unseren Besuch freut. Sie hat mehrere Gäste in der Wohnung, die sich als ausgesprochen nett herausstellen. Wir erzählen von unseren Plänen, die Bewunderung ernten, dann albern wir wie die Kleinkinder mit ihnen herum, wodurch sich der feuchtfröhliche Abend zu einer zweiten Abschiedsfeier entwickelt.

„Ach, Brigitte", sage ich zum Abschied zu ihr, dabei werde ich sentimental. „Du bist eine Freundin mit Seltenheitswert. Dich werde ich wie niemand anderen in der späteren Umgebung vermissen."

Kurz nach Mitternacht fahren wir ein letztes Mal zum Übernachtungsplatz vor dem Campingplatz an der Isar, denn am nächsten Tag soll unsere Reise ins ferne Griechenland beginnen.

Wir wachen relativ spät auf, doch unsere Mannschaft ist nicht komplett, denn es fehlt unser Fritz. Der ist spurlos verschwunden. „Ausgerechnet am Campingplatz, wo wir keine Gebühr bezahlen, tut er uns das an", ereifere ich mich. Aber alles Rufen und Suchen nützt nichts, er bleibt verschollen.

„Vielleicht hat er sich in der Nacht erschrocken?", gebe ich nicht auf und spekuliere weiter. „Als ein Reisebus hinter unserem Wohnmobil angehalten hat und die Fahrgäste mit großem Spektakel ausgestiegen sind, da hat er es mit der Angst zu tun bekommen und er hat sich versteckt. Und nun findet er nicht zurück."

Unmöglich ist das Spekulieren nicht, deshalb bleibt uns nichts anderes übrig, als ohne den Kater zur Ultraschalluntersuchung ins Krankenhaus rechts der Isar zu fahren, wobei sich herausstellt, dass es keine Zwillinge werden, was mich erleichtert aufatmen lässt. Dass der Kopf des Kindes einen Durchmesser von 4,6 cm hat und die Beinchen so dick wie Karlas kleiner Finger sind, diese Randnotiz erfahre ich nebenbei. Außerdem zeigt uns das Ultraschallbild, dass es ein Junge ist und der kleine Mann kräftig strampelt.

„Das Strampeln ist ein hervorragendes Zeichen", sagt Karla zu den Klimmzügen, die das Baby in ihrem Bauch veranstaltet. „Das zeigt deutlich, dass alles mit ihm okay ist." Doch irgendwie will ich nicht glauben, dass sich das kleines Würmchen dermaßen energisch bemerkbar machen kann.

Mit dem positiven Befund und dem Ultraschallbild rasen wir mit einer Slalomfahrt, also so schnell ich es mit dem schwerfälligen Bus fertigbringe, zu unserm Schlafplatz zurück, aber dort ist die Enttäuschung groß. Von unserem Fritz fehlt jede Spur. „Der Kater ist scheu. Den hat bestimmt niemand mitgenommen." Mit den Sätzen verscheuche ich die Ängste um ihn, doch gewisse Zweifel bleiben.

Die Nacht bricht herein, da ergreift das elendige Gefühl der Trauer von uns Besitz, doch dagegen setze ich mich trotzig zur Wehr. Ich habe mich mit der Trennung von der Wohnung abgefunden, und nun soll ich mich mit dem Verlust unseres Katers abfinden? Das ist nicht fair, daher darf es nicht sein.

Halb Zehn begeben wir uns abermals auf die Suche, dabei rufe ich seinen Namen über den Zaun auf das Gelände des Campingplatzes hinüber. Die Camper, die dort ihr Zelt aufgebaut haben, schütteln vor Unverständnis den Kopf, und für vorbeigehende Passanten sind wir Verrückte, die auf die Polizeiwache gehören.

Das war mein letztes Aufbäumen, denn danach drehen wir Däumchen im Bus. Dann gehe ich nach draußen und rauche eine Zigarette. Wir sind ratlos und uns beschleicht eine Art Weltuntergangsstimmung. Sollen wir den Kater aufgeben und uns auf die Reise machen?

Da sehe ich einen dunklen Schatten, der durch die Helligkeit des Seitenfensters erzeugt wird. Und wem gehört der Schatten? Er gehört unserem Fritz und der zeigt uns, als er sich von einem Auto auf uns zubewegt, dass unsere Sorgen unbegründet sind. Fritz hat den Weg zu uns zurückgefunden und Karla fängt an zu weinen, so sehr freut sie sich über seine Rückkehr. Aber auch Luci, die freudig verstört zu ihm hinläuft, ist von der Situation angetan, denn als wir im Wohnmobil versammelt sind, schleckt sie den Spielkumpanen von oben bis unten ab.

Ich beschimpfe Fritz: „Du Idiot. Immer machst du es so spannend."

Doch das bereue ich sofort, denn bei unserer Einstellung zu den Katzen passt kein Blatt Papier zwischen Karla und mich. Größere Katzennarren findet man höchstens bei der Katzenhilfe.

„Endlich können wir aus dem verdammten München verschwinden", jubiliert Karla, was ich ohne ihr zu widersprechen hinnehme, obwohl ich bekanntlich anders darüber denke.

Wo sich Fritz aufgehalten hatte, das werden wir nicht erfahren und es interessiert auch nicht mehr. Doch bevor uns mit der Luci ähnliches passiert, starte ich unseren Bus und fahre mit ihm am Tierpark vorbei nach Harlaching. Von dem Ort für die Besserverdiener werfe ich einen letzten Blick auf München und hinüber nach Neuperlach, wodurch ich mich an die Bekanntschaft eines jungen Mädels erinnere.

Bevor ich Karla kennengelernt hatte, war ich ein Herumtreiber, der immer auf Beutefang aus war. Als meine Spielwiesen hatte ich das Big Apple und das Crash bevorzugt. So ergab es sich, dass ich junge Ausreißerinnen mit zu mir Nachhause nahm, oder meine Befriedigung auf der Rückbank des Autos mit ihnen gesucht hatte. Und eben das hatte ich bei einer hübschen Kurzbekanntschaft aus diesem Neuperlach versucht. Ihre Schwester kannte ich aus Aachen, und durch die war ich auf sie aufmerksam geworden. Sie war höchstens siebzehn Jahre jung, das war mir nicht bewusst. Doch als ich sie beim Nachhausfahren auf der Rückbank des Autos vernaschen wollte, da war sie hinausgesprungen und davongelaufen. So ein Pech aber auch

Für meine Dummheit bin ich übel bestraft worden, denn das zuckersüße Ding hätte ich gern wiedergesehen. Doch die Schwester wollte mir nicht helfen, ja sie vermasselte mir ein Treffen. Immerhin war mir durch das schulmäßige Verhalten der Kleinen das Licht aufgegangen, dass man ein Mädel nicht wie ein ausgelutschtes Spielzeug behandeln darf, das man wegwirft, wenn man dessen überdrüssig ist.

Durch die Zuckersüße hatte ich mich zum Guten gewandelt. Leider bin ich in meiner Sturm und Drangphase eine Schweinebacke gewesen, und mancher Schweinskram gehört zu meiner unschönen Vergangenheit. Daran merken Sie, dass ich es nicht lassen kann, in vergangene Zeiten abzuweichen, die auch unschöne Dinge beinhalteten. Kriminalisten würden diesen Hang in meiner DNA vermuten. Sei's drum.

Jedenfalls ist es nun nicht mehr weit bis zur Autobahnauffahrt Richtung Salzburg. Und auf der ansonsten stark frequentierten Autobahn, auf der sich der Verkehr am

Abend allerdings in Grenzen hält, verlassen wir München.

Ein Mercedestransporter als Campinggefährt ist keine Mittelstreckenrakete, er gleicht eher einem Rosinenbomber, daher fahren wir erst weit nach Mitternacht auf die letzte Autobahnraststätte auf deutschem Boden. Dort parken wir auf einem Stellplatz nahe an einer Hecke, dann begeben wir uns in unseren Schlafbereich. Wir wünschen uns eine angenehme Nachtruhe, aber durch die Aufregungen des Tages, und wegen der lausig kalten Nacht, will uns das Einschlafen nicht gelingen. Auch die quicklebendigen Katzen, die durch die Katzenluke rein und raus schlüpfen, tragen eine beträchtliche Mitschuld an der Schlaflosigkeit. Besonders Luci ist in ihrem Element. Sie setzt das Rein und Raus Spiel stundenlang fort. Und auch der Rumtreiber Fritz findet Gefallen an der Beschäftigung und denkt nicht ans Schlafen, obwohl er müde sein müsste.

„Das wird sich auf der Reise so fortsetzen", orakele ich und knuffe Karla, die kurz aufblickt und nickt.

Die Erwartungshaltung an die Katzen ist geklärt, denke ich. Wegen Luci und Fritz wird es keine Streitereien zwischen uns geben. Außerdem darf das Kind in Karlas Bauch nicht unter der Streitsucht leiden, deshalb setzen wir uns folgende Devise zum Ziel, die da lautet: Ein verständnisvoller Umgang muss die Zukunftsprämisse sein. Hoffentlich gelingt uns das und wir erfüllen unsere Erwartungen?

Das versprechen wir uns jedenfalls hoch und heilig, und daran glauben wir, denn wir sind in der Streitbewältigung keine Anfänger. Wir können uns zusammenreißen. Das ist auch ohne Paartherapie zu bewältigen, allerdings steht hinter dem Gelingen ein dickes Fragezeichen. Dennoch wünsche ich uns Hals und Beinbruch, oder kennen Sie eine andere Wunschbezeichnung für das Verhindern von Streitigkeiten?

Insgesamt sind wir auf dem richtigen Weg, denn so wie sich die Reise entwickelt, könnte ich einen Hurraschrei ausstoßen und vor Glücksgefühlen Purzelbäume veranstalten. Zwar ist uns der Einstieg in das Reiseabenteuer mit einer kleinen Verzögerung gelungen, also nicht mit Bravur, dennoch haben wir ihn halbwegs unbeschadet überstanden. Doch ich bin von vorsichtiger Natur, denn bis zur Abreise hatte mich ein Schwall an Ängsten geplagt, was sich in großen Zweifeln ausgedrückt hatte. Ist es Karla ähnlich ergangen?

Aber die Zweifel sind ausgeräumt. denn wir kommen gut voran. Schlafen können wir von nun an stundenlang, sei es während der Reise auf einem Parkplatz, oder auf den Campingplätzen in Jugoslawien und Griechenland. Da Karla und ich nach den aufregenden Tagen viel Schlaf brauchen, werden wir die gebotenen Möglichkeiten nutzen, sobald sie sich ergeben, und eins ist bombensicher: Sterben werden wir während der Reise bestimmt nicht an der Schlafmangelkrankheit.

„Das war unsere erste Etappe nach Griechenland", sage ich mit Melancholie in den Stimmbändern.

Worauf Karla ergänzt: „Nun ja, weit sind wir nicht gekommen. Immerhin bin ich in der Tour angekommen, aber aller Anfang ist schwer."

Dann beherrscht uns das große Schweigen, denn wir sind eingeschlafen.

Es sind die ersten Sonnenstrahlen seit langem, die früh morgens durch die Dachluke in den Bus blinzeln, und uns dazu bringen, das Schlafen zu den Akten zu legen. Stattdessen ziehen wir uns temperaturgerechte Kleidung an, denn draußen ist es eisig kalt. Wir steigen aus, und dann sticht mich der Hafer, denn ich stürze mich auf Karla. Ich reibe ihr mit Schnee das Gesicht ein, wogegen sich Karla wehrt, bis wir es richtig bunt treiben und eine lustige Schneeballschlacht veranstalten.

In den Traunsteiner Bergen herrschen winterliche Verhältnisse, denn auch in der Gegend bedeckt eine mehrere Zentimeter dicke Schneeschicht die Berglandschaft bis hinunter in die Täler. Ich fotografiere den Bus umhüllt von gewaltigen Schneemassen mit Karla als Busfahrerin am Steuer sitzend, dabei kommt uns das Verlangen in den Sinn, uns eine gründliche Säuberung zu gönnen. Und um dem Bedürfnis nachzukommen, entscheiden wir uns für ein Duschbad in dem Hallenbad der Ortschaft Ruhpolding. Doch dafür müssen wir in die Stadt hineinfahren, denn mitten im Ort ist das angesprochene Bad als Wellenbad angesiedelt.

Wir stellen das Wohnmobil auf dem Parkplatz der Badeanstalt ab und gehen zur Kasse, schon schröpft man uns gewaltig, weil wir den unverhältnismäßig hohen Eintrittspreis von 6,50 Deutsche Mark pro Person berappen müssen. Das ist saumäßig teuer. Der Preis übertrifft den Standarteintritt in den 80-ziger Jahren für ein Wellenbad bei weitem, aber wir leisten uns den Spaß, da wir bisher um die Campingplatzgebühr herumgekommen sind. Und je mehr ich über den Badespaß nachdenke, je mehr finde ich die Eintrittspreise vertretbar, außerdem ist der Sparstrumpf prall gefüllt. Bisher haben wir nur das Geld für die Tankfüllung, für die Eintrittskarten in das Eisstadion in Schwenningen, für die Einkäufe beim Bäcker, für die Tierärztin und den Großeinkauf im Kaufhof in die Hand genommen. Aber der Großeinkauf zählt zur Rubrik: Auffüllen der Nahrungsbestände für die Bordküche, womit sie zu den notwendigen Reisekosten gehören. Demnach haben wir Sparfüchse uns vernünftig verhalten, deshalb rekapituliere ich: Was den Ausgabenbereich betrifft, da befinden wir uns im gesteckten Rahmen. Wir müssen finanziell nicht jeden Pfennig dreimal umdrehen, denn ich habe für einen stattlichen Kontostand gesorgt, außerdem reisen wir durch das als Billigland eingestufte Jugoslawien, und auch die Griechen leben in einer preiswerten Gesellschaftsform.

Ich beende das Thema Geldausgeben, denn wir gehören wahrlich nicht zu den armen Schluckern.

4

An der Staatsgrenze zu Österreich will ein freundlicher Grenzbeamter, der sich über unsere Katzen wundert, unsere Pässe sehen. Da an denen nichts auszusetzen ist, lacht er und winkt uns durch. So ist der Weg frei in die sehenswerte Alpenlandschaft Kärntens, dessen Einmaligkeit von den Bergsteigern und Wanderern in höchsten Tönen gelobt wird. Ich schweife beim Bewundern der Bergketten gedanklich zu einer sauscharfen Büroschönheit ab, da mich die Bergspitzen an ihre wunderbaren Brüste erinnern. Nun gut, Schwamm drüber. Ihren Busen zu beschreiben, das verkneife ich mir, denn der kleine Seitensprung war ohne Bedeutung, außerdem hatte ich Karla nichts von dem Techtelmechtel erzählt.

Auf dem Parkplatz vor dem Felbertauern Tunnel rasten wir ausgiebig. Ich koche uns die immer wieder willkommene Klümpchen-Suppe. Die schmackhafte Frühlingssuppe der Firma Maggi verbessere ich mit einer aus Mehl und Eiern erzeugten Einlage, womit sie einen hohen Sättigungsgrad erzeugt.

Und die Suppe verspeist, fahren wir mit dem Autozug durch den Tunnel nach Villach. Das ist mit dem Finger auf der Landkarte ein Katzensprung, aber in der Realität vergeht eine Menge Zeit, die wir zwar haben, trotz allem bin ich ein unruhiger Geist, dem es nie schnell genug geht. Ich bin unsicher, ob wir rechtzeitig zum Sonnenuntergang den Wörther See erreichen, wo ich mir einen guten Stellplatz am See erhoffe, denn die Katzen wollen raus.

Deren Wunsch ist verständlich, und dass sich die Beine vertreten genehmigen wir, als wir an dem vermeintlich idealen Platz anhalten, doch da an dem See zu jedem Haus ein Wachhund gehört, wird es brenzlig. Eine zähnefletschende Bestie der Boxergattung sieht Fritz, der durch ein Loch im Zaun auf sein Grundstück schlüpft.

Der zerreißt ihn in Stücke, wenn er ihn erwischt, denke ich, doch geistesgegenwärtig findet unser Kater zurück zu uns und rettet sich durch die Bodenluke in den Innenraum des Wohnmobils, woraufhin der Boxer knurrend und dann unangenehm bellend abdreht. Glück hat meist der Tüchtige, das würde ich unserem verwegenen Rumtreiber gern beibringen.

Okay, die wunderbare Stelle am See war den Versuch wert, sie als Übernachtungsplatz in Beschlag zu nehmen, aber leider ist der Schlafplatz mit einer negativen Frequenz belegt, er ist also verbrannt, daher müssen wir eine alternative Lösung aus dem Hut zaubern. Mit der Zielsetzung fahren wir zu einer Campingplatzanlage in Klagenfurt weiter. Doch als wir dort eintreffen, und den Platz finden, ist der geschlossen. Die Anlage öffnet ihre Pforten erst im nächsten Monat, daher mutmaße ich, dass unser Ansinnen nach einer Pechsträhne riecht. Allerdings ist die Vermutung unbegründet, denn mit dem Parkplatz vor dem Campingplatz sind wir hochzufrieden. Endlich können sich die Katzen ungestört austoben und wir uns eine Breitseite Schlaf gönnen.

Das Zähneputzen und die Katzenwäsche samt Frühstück nehmen einen Großteil des Vormittags ein, doch den Zeitverlust sehen wir gelassen, denn in der Eile liegt nicht immer die Würze. Der Wetterbericht im Autoradio prophezeit weitere Schneefälle, doch der Straßensach-standsbericht ist ermutigend, denn der berichtet von halb-wegs geräumten Straßenverhältnissen.

Mit den zufriedenstellenden Radioaussagen verlassen wir den Parkplatz und brechen kurz vor der Mittagsruhe auf, um den Loibl-Pass zu bezwingen. Dessen brutale Steigungen liegen mir seit dem Aufstehen und dem Stu-dium der Straßenkarte unangenehm auf dem Magen, da es die gewaltigen Steigungsprozente in sich haben, doch unser schwerfälliges Gefährt schafft die Tortur ohne eine Schwierigkeit, trotz der gelegentlichen Glatteisgefahr, deshalb berauschen wir uns an dem Erfolgserlebnis. „Das war eine Meisterleistung", lobt mich Karla, was ich un-widersprochen akzeptiere.

Anschließend kommen wir ohne Zwischenfälle an die Grenze zu Jugoslawien. Und auch an der gibt es keine Beanstandungen. Ohne den Bus gründlich zu durchsu-chen, lassen uns die Grenzbeamten zu der Stadt mit dem deutschklingenden Namen Lebach weiterfahren. Und den Ortsrand erreicht, überlegen wir: Was bietet die ge-schichtsträchtige Stadt an Sehenswürdigkeiten an? Ist sie es wert, dass wir sie besichtigen?

Karla schüttelt den Kopf und auch ich verspüre keine Lust zu einem Rundgang. Ein anderes Mal, denke ich. Daher halten wir uns nicht an der Stadt auf, über die wir wenig wissen, sondern fahren schnurstracks nach Rijeka am wunderschönen Mittelmeer weiter. Unsere Sehnsucht gehört der bezaubernden Adriaküste, denn endlich ist der Winter verschwunden und der Frühling hält Einzug. Mit intakten Frühlingsgefühlen können wir die Sonne und die Wärme mit vollen Zügen in uns aufsaugen.

Dass wir uns tatsächlich nicht mehr miteinander strei-ten, das ist der wünschenswerte Nebeneffekt, und ein weiteres Indiz dafür, dass die Reiseroute eine kluge Entscheidung von mir war.

Mit jeder Menge Sonne im Herzen sind wir frohgelaunt, denn wir liegen gut in der Zeit, als wir an dem einsam gelegenen Campingplatz bei Klenovica als Übernachtungsziel ankommen. Auf dem Platz hatten wir vor zwei Jahren drei erholsame Tage mit einem schrulligen VW-Bus verbracht. Den nannten wir Blümchenbus, weil ich mit grellen Blumen bemalt hatte.

Damals war unser Aufenthalt zeitlich begrenzt, denn wir mussten Hals über Kopf abreisen. Ich hatte stechende Schmerzen an der ehemaligen Bruchstelle des rechten Unterschenkels verspürt. Die Schmerzen nahmen verheerende Ausmaße an, sodass wir das Krankenhaus in Rijeka aufsuchten, wo man der Ursache nichts Abwendendes entgegenzusetzen konnte. Stattdessen gab mir die Ärzteschaft die folgende Empfehlung: „Fahren Sie nach München in die Uni-Klinik, denn die Schmerzen werden durch eine Entzündung im Unterschekel verursacht, die man Knochenfraß schimpft. Wir haben faktisch kein Wissen über Behandlungsmethoden und sind als Fachinstanz nur zu einer Beinamputation imstande, die als Abhilfe gegen die Schmerzen taugt."

Ich stammelte: „Was hat der Arzt gesagt?" Dabei hatte ich Karla mit großen Augen angeschaut. „Wie lautet die Empfehlung?", fragte ich sie mit rätselnd klingendem Tonfall. „Habe ich mich eventuell verhört? Rät er mir zur Amputation?"

Ach du Schreck. Ich schluckte heftig an der Diagnose. Das Problem am Knochen, durch einen falsch behandelten Unterschenkelbruch, war wieder aufgebrochen. Da half es nicht, dass ich lamentierte. Es blieb uns nichts anderes übrig, als nach München zurückzufahren und mich zur Behandlung in der Uni-Klinik anzumelden.

Und diese Entscheidung war goldrichtig, denn die Forschungsabteilung der Uni-Klinik hatte ein brandneues Verfahren mit einer Antibiotika-Kette entwickelt, die in den Unterschenkel hineinoperiert wird und damit das Fortschreiten des Knochenfraßes stoppt. Ich durfte die stolze Rolle des Versuchskaninchens übernehmen, zu der ich sofort mein Ja-Wort gab.

Tja, manchmal muss man Dusel haben, denn der Erfolg gab mir Recht. Die Operation und das Ergebnis waren so vielversprechend, dass sie mich überglücklich stimmten, denn die Antibiotikakette hatte mein Bein gerettet. Die Chirurgen hatten den Knochenfraß gestoppt und die zersetzenden Bakterien abgetötet. Mit dem Eingriff hatten sie verhindert, dass aus mir ein Krüppel wurde, und mir eine ausgezeichnete Heilungschance gewährt. Ein Hurra auf die Fortschritte in der Medizin.

Weniger zufriedenstellend war das weitere Prozedere, denn man hatte mich halb betäubt und pudelnackt zu den Studentinnen und Studenten in den Hörsaal geschoben, und das gelungene Experiment mit Bildern der Operation an einer Leinwand vorgeführt. Ich wäre vor Scham gern vom Krankenbett und dem vorführenden Arzt an die Gurgel gesprungen.

Aber das hatte ich unterlassen, denn die Beziehung zu Karla hatte ihre Bewährungsprobe bestanden. Sie war mir bei jeder Möglichkeit, die sich ihr bot, also bei Tag und Nacht, nicht von der Seite gewichen.

Ein halbes Jahr danach wurde die Antibiotika-Kette herausoperiert und die Wunde mit einem Stück Knochen aus der Lende geschlossen. Im Endeffekt war alles gutgegangen. Jahre später deutet nur noch eine furchterregend aussehende Narbe auf die Tragödie mit der Knochenfraß-Geschichte hin.

Durch den Aufenthalt auf dem Platz bei Crikvenica, den wir für uns allein haben, war ich in das Drama mit meinem Bein abgedriftet. Doch von der Geschichte hole ich mich zurück in die Gegenwart, denn wir fühlen uns mit den Katzen sauwohl in der wunderbaren Umgebung. Wir stellen die Campingstühle und dem Tisch nach draußen und richten uns häuslich ein, dann essen wir eine Kleinigkeit. Mit dem Essen tanken wir neue Kraft, denn die Anfahrt ist anstrengend gewesen.

Hier an der Küste zum adriatischen Meer ist das Wetter hervorragend. Die Sonne scheint so intensiv, prompt besteht Sonnenbrandgefahr, und das im April. Uns soll's recht sein, denke ich. Als die Abenddämmerung über uns hereinbricht, gehen wir in den kleinen, benachbarten Ort, der mit seiner Ruhe und Langweiligkeit glänzt. Unverblümt ausgedrückt, es ist dort nichts los. Es gibt nicht mal einen Lebensmittelladen. Doch unser superschöner Stellplatz entschädigt uns mit seiner Abgeschiedenheit für den entgangenen Einkauf.

Das Frühstück gestalten wir mit den Brotresten vom Vortag, danach ist das Wäschewaschen an der Reihe. Karla will das so, obwohl sich nur eine geringe Menge an dreckigen Klamotten angesammelt hat. Danach relaxen wir, dabei liest Karla in einem Kriminalroman und ich spiele mit den Katzen.

Am Nachmittag fahren wir nach Novi Vinodolski in einen Supermarkt und kaufen ein. Ja da schau an, denn anders als erwartet sind die Preise extrem hoch, jedenfalls ist alles teurer als in Deutschland. Und am Abend kommen vier Leute aus Bremen mit einem Wohnwagen auf den Platz. Sie sind ähnlich kontaktfreudig wie wir, außerdem sind sie sehr gesprächig. Irmi und Andy arbeiten als Lehrer, und Schubert studiert was weiß ich was, nur über Christiane erfahre ich nichts, denn sie äußert sich selten, sodass sie uns fremd bleibt, aber allesamt teilen sie unsere Weltanschauung.

Es bricht die Dunkelheit herein, deshalb gehen wir im einzig geöffneten Restaurant der nächstgrößeren Ortschaft Essen. Wie eine Ausgehungerte stürzt sich Karla auf die gebratenen Garnelen, dessen geringe Menge sie nicht satt macht, ich bevorzuge einen Tintenfisch, und beides schmeckt hervorragend. Wir sind die einzigen Gäste im Lokal, vielleicht sind die Mahlzeiten deshalb so gut gelungen? Zu guter Letzt setzen wir uns zum Schutz vor der aufkommenden Kälte in den Wohnwagen der Bremer, wobei Schubert und ich zwei Flaschen Rotwein locker wegputzen.

Ich bereite zum späten Frühstück einige Pfannkuchen für Karla und mich zu, weil wir kein Brot, geschweige denn Brötchen im Wohnmobil vorrätig haben. Und beim sich anschließenden die Zeit totschlagen auf unseren bequemen Liegen, umhüllt Karla ihren Kopf mit einem bunten Tuch, da sie befürchtet, dass sie von einem Sonnenstich heimgesucht wird. Den hatte ich vor ihrer Zeit in Marokko bekommen, da habe ich als Merkmal viel gekichert, ähnlich wie sie jetzt. Für mich ist sie von der übermäßig genossenen Sonne von der Rolle.

Mit der nachlassenden Kraft der Sonne gehen wir mit den Katzen zu den Bremern hinunter, die mit dem Wohnwagen direkt am Wasser stehen. Zusammen sammeln wir Seeschnecken, die mit viel Knoblauch gekocht phantastisch schmecken sollen, behaupten die Bremer.

Karla und die Katzen können den Dingern nichts abgewinnen, ja sie machen einen Bogen um die Delikatesse, aber die Freunde aus Bremer und ich verspeisen eine respektable Menge von den Schalentieren, sodass Christiane sie wieder auskotzt, und auch der Irmi geht es danach hundsmiserabel. Doch trotz des Malheurs entfachen wir ein Lagerfeuer, in das wir eine Menge Kartoffeln schmeißen, die wir in der Glut garen. Als sie schön durch sind, bekommen sie uns ausgezeichnet. Mehr noch, sie schmecken köstlich.

Das Feuer brennt herunter, da ist es elf Uhr und es wird kühl. Wir schnappen uns die Katzen und gehen zu unserem Wohnmobil, und in dem siegt der Schlaf.

Zum Frühstück essen wir zum zweiten Mal nacheinander meine Pfannkuchen. Dann machen auch wir uns abreisefertig, denn die Bremer Freunde brechen auf. Nach zwei Wochen sind sie auf dem Heimweg und wir haben wunderbare Stunden zusammen verbracht, weswegen wir Heimatadressen austauschen und Karla die Anschrift ihrer Mutter angibt, dann wünschen wir ihnen eine stressfreie Heimreise.

Der Himmel ist stark bewölkt und die Temperaturen sinken. Es deutet sich ein Wetterumschwung an. Hoffentlich ist es nach der Großstadt Zadar wärmer? Diese Erwartung begleitet uns, als wir den dortigen Campingplatz Borik anfahren, doch der ist geschlossen. Also wechseln wir Geld bei einer Bank und begeben uns auf den Markt, um einzukaufen. Die Preise schocken uns, denn ein eher kleines Hühnerei kostet vierzig Pfennig. Das ist eine Menge Geld, aber wie erwähnt ist das Leben in Jugoslawien teuer. Die saftigen Preise fressen uns die Haare vom Kopf.

Die Abzocke wollen wir nicht mitmachen, denn meine volle Haarpracht soll mir erhalten bleiben, und das bis ans Ende meiner Tage. Derlei dumme Gedanken mache ich mir unterwegs nach Sibenik, wo wir zwei Autocamps ins Visier nehmen, doch auch die sind im April geschlossen. Auf einen Besucheransturm ist man in der Jahreszeit nicht eingestellt. Also tanken wir den Bus voll und suchen uns einen Standplatz im Hafen der Stadt. Von dem blicken wir auf die imponierende Festung Nikola.

In der Nacht belästigt uns keine Menschenseele, aber als wir morgens auf dem Frischemarkt einkaufen, glotzen uns die Leute an, als wären wir Aliens von einem fremden Stern, also Außerirdische. Die negative Ausstrahlung der Jugoslawen war uns bereits vor zwei Jahren aufgefallen. Auch da wirkten die Einheimischen unfreundlich und unaufrichtig, vielleicht sogar hinterhältig. Drücke ich es mit vorsichtigen Worten aus, dann ist deren Mentalität gewöhnungsbedürftig.

Meine Abneigung liegt an dem Sprachengewirr aus kroatisch und serbisch, das ich nicht mag, und an der offenen Feindschaft der Landesteile. Bereist man den Balkan, dann denkt man automatisch an ein Pulverfass, das jederzeit in die Luft fliegen kann. Unser Wunsch ist daher verständlich, dass wir das Land auf kürzestem Weg verlassen wollen, um so schnell wie möglich unser Ziel Korfu und damit Griechenland zu erreichen. Gegenüber den Bewohnern des Balkans sind die Griechen sympathisch und angenehm. Der Menschenschlag ist ehrlich und geradeaus. Mit ihnen kann man Pferde stehlen. Man kann seinen Koffer oder Rucksack überall unbewacht stehen lassen, ohne Gefahr zu laufen, dass die Dinger geklaut werden. Und wie bewerkstelligen wir die unverzügliche Weiterreise?

Die schnellste Verbindung nach Korfu ist die Fähre von Dubrovnik. Die Bremer haben uns vor der Umgehungsstraße um Albanien herum eindringlich gewarnt. „Meidet die Albanientour", hatten sie uns mitgegeben. „Die Strecke ist ein Höllenritt. Durch ein Erdbeben im letzten Jahr herrscht in Albanien das totale Chaos. Die achthundert Kilometer über Stock und Stein, sowie durch riesige Schlaglöcher sind für eine Schwangere wie Karla und das werdende Kind eine Katastrophe, natürlich auch für euren Campingbus."

O nein, nicht mit uns, denke ich. Die Umfahrungsstrecke ist kein Pappenstiel. Solch eine Strapaze macht man nicht eben mal nebenbei. Wir haben zwar den Loibl Pass bezwungen, aber die Verhältnisse an der Grenze zu Albanien sind eine andere Hausnummer, denn das Risiko eines Unfalls ist immens groß. Mit dem Wahnsinn kann ich mich nicht anfreunden. Man muss nicht mit dem Feuer spielen, deshalb sind die Erfahrungen der Bremer ein hilfreicher Fingerzeig. Aus dem ziehe ich vernünftige Schlüsse und das bedeutet: Wie hoch ist der Preis für eine Fährüberfahrt nach Korfu?

Das gilt es herauszubekommen, auch ohne Computer mit Internet, denn auch diese Errungenschaften hatte man erst später erfunden. Leider haben wir uns in einem Reisebüro nicht schlau gemacht, deshalb müssen wir es vor Ort nachholen. Der Reiseführer gibt diesbezüglich nicht viel her, so wollen wir uns in der Großstadt Split nach dem Fährpreis erkundigen. Den Nationalpark Plitvicer Seen lassen wir aus. Den hatten wir bei unserem ersten Kroatienbesuch aufgesucht.

In Split sitzt Karla mit Argusaugen neben mir und hält Ausschau nach einem Hinweisschild. So lotst sie mich mit traumwandlerischem Geschick durch die dreckige und hässliche Industriestadt, dabei taucht nicht der Ansatz einer Informationsstelle auf. Darüber enttäuscht, machen wir uns ohne hilfreichen Infos aus dem Staub.

Auch in Sibenik sammeln wir ähnliche Erfahrungen. Eine Reiseinformationsstelle oder ein Schifffahrtsbüro ist nicht aufzutreiben, wenigstens wird die Küstenstrecke interessanter. Und in der Nähe der Ortschaft Makarska gehen wir auf den Campingplatz und gönnen uns eine verspätete Mittagspause, bei der sich unsere Luci in die Büsche schlägt.

„Hoffentlich lässt sie uns nicht zu lange warten?", sage ich skeptisch zu Karla. „Eventuell schaffen wir dann die hundertsechzig Kilometer nach Dubrovnik."

„Vergiss es", antwortet mir meine Liebste. „Das wird nichts. Luci braucht eine längere Auszeit. Die denkt im Traum nicht daran, sich in den nächsten Stunden in unsere Obhut zu begeben."

Und so ist es, denn alles Suchen und Rufen zaubert sie nicht herbei. Auf dem Campingplatz in Lissabon hatte sie uns drei Tage warten lassen. An diese Warterei muss ich denken, denn was Lucis Zuverlässigkeit betrifft, da ist sie miesepetrig. Zwar geben wir die Suche nicht auf, aber als es dunkel wird, richten wir den Bus für die Nacht her, dann brate ich uns in der Pfanne aus rohen Kartoffelscheiben eine Portion Bratkartoffeln mit Eibeilage.

Trotz Lucis Abwesenheit sind wir glücklich über den bisherigen Verlauf der Reise, denn so in etwa haben wir uns die Abläufe vorgestellt. Es gibt keine Komplikationen, weder mit der Gesundheit, noch mit dem Wohnmobil. Das läuft und läuft. Eine Werkstatt anzufahren ist nach einer Ölstabkontrolle kein Thema, denn der Motor verliert wenig Öl und das Vorhandene sieht gut aus. Mehr kann ich nicht erwarten. Und da ich Karla wie am ersten Tag liebe, artet die Nacht zu einer Liebesorgie aus, wie wir sie selten erlebt haben.

„Nimm mich", stöhnt Karla, als sie meinen Körper an sich presst. „Ja, so ist es schön. Wir sollten viel öfter miteinander schlafen."

Ich glaube, so muss es im Himmel zugehen, denke ich, und von der himmlischen Ekstase ermattet, schlafen wir engumschlungen ein.

Luci trudelt am frühen Morgen bei uns ein, doch den Ansatz des Schuldbewusstseins kennt eine Katze nicht. Zum Glück ist Fritz im Wohnmobilbereich geblieben. Den habe ich mit der Spritze verarztet, was meiner Meinung nach nicht mehr nötig ist, denn die Wunde sieht verheilt aus. Ärgerlich ist allerdings der Warmwassermangel in der Duschkabine. Das Wasser der Dusche ist kalt, trotzdem wäscht sich Karla ihre Haare. Sie macht sich sogar die Mühe, sie zu einem Zopf zu flechten, mit dem sie wie eine nordische Schönheit aussieht. Als sie mit der Haarpflege fertig ist, beginnen wir unsere Königsetappe nach Dubrovnik.

Deren Verlauf führt uns durch eine wunderschöne Küstenlandschaft. Wir bestaunen traumhafte Buchten und bewundern karibisch wirkende Inseln. Der Campingbus schnurrt dabei, als hätte er seine besten Jahre noch vor sich. Ich überschütte das treue Gefährt mit Lobesarien, denn für ein stark strapaziertes Nutzfahrzeug erweist sich der Kauf als ein wahrer Glücksfall.

Etwas verspätet erreichen wir die Ausläufer der Stadt Dubrovnik, doch der erste Eindruck ist wenig berauschend. Die Zuwegungsstraße zum Hafen ist gesperrt, da man sie wegen Rohrverlegungsarbeiten aufgerissen hat. Als Ersatzstrecke leitet uns die Umleitungsbeschilderung quer durch die Stadt, und das mit dem Ergebnis, dass wir an den Anfangspunkt zurückkehren. Erst beim zweiten Anlauf kommen wir in den Hafen mit der Anlegestelle, wo wir das Schifffahrtsbüro finden und uns nach der Korfu-Fähre erkundigen, die Fährzeiten inbegriffen.

Wir erfahren, dass die Fähre am Montag fährt, also erst in drei Tagen, und das nachmittags. Die Überfahrt kostet insgesamt dreitausend Dinar, umgerechnet sind das zweihundertachtzig Deutsche Mark, das sind aufgeschlüsselt sechshundertzwölf Deutsche Mark je Person und tausendsiebenhundertsechsundneunzig Mark für das Fahrzeug. Nicht schlecht, Herr Specht. Aber der finanzielle Aufwand ist vertretbar und uns lieber, als uns auf der hochgefährlichen und saumäßigen Gebirgsstraße um Albanien herum abzumühen.

Während der langen Aufenthaltszeit wollen wir dem hochgelobten Dubrovnik gründlich auf den Zahn fühlen, dafür beschließen wir, bis einschließlich Montag auf den Campingplatz zurückzufahren, an dem wir vor wenigen Kilometern vorbeigekommen waren. Der hat uns von seiner Lage und Ausstattung ausgezeichnet gefallen. Doch bevor wir ihn aufsuchen, kaufen wir die Zutaten für eine spanische Sangria, wobei uns der Preis für das Obst abermals schockiert. Fünf Äpfel kosten stolze fünf Deutsche Mark und vier Orangen eine stattliche Summe von zwei Mark. „Ich hoffe, dass das Obst in Griechenland preiswerter ist", bemerke ich argwöhnisch. Nach Angaben des Reiseführers, den wir zum Preisniveau studiert haben, gehen wir bei der Lebensführung in Hellas von niedrigeren Lebensunterhaltungskosten aus.

Entschädigt für die hohen Preise werden wir durch unsere süffig schmeckende Sangria. Bei der unterhalten wir uns über unsere Zukunft mit dem in Karlas Bauch heranwachsenden Baby. Da das oft strampelt, kann Karla an nichts anderes denken. „Das wird ein Traumkind", sagt sie und streichelt sich über den Bauch.

Und auch ich bin voll des Lobes: „Da es ein Junge wird und wie verrückt strampelt, wird er ein Eishockeyspieler."

„Ja, ja, selbstverständlich", knurrt Karla. „Denkst du auch mal an was anderes?"

Ihre zwei getrunkenen Gläser machen Karla so müde, dass ihr die Augen zufallen. Ich dagegen will den Krug leertrinken, aber ohne ihre Mithilfe ist das nicht zu schaffen, denn auch mich übermannt eine Mütze Schlaf.

In der Nacht wecken mich Regentropfen, die auf das Dach des Autos klopfen. Diesen Schlagertext könnte ich singen, stattdessen stehe ich auf und hole die nassen Stühle herein. Die Katzen halten sich, wegen des kontinuierlichen Weiteregnens, im Wageninneren auf. Als das Regeninterwall weitergezogen ist, stelle ich den Tisch und die Stühle wieder nach draußen und wir frühstücken vor dem Wohnmobil.

„Wunderbar", stöhnt Karla. Für sie ist das Hinausstellen eine glänzende Idee. „Jetzt wird es sonnig und warm."

Draußen wird es immer angenehmer, sodass wir in Ruhe zu Ende frühstücken, danach ist die Dusche besetzt, also unterziehe ich meinen Körper einer Katzenwäsche. Ich nehme eine Schüssel vollgefüllt mit Wasser, die ich vor die geöffnete Katzenluke stelle, und zücke einen Waschlappen, mit dem ich mir den Schweiß unter den Armen wegwische und mir übers Gesicht rubbele. Als ich meine Genitalien gesäubert habe, was hervorragend klappt, fühle ich mich sauber, sodass dem Aufbruch nach Dubrovnik keine Geruchsbelästigung im Weg steht. Wir wollen die Fährkarten für die Überfahrt nach Korfu kaufen und dafür müssen wir die Campinggebühr entrichten, erst dann bekommen wir unsere Reisepässe ausgehändigt. Verdammt sei die Bürokratie.

Unsere Luci ist eine begeisterte Autobeifahrerin. Sie nimmt die Position auf Karlas Schoß ein und stiert auf das für sie spannende Verkehrsgeschehen vor ihr auf der Straße und was sich auf dem Bürgersteig abspielt. Für eine Katze ist das spannend, deshalb lachen wir nicht darüber. Auch das ist eine Einmaligkeit, die ich in der Form noch nie beobachtet hatte.

In Dubrovnik wechseln wir einen Reisecheck ein. Mit dem Geld bezahlen wir die Schiffsüberfahrt. Danach machen wir, trotz des wolkenverhangenen Himmels, einen Bummel durch die Gassen der Stadt. Dabei gelangen wir hinunter auf die Plaza, auf der die Jugoslawen ihrer absonderlichen Lieblingsbeschäftigung nachgehen, die aus dem Herumstehen und Ratschen besteht. Vor der Kirche wird eine Tribüne aufgebaut, denn am Sonntag finden Veranstaltungen mit jugoslawischer Folklore in Trachtenkluft und mit Musikkapellen statt. Vielleicht besuchen wir das Spektakel?

Dubrovniks weltberühmte Altstadt ist ein Gedicht. Sie besticht mit altertümlichen Häusern, und engen und verwinkelten Gassen, aber das Prunkstück ist eine riesige Stadtmauer, die das wunderschöne Zentrum umspannt. Die Außergewöhnlichkeit Dubrovniks versucht Karla mit Lobeshymnen in brauchbare Sätze zu kleiden, was schwer umzusetzen ist, denn eine schönere Stadt ist ihr noch nicht untergekommen.

Den Marktplatz beherrscht ein Gewimmel an Tauben, dabei läuft deren Männerwelt balzend hinter der flüchtenden Weiblichkeit her. Manchmal muss man sich klein machen und den Kopf einziehen, weil ein Schwarm im Tiefflug über uns hinwegrauscht. Und das ist auf die Dauer anstrengend, daher gehen wir zum Essen in ein Touristenrestaurant. Ich esse gebratenen Tintenfisch mit einer Portion Fritten. Karla dagegen ist waagemutiger, denn sie bestellt mit Djuvec-Reis das Nationalgericht, also den serbischen Klassiker. Leider muss dem Koch der Reis ausgegangen sein, und der Salat ist zu trocken, den kann man in der Pfeife rauchen. Es fehlt am Öl und Essig. Und auch die Größe der Portionen lässt viele Wünsche offen, was leider in einem Touristenlokal üblich ist. Beurteile ich das Essen, dann stufe ich es als genießbar ein, aber es hätte besser schmecken können. Dass wir erst satt sind, als wir hinterher zwei Pfannkuchen bestellt und verdrückt haben, diese Tatsache spricht gegen das Lokal mit dem serbischen Ambiente.

Es ist eine unerfreuliche Erfahrung, doch mit dem Gefühl der Sättigung verlassen wir die Lokalität und fahren aus der Stadt zum Campingplatz, auf dem wir einen kleinen Spaziergang machen. Anschließend spielen wir eine Runde Federball, wobei uns die Katzen beobachten, denn die bleiben in der Nähe. So wird es Abend, an dem wir ordinäre Hot Dogs mit Senf und Ketchup essen. Immerhin macht Karla einen Salat dazu, wohlgemerkt mit Öl und Essig. Und als Tagesabschluss folgt ein Leseabend, denn der gehört wie selbstverständlich zu einer Campingreise, wobei das Baby in Karlas Bauch die tollsten Turnübungen veranstaltet.

Der nächste Morgen beginnt trübe. Wir wollen nicht aufstehen und bleiben lange im Bett liegen, dabei lese ich im Reiseführer und Karla in einem Krimi. Hinterher duschen wir ausgiebig. Um eine gewisse Atmosphäre des Wohlfühlen im Campingbus zu erzielen, muss er durchgelüftet werden, und das erreichen wir, in dem wir die Matratze nach draußen an die Busaußenwand stellen und die Steppdecken über eine Wäscheleine hängen. Gesagt getan, kommt Luci von einem Ausflug zurück.

Ich mustere sie, denn ihr Befinden gefällt mir nicht. Sie schnauft fürchterlich durch die Nase, als ob sie keine Luft bekäme. Woran liegt das bloß?

Das ist nicht herauszubekommen, denn Luci spielt bei der erforderlichen Untersuchung nicht mit. Sie verweigert sich, stattdessen rollt sie sich zum Schlafen auf ihrem Lieblingsplatz auf einer Decke zusammen, und die liegt oben auf dem Schrank.

Dann eben nicht, denke ich. Aber als ein Regenschauer droht, stellen wir den Normalzustand im Bus wieder her. Dass Karla und ich uns über irgendeinen vermeidbaren Mist in die Haare geraten, das ist bedauerlich. Und dass ein paarungswilliger Kater als aufdringlicher Gast am Bus vorbeischaut, und die für Kater typischen Heulgeräusche ausstößt, das kennen wir, aber den vertreibe ich mir nichts dir nichts.

Das alles ist der normale Alltag, nicht so der Tag des Stillstandes durch die regnerischen Wetterbedingungen. Also nutzen wir den zum bescheidenen Fressgelage. Wir essen zuerst einen Gemüseeintopf mit Würstchen, dann tischt Karla Apfelpfannkuchen auf, und als Abschluss eine Ladung Pellkartoffeln. Da sage noch einer, das Reisen mit dem Campingbus sei ein Leben für Hungerleider, denn wir beweisen das Gegenteil. Eher ist es so, dass wir Campingreisende wie die Maden im Speck leben.

Am letzten Tag vor der Abreise nach Korfu besuchen wir noch einmal die wunderschöne Altstadt, dabei hat Karla die Schnapsidee, sich aus alter Gewohnheit die Zeitschrift „Brigitte" zu kaufen, die überall auf der Welt angeboten wird. Darüber rege ich mich fürchterlich auf, aber als wir uns ausgesprochen haben, vertragen wir uns wieder. Es ist eine unserer besten Gaben, dass wir nicht nachtragend sind.

Dann bleibt zu erwähnen, dass wir die Folklore-Veranstaltung besuchen, die uns allerdings schwer enttäuscht. Sie erinnert uns in der Machart an die Jungenspiele in einer Stadt im Aachener Umfeld, bei der herausgeputzte, meist jungen Pärchen, singend und tanzend durch die Straßen ziehen.

Das unbefriedigende Restaurant für Touristen besuchen wir kein zweites Mal, lieber kochen wir uns in der Campingplatzküche mein Lieblingsgericht, das den Namen Käsespaghetti trägt. Von den Zutaten profitiert Luci, denn für eine Paprikaschote lässt sie jedes Stück Fleisch bedenkenlos sausen. Jeder Beobachter, der ihre Sucht nach einer Paprikaschote mitbekommt, will es nicht glauben. Ihnen ist eine Katze noch nicht untergekommen, die eine Paprikaschote mit solch einer Gier vertilgt. Ja, Luci ist ein eigenartiges Tier mit ausgefallenem Spleen.

Wann müssen wir zur Abfahrt der Fähre nach Korfu im Hafen sein? Ich habe den Montag, also den morgigen Nachmittag im Hirn gespeichert. Hoffentlich hat sich die Wetterlage bis zur Abfahrt gewandelt, sich zumindest beruhigt, sonst Gnade uns Gott.

5

Am Nachmittag des nächsten Tages stehen wir abfahr-
bereit im Hafen. Die Katzen haben uns gottlob nicht im
Stich gelassen, denn sie hatten sich in der Nacht gründlich ausgetobt und sich auf ihren Schlafplätzen ausgeruht.
Als das Fährschiff im Hafenbecken anlegt, ist das Wel-
lenaufkommen erträglich. Das deutet auf eine harmlose
Überfahrt hin. Ich manövriere den Bus auf das Fahrzeugdeck, was gefährlicher aussieht, als es ist, dann beginnt
sie, die mit allen Wassern gewaschene Fahrt nach Korfu.
„Griechenland, wir kommen", brülle ich meine Freude
über das Unterdeck.
Doch kaum befinden wir uns außerhalb des Hafenbe-
ckens, schon wird der Seegang rauer. Ein Unwetter mit
Blitz und Donner ist im Anmarsch, und der Wind nimmt
Orkanstärke an. Wie stabil ist solch ein Transportschiff?
Was hält es auf offener See aus, bevor es auseinander-
bricht und untergeht? Diese Fragen bewegen mich? Wie
alt ist der Kahn? Der Jüngste scheint er nicht zu sein. Sind
wir eventuell auf einem Seelenverkäufer gelandet? Das
sind weitere unangenehme Fragen.
Das Schaukeln der Fähre, die einem Frachtschiff ähnelt,
gleicht dem einer Nussschale auf den Wellen, so unkon-
trollierbar gebärdet sich der schwerfällige Schiffsrumpf,
der aus dem vorigen Jahrhundert stammen könnte. Karla
wird es sofort mulmig, denn in ihren Gedärmen fängt es
an zu rumoren. Es sind die typischen Symptome der See-
krankheit. Sie will nicht auf dem Außendeck bleiben,
denn auf dem ist es kalt, daher hangeln wir uns zu einer

großen Kabine durch, die mit Flugzeugsitzen bestückt ist. In der sitzen die Mitreisenden dicht an dicht. Einige lernen wir näher kennen und wir werden uns sogar mit ihnen anfreunden.

Auch mir ist es zum Erbrechen übel, aber ich habe meinen Mageninhalt halbwegs im Griff, doch Karla kotzt so unermüdlich in eine der Rückenlehne eines Sitzes entnommene Tüte, bis sie Gift und Galle speit und die Tüte überquillt. Mit unverhohlener Panik in den Gesichtszügen gibt mir Karla zu verstehen, dass sie und das Kind die Überfahrt nicht überstehen werden. Wir werden sterben. Dermaßen dramatisch sieht sie ihren Zustand, daher mache ich mir berechtigte Sorgen. Aber wie oder womit stoppe ich das Schlingern der Fähre? Das liegt außerhalb meiner Macht und kann nur ein Schiffsuntergang bewirken, doch daran wage ich nicht zu denken.

Mit dem Schiff untergehen will natürlich niemand, eher will ich mit Karla und dem Kind lebendig in Griechenland ankommen. Wir wollen den griechischen Frühling genießen, und das wird das Unwetter nicht verhindern. So ist es beabsichtigt und darauf freue ich mich. Aber dafür muss die Horror-Fähre ihre Schreckensfahrt durch das Adriatische Meer unbeschadet fortsetzen, sonst bleibt der griechische Frühling ein Traumgebilde, an dem wir nicht mal geschnuppert haben.

Wie ich Karla so leiden sehe, erinnere ich mich an einen neuralgischen Punkt in unserer Beziehung, der mich bis ins Mark getroffen hatte. Karla war bei einer Stippvisite bei der Mutter in Aachen fremdgegangen. Und dann auch noch mit einem Freund, der vorher bei uns in München auf Besuch war. Sie war zwei Tage vor mir nach Aachen gefahren und der Saukerl hatte sie in seinem Wagen in den Wald kutschiert, wo sie es getrieben hatten. Wie war das abgelaufen? Die Details habe ich nie erfahren und die muss ich nicht wissen, doch als ich sie abholen wollte, da habe ich es ihr angemerkt und sie hat mir die Sauerei gestanden. Ich konnte es nicht glauben, denn damit hatte ich nicht gerechnet, aber es war passiert.

„Was hat der Bursche, und ich nicht?", hatte ich sie gefragt. Daraufhin hatte Karla aus Hilflosigkeit mit den Schultern gezuckt und anschließend geantwortet: „Frag mich was Leichteres, denn ich weiß es nicht. Es ist einfach über mich gekommen und richtet sich nicht gegen dich."

Okay, so hat sie das damals gesehen und sie war ehrlich. Ihr war das Fremdgehen peinlich. Also hatte ich sie wieder mit nach München genommen, aber erledigt war der Beischlaf im Wald für mich nicht. Monatelang hatte ich mir Karla mit dem Nebenbuhler bei den Verrenkungen im Auto vorgestellt, was wie ein Marder an meinen Gefühlen genagt hatte.

Aber hier auf der Fähre, wo ich Karlas Verzweiflung an ihrer gekrümmten Körperhaltung erkenne, ist das Geschehene ein Tabu. Wie erwähnt bin ich nicht nachtragend, so ist der Seitensprung Schnee von gestern.

Umso mehr spüre ich, dass meine Liebe zu Karla in Stein gemeißelt ist. Einer anderen Frau schöne Augen zu machen, das ist ein sogenanntes No-Go für mich, es ist unvorstellbar, obwohl auch ich einige Amüsements auf dem Kerbholz habe, denn ich war in meiner Zeit vor Karla kein Kostverächter.

Doch darin habe ich mich um hundertachtzig Grad gewandelt, denn jetzt gehe ich sogar soweit, dass ich mit Fug und Recht behaupte, ich will diese Frau beschützen, denn sie verdient es, dass ich mit ihr die schönen Seiten des Lebens erobere.

Aber momentan ist Karlas Zustand schwer zu ertragen. Als Rettungsanker suche ich den Kapitän bei seinem

Steuermann auf und bitte ihn, er möge den Schiffsarzt zu meiner Freundin schicken, die seine Hilfe benötige, doch der Mann lacht schallend, denn er ist sturmerprobt. Ihm macht das Schlingern der Fähre nichts aus, daher denkt er gar nicht daran, auf meinen absurden Wunsch einzugehen.

Er sagt: „Guter Mann", und das in einem verständlichen Deutsch. „Wo käme ich hin, wenn ich den Doktor zu jeder Frau schicke, die kotzt? Die soll mal schön die Fische füttern, denn die freuen sich über ihren Mageninhalt."

Er hat Klartext gesprochen, und wenn ich ehrlich bin, habe ich nichts anderes erwartet. Aber sein Verhalten ändert nichts an der Dramaturgie der Situation. Immerhin erfahre ich auf diesem Weg, dass die Fähre anstatt in der Nacht, erst morgens elf Uhr in Korfu anlegen wird.

„Das Unwetter führt zur Drosselung des Fahrtempos und damit zu einer Verspätung", erklärt er mir. „Es ist unwahrscheinlich, dass ich den Zeitverlust aufhole."

Schonend übermittele ich Karla die Hiobsbotschaft, da will sie sterben. Und als Bestätigung kotzt sie noch herzzerreißender in den halbvollen Kotzbehälter in der Hand. Ihr Befinden erreicht den Grad der totalen Auflösung. So herrscht bei ihr noch mehr hängen im Schacht. Immerhin legt die Fähre nach vier Stunden in der Ortschaft Bar zu einem Zwischenstopp an.

Um den Zustand, in einer Achterbahn zu sitzen, und dem entgegen zu wirken, gehen wir Arm in Arm hinaus auf das Außendeck, wo wir frische Luft schnappen, und das mit Erfolg, denn sich Karlas Gesundheitszustand bessert. Sie versucht sogar ein Lächeln. Aber als die Fähre ablegt und volle Fahrt aufnimmt, geht die Kotzprozedur von vorne los, wodurch sich meine Ausweglosigkeit verstärkt.

Leider sind alle Sitzplätze in der Gästekabine belegt, daher fällen wir den Beschluss, uns unauffällig in den Bus zu schleichen, in dem sich Karla unbedingt hinlegen will, obwohl der Aufenthalt im Campingbus untersagt ist.

„Scheiß drauf", sage ich trotzig. Ich nehme Karla an die Hand und ignoriere das Verbotsschild. Wir steigen eine steile Stahltreppe hinunter, dabei kotzt Karla abermals ein nach Galle riechendes Gemisch aus. Auf dem Schiff sieht es aus, als habe eine Großküche seine Essensreste wahllos ausgeschüttet, denn total verschmutzt bis in jede Ritze ist auch das Unterdeck. Man muss aufpassen, dass man auf der Schweinerei nicht ausrutscht, denn die Kotzbehälter sind voll und alle Tüten, bis auf Restbestände, sind restlos aufgebraucht.

Auf dem Fahrzeugdeck ist es dunkel. Entweder hat die Besatzung die Beleuchtung ausgeschaltet, oder die Neonröhren sind ausgefallen. Mühselig tasten wir uns an den Fahrzeugen der unterschiedlichsten Modelle vorbei zu unserem Wohnmobil durch, das wir erreichen und ich die Seitenschwingtür öffne. Durch die steigen wir ein und sehen die Bescherung. Auch der Boden des Busses ist mit Kotzflecken übersät. Entweder Luci oder Fritz, eine der Katzen hat die Schaukelei nicht vertragen. Ich vermute, es war die Luci, denn im Bereich der Katzenluke hat sie die vor der Abreise verspeiste Leber ausgekotzt. Wahrscheinlich wollte sie nach draußen, doch die Luke war natürlich verschlossen

Karla ekelt sich vor dem Gestank, dennoch legt sie sich aufs Bett. Sie meint, das ausgestreckte Liegen könnte ihr helfen, doch der Seegang wird stärker. Das Schiff wirbelt unkontrolliert, wie eine Windfahne am Schießstand bei einem Biathlonwettbewerb, in alle Richtungen hin und her, dann versetzt den Kahn eine Windböe in die Seitenlage, worunter auch die Standfestigkeit des Busses leidet, der in eine beängstigende Schieflage gerät. Die Situation macht mir Angst, doch die lasse ich Karla nicht anmerken, denn der Höhepunkt steht erst bevor. Das Spritzen der Wassermassen über die Außenwand des Schiffes und das Schwappen über das Vorderdeck gewinnt die Oberhand, also lege ich mich neben die vor Furcht zitternde Karla. Und ihr Bibbern verstärkt sich durch das ohrenbetäubende Dröhnen der Antriebsmaschinen und das ätzende Stöhnen des Schiffsrumpfes.

Wer den Geruch des Erbrochenen kennt, der weiß, wie schrecklich es im Bus stinkt. Doch davon lenke ich Karla durch ständiges auf sie Einreden ab, um das nächste Erbrechen im Keim zu ersticken. Doch das Unglaubliche an der Situation ist, dass mir kurz vor dem Morgengrauen ein Minutenschlaf gelingt, denn da hat sich das Unwetter verflüchtigt. Doch trotz meiner Überzeugungsversuche weigert sich Karla mit mir auf das Oberdeck zu gehen. Ihr schwankt das Fährschiff immer noch zu bedenklich. Daher lasse ich sie zurück und treffe mich mit einem Achtzehnjährigen mit dem Namen Peter, mit dem ich über Korfu spreche, woraus sich eine brauchbare Freundschaft entwickelt. Der Junge war vor einem Jahr auf der Insel, und es hat ihm gefallen, sodass er sie ein zweites Mal besucht. Er will mit mir und Karla zu einem ihm bekannten Campingplatz fahren, womit ich einverstanden bin. Von den zwei Katzen erfährt er früh genug.

6

Mit gedrosselter Geschwindigkeit laufen wir mit dem Kotzschiff, so habe ich die Fähre getauft, in den Hafen von Korfu ein. Da erst hole ich Karla an Deck. Bis auf Peters und meine Wenigkeit sind alle Mitreisenden seekrank geworden. Man sieht es an den leichenblassen Gesichtern.

Bewerte ich unsere bisherige Reise auf einer Skala von 1 bis 10, was momentan etwas unpassend ist, dann bekommt sie die gute Note 9. Den einzigen Minuspunkt vergebe ich an die Überfahrt mit dem fürchterlichen Unwetter. Dieser Kampf durch meterhohe Wellen wiederholt sich hoffentlich nicht an anderer Stelle, aber erwartungsfroh stimmt mich, dass Karla und das Kind die Katastrohe unbeschadet überstanden haben.

„Juhu, ihr göttlichen Griechen!", brülle ich voller Enthusiasmus an der Reling stehend in das Hafengelände. „Juhu, wir kommen."

Endlich bin ich in Griechenland, dem Sitz der Götter und dem Land meiner Träume. Und der erste Eindruck entspricht meinen Vorgestellungen, allerdings kann ich das wuselige Treiben im Hafen nicht richtungsweisend einordnen, aber irgendwie gefällt mir das was ich sehe. Auf mich machen die Menschen den Eindruck, als hätte sie einer der sagenumwobenen Götter geschaffen. Wir werden uns ihre Mentalität ausführlich zu Gemüte führen und einige Tage auf der Insel verbringen, worüber ich mich freue.

Aber zuerst müssen wir von Bord und durch den Zoll, dessen Beamte unseren Bus grob kontrollieren, doch das tun sie mit griechischer Freundlichkeit. Es genügt, dass wir unsere Reisepässe vorzeigen und die Papiere der Katzen, dann werfen sie einen kurzen Blick in den Campingbus, wobei sie wegen des Gestanks die Nase rümpfen, und wir sind aus ihren Fittichen entlassen.

Doch bevor wir uns mit Peter auf den Weg zum Campingplatz machen, säubern wir Lucis Kotzstellen, damit sich der erbärmliche Gestank nicht einnisten kann. Danach platziert sich der aus Wuppertal angereiste Peter auf dem Nebensitz, und wir fahren zu dem außerhalb gelegenen Platz in der Ortschaft Kontokali, wobei sich der Neunzehnjährige als Gegenteil einer Spaßbremse erweist. Über seine Witze lachen wir aus Herzenslust und wir freuen uns über seine Unkompliziertheit. Die miese Stimmung der Überfahrt weicht einer Gutwetterfront. Endlich im Land der Träume angekommen zu sein, das beschwingt unsere Lebensgeister. Die zwiespältige Station Jugoslawien haken wir als unausweichlich ab, denn den Rückweg wollen wir über Italien bestreiten.

Auch zwei Pärchen mit ihren Motorrädern, die ich auf dem Schiff gesehen hatte, treffen zeitgleich mit uns auf dem Platz ein. Eins der Pärchen ist aus dem Allgäu und das andere aus Borken, außerdem gesellt sich ein Motorradfahrer aus Duisburg dazu. Bis auf die Allgäuer sind sie Reisende aus NRW, und sie sind nett. Sie sind Leute, wie man sie nur in Griechenland kennenlernt.

Ich begutachte mit Karla den Campingplatz und wir stellen wie aus einem Mund fest: „Der Platz hat Klasse. An der Einrichtung und dem Baumbestand ist nichts auszusetzen."

So benutzt Karla erst einmal die Dusche, da sie sich vom Kotzen dreckig fühlt. Sie säubert ihre Kleidung gleich mit, und das gelingt ihr gründlich, so blickt sie zufrieden in die Zukunft. Als Sprachgebrauch werden wir das Wort „nä" für ja und „ochi" für nein anwenden, dazu die Gruß-formen „Kalimera" für guten Morgen, „Kalispera" für guten Tag und „Kalinichta" für gute Nacht, doch am häu-figsten wird uns das Wort „Jassas" für Hallo über die Lippen kommen. Insgesamt ist das mäßig, aber es muss für den Anfang reichen. Die Sprachbarriere abzubauen, darin werden wir uns Mühe geben, denn wir wollen nicht als unhöfliche Deutsche dastehen.

Während Karla duscht, bauen Peter und die Motorrad-fahrer ihre Zelte auf, dann gönnen wir uns ein zweites Frühstück, denn das Erste musste aus Mangel an Mög-lichkeiten ausfallen. Danach gehen wir mit Peter in den nahegelegenen Randbezirk der Stadt, wo wir in einem gutbestückten Krämerladen einige Grundnahrungsmittel, dazu Wein und Obst einkaufen, dafür leiht uns Peter tau-send Drachmen.

Mit dem Einkauf auf dem Campingplatz zurück, bricht der Abend herein. Wir als Gruppe hocken uns vor unser Wohnmobil, dabei quatschen wir über das Erlebte und unsere weiteren Pläne, wobei Peter und ich vier Flaschen von dem frisch erworbenen griechischen Wein leeren. Danach bin ich bestens gelaunt, aber ziemlich betrunken vom Alkoholgehalt, so lasse ich den ersten Tag auf Korfu würdelos ausklingen.

Wir schlafen lange, dann frühstücken wir mit Peter, der ein frisches Brot bei einem Bäcker aus die Umgebung be-sorgt hat. Danach mache ich mit Karla und Peter den ersten Besuch in der Altstadt von Korfu-Stadt, die wir mit dem Linienbus aufsuchen. Unseren Bus lassen wir auf dem Campingplatz stehen, dadurch können die Katzen durch die offenstehende Katzenluke rein und rausschlüpfen, wie es ihnen beliebt.

Leider sind die Banken nur bis vierzehn Uhr geöffnet, was uns daran hindert, einen Reisecheck einzutauschen, doch Peter hilft uns mit einigen Drachmen aus, die wir ihm am nächsten Tag zurückzahlen wollen. Also schlägt Karla zu, denn Korfu ist ein Einkaufsparadies. Sie kauft sich ein grünes Baumwollkleid mit gehäkeltem Bündchen für umgerechnet achtundzwanzig Deutsche Mark. Das Kleid steht ihr fantastisch, doch danach sind wir pleite. „Einen Reisecheck zu Geld zu machen, das können wir nicht auf die lange Bank schieben", sage ich zu Karla, die zustimmend nickt.

Wir pumpen Peter ein zweites Mal an, um mit ihm am Abend im Platzrestaurant Einkehren zu können, wobei Peter und Karla die preiswerte Variante verspeisen. Sie gönnen sich eine Portion Moussaka, ich esse den Fleischspieß. Doch da es ein Imbissessen ist, fällt die Menge bescheiden aus, dafür ist das Essen spottbillig. Der Haken daran ist Karlas Sodbrennen, das anscheinend am Olivenöl liegt. Sicher ist das nicht. Danach holt Peter mehrere Flaschen Wein und eine Flasche Ouzo aus dem Ort, die wir mit den Motorradfahrern im Wohnmobil vertilgen, denn draußen ist es kalt. Mit Peter, Lothar, Jochen und Renate, wird es ein gelungener Abend. Nur die Allgäuer passen nicht zu uns, denn sie sind wortkarge Zeitgenossen. Leider trinke ich sehr viel, deshalb wird mir schlecht und ich muss mich übergeben. Hinterher bin ich sauer auf mich, denn ich hätte mich am Riemen reißen müssen. So beschließe ich: Das Saufen muss aufhören.

Wir unterliegen zwar keinem Zwang, trotzdem stehen wir früh auf, weil wir unbedingt einen Reisecheck eintauschen müssen, um Peter auszuzahlen und mit Drachmen flüssig zu sein. Peter ist früher aufgestanden und hat Brot und Butter besorgt. Mit den Zutaten aus der Bordküche frühstücken wir, dann machen Peter und Jochen eine Inselrundfahrt auf dem Motorrad, wogegen ich mit Karla in die Altstadt von Korfu Stadt mit dem Linienbus fahre. Renate nimmt sich eine Auszeit und bleibt bei den Katzen.

Nach dem Eintausch des Reiseschecks bummeln wir durch die Gassen, dabei ersteht Karla zwei Kleider, zusammen für sage und schreibe einunddreißig Deutsche Mark. Ich kaufe für mich eine Pumphose und einen handgestrickten Pullover. Und weil uns das nicht reicht, kauft sich Karla noch ein Paar preiswerte Wollknäuel. Sie will mit dem Stricken der Klamotten für das Baby beginnen.

Eine Süßigkeit leisten wir uns als Zwischenimbiss, doch das Gebäck ist nach Karlas Geschmack zu süß. Dagegen schmecken die frischen Erdbeeren vorzüglich und Luci wird sich über eine Paprikaschote freuen. Aber als Krönung kommt ein niedliches Jäckchen für das Baby zu den erworbenen Einkaufsschätzen hinzu. Karla hält es immer wieder in die Höhe und ich bin begeistert.

„Das Jäckchen hat sich gelohnt. Ich kann mir meinen Sohn hervorragend darin vorstellen", lobe ich den Kauf. Man braucht viel Liebe, aber ansonsten sehr wenig, um sich glücklich zu fühlen.

Als wir zum Abschluss einige Ansichtskarten von Korfus Sehenswürdigkeiten erworben haben, schreibe ich die Erste auf einer Parkbank an meine Mutter und werfe sie hinterher in den nächstbesten Briefkasten. Nicht von ungefähr erinnere ich mich an meine Lebensgeschichte, die 1946 in Bernburg an der Saale beginnt. In der Stadt habe ich das Licht der Welt erblickt, und die liegt in Sachsen Anhalt, doch darauf bin ich nicht stolz, wegen deren rechtsradikalen Gesinnung, aber leider stammt meine Familie aus der bescheuerten Ecke.

Die Flucht aus der DDR war ein Himmelfahrtskommando mit der Berliner U-Bahn. Schließlich landeten wir über das Berliner Auffanglager Marienfelde in Blankensee bei Lübeck. Sesshaft wurden wir allerdings im Dreiländereck, denn dort gab es Arbeit für den Vater, dennoch bin ich in ärmlichen Verhältnissen aufgewachsen. Der Vater war oft krank, denn die schlimmen Zustände während der Flucht und das Lagerleben danach hatten ihn ausgezehrt, er war praktisch ein Wrack Seine letzte gute Tat war, dass er mir eine Lehrstelle in einem Architekturbüro als Bauzeichner besorgte, was eine Besonderheit für ein Flüchtlingskind darstellte. Aber bis es dazu gekommen war, wurden wir Flüchtlinge von den Einheimischen wüst beschimpft, denn wir waren unerwünschte Personen im eigenen Land.

„Was wollt ihr hier, ihr Polacken? Verschwindet dahin, wo ihr herkommt."

Die strenggläubigen Katholiken verteufelten uns als minderwertige Parasiten, worunter mein Vater und meine Mutter entsetzlich gelitten hatten. So war es nicht zu verhindern, dass der Vater mit dreiundfünfzig Jahren die Löffel abgegeben hat, da war ich gerade vierzehnjährig. Meine Jugend war dementsprechend aufgewühlt und aufregend, vielleicht bin ich deshalb solch ein unruhiger Geist geworden?

Erst viel später habe ich die Fluchthintergründe mit einer Radtour in meine Vergangenheit aufgearbeitet. Der Vater wollte partout nicht, dass seine Kinder in der DDR aufwachsen. Für ihn war es ein Unrechtsstaat, dessen System er hasste. Dementsprechend erschüttert war er, als seine Tochter nach dem blauen Halstuch der jungen

Pioniere gierte. Er musste diese Endwicklung unterbinden. Wer weiß, was aus uns Kindern im ihm verhassten Arbeiter und Bauernstaat geworden wäre?

Wir hatten herzensgute und fürsorgliche Eltern. Dafür bin ich dankbar. Dass sie mir durch die Aufenthalte in den Lagern den Zugang zum Gymnasium verbaut hatten, das sehe ich ihnen nach, obwohl mir das Abitur meine berufliche Laufbahn merklich erleichtert hätte. Schlussendlich wurde ich durch den Tod des Vaters dazu verdonnert, wie der Blitz aus heiterem Himmel erwachsen zu werden, denn urplötzlich wurde aus mir Vierzehnjährigen das Familienoberhaupt, was er so bestimmt nicht gewollt hatte.

Doch auf Dauer behagte mir die aufgezwungene Rolle nicht, denn mir wurde es im Kreis der Familie und im Aachen der damaligen Zeit zu eng, deshalb machte ich meinen Techniker in Köln und zog von dannen, um die Welt kennenzulernen, was für meine Mutter den nächsten herben Verlust bedeutete, doch darauf konnte ich keine Rücksicht nehmen. Und wo war ich gelandet?

Sie ahnen es, denn die Antwort liegt auf der Hand. Ich hatte München kurz besucht und mich in die Stadt verliebt. So musste ich mich zwischen Berlin und München entscheiden, doch nach München wollte ich unbedingt. Einen gutbezahlten Job in einem Ingenieurbüro hatte ich per Inserat in der Süddeutschen Zeitung gefunden, und das Büro besorgte mir ein möbliertes Zimmer, dadurch war bei mir alles im Lot. Meine Mutter dagegen ist nie über den Horizont Aachen hinausgekommen und meine drei Jahre ältere Schwester hat mir die schwersten Vorhaltungen gemacht.

„Bleib hier. Deine Mutter braucht dich", hatte sie behauptet. „Sie ist noch nicht über den Tod unseres Vaters hinweg."

Mit der Kritik musste und konnte ich leben, denn die Nabelschnur gehörte durchtrennt, was gleichbedeutend war mit dem Abnabeln. Der Zeitpunkt war gekommen, an dem man seinen eigenen Weg geht. Nur ein einziges Mal hat mich meine Mutter in München besucht, und ich muss sagen, es hat ihr gefallen. Besonders angetan war sie vom Olympiagelände, über das Karla und ich mit ihr stundenlang spazieren gegangen waren. Die bekannten Stadien als Originale zu sehen, das gefiel ihr als Sportinteressierte, denn die Anschaffung eines Fernsehers hatte sie sich gegönnt.

Wie Sie sehen, habe ich als Heranwachsender viel Leid erlebt. Diese Erlebnisse sind ein Erfahrungsschatz, der hat mich hart wie Kruppstahl gemacht. Mich kann keine Tragödie aus der Bahn werfen, deshalb möchte ich mit niemandem tauschen, denn ich kenne langweiligere Lebensgeschichten.

Während meines gedanklichen Ausflugs in meine Kindheit, kehren wir auf den Campingplatz zurück. Weil wir frieren, verdrücken wir uns in die Taverne. Vorher hatten Karla und ich eine Portion Knödel mit Bohnen verdrückt. Das Essen der Mitbringsel entlastet den Reiseetat und sollte Karlas Sodbrennen bekämpfen, das sich durch ein lästiges Aufstoßen äußert. Ich habe aus meinem Fehler gelernt und halte mich beim Saufen zurück. Dafür lobt mich Karla über den grünen Klee. Ziehe ich ein Zwischenfazit, dann meint es Korfu gut mit uns. Wir wären nicht traurig, ginge es so weiter, nur wärmer sollte es werden.

Langsam wird es Zeit, dass wir uns das Land und die Leute in anderen Landstrichen Korfus ansehen, also fahren wir mit dem Wohnmobil und den Katzen zur Westküste der Insel. Dort gibt es ein berühmtes Kloster.

Ich bin kein Freund kirchlicher Heiligtümern, und das schon gar nicht, wenn mir tausende Kinder um die Beine herumwuseln. Eine Menge an griechischen Schulkindern wird mit Bussen angekarrt, und die verbreiten mit ihrem Geplärre viel Hektik, sodass sie mir den eh nur geringen Besichtigungsspaß vermiesen. Daher verdrücken wir uns in das Besucherlokal mit Restaurant, weil ich unbedingt Tintenfisch essen will, aber das mehrarmige Monstrum missglückt dem Wirt und ist damit ein Reinfall. Allerdings will er für Karlas ebenfalls misslungenes Moussaka fairerweise kein Geld. Was ist denn jetzt los? Ist der Mann mit dem falschen Bein zuerst aufgestanden, oder hat er einen schlechten Tag erwischt? Wie dem auch sei, jedenfalls berappe ich den Preis von elf Deutsche Mark für den Tintenfisch, und nur das, denn das Gemüseteilchen nimmt er auf seine Kappe.

Trotz der Geldersparnis sind wir von dem Ausflug enttäuscht, denn mehr als das Kloster gibt die Westküste nicht her, daher treibt es uns an die Ostküste, doch auch der hochgelobte Ort Ipsos ist keine Offenbarung. Wir klappern die komplette Ostküste bis zum Strand Paralia Gouvia nach Norden hinauf ab, doch wir halten uns nirgendwo lange auf, außerdem sind die Straßen holperig und schmal. Beim Abstecher in die wunderschöne Bucht bei Andis Korfu Page müssen wir ein paarmal hin und her rangieren, um wieder in die Spur zu kommen, immerhin ergattern wir einen Blick nach Albanien hinüber, das allerdings einen trostlosen Eindruck bei uns hinterlässt.

„Es war gut, dass wir die Umfahrung Albaniens gemieden haben", betone ich bei dem Anblick. „Allerdings ist die Ostküste Korfus auch nicht gerade ein Feuerwerk an Schönheit."

Doch dann relativiere ich meine Beurteilung: „Nun gut, heute habe ich nicht meinen besten Tag, und an dem meckere ich gern."

„Immerhin haben wir die Ostküste gesehen", sagt Karla. „So können wir über die Schönheit oder Langweiligkeit der Ortschaften mitreden. Aber auch die Strände sind nicht das Gelbe vom Ei"

„Tja, was machen wir da?", bin ich wieder an der Reihe. Woraufhin Karla ergänzt; „Uns bleibt nichts anderes übrig, als den Abstecher zu beenden. Fahren wir zu unserem Campingplatz heim."

Wir stellen das Wohnmobil ab, da kommt Peter von seinem Ausflug zurück. Mit ihm setzen uns in die Taverne, in der uns ein Grieche in hervorragendem Deutsch erzählt, dass ein kleines Haus zehntausend Deutsche Mark kosten würde, das aber nicht auf Korfu, doch es gibt Inseln, auf denen der Preis realistisch ist.

Ich spitze vor Neugierde die Ohren, denn das sind die Geschichten, die in München die Runde machen und mich gefesselt hatten. Doch was soll ich jetzt mit derlei Informationen? Durch das bevorstehendes Kind bleibt mein gewünschtes Aussteigerleben pure Illusion.

Da wir ein paar Tage auf ein Gewitter verzichten mussten, überrollt es uns ohne Vorwarnung, als sei es bei der Reise standesgemäß. Beim Spektakel mit Blitz und Donner verlieren wagemutige Träume ihre Faszination. Wir warten ab, bis der Regen nachgelassen hat, dann gehen wir in unseren Bus, in dem uns die Katzen in Empfang nehmen, dann streicheln wir sie eine Weile, bis sie auf Tour gehen wollen und wir einschlafen können.

Peter weckt uns, weil er nach dem Frühstück mit uns in Korfu Stadt eine Überlandbusfahrkarte nach Athen kaufen will, die fünfunddreißig Deutsche Mark kostet, doch als er die Summe gründlich überdacht hat, überlegt er es sich anders. Stattdessen zieht er das Trampen über das Festland in Erwägung. Aber erst einmal gehen wir zu dem uns vertrauten Laden und kaufen ein, danach erwerben wir bei einem alten Fischer vier Tintenfische.

Die zu säubern macht Arbeit, denn die müssen gründlich geklopft werden, damit uns kein Tropfen Tinte den Verzehr vermiest. Unsere Luci ergattert die Abfallprodukte, die ihr so gut schmecken, dass sie zwei Tintenfische vom Grill mopst. Sie ist ausgehungert und dadurch leicht abgemagert, denn sie hat in den letzten Tagen viel zu wenig gefressen.

Am Abend lohnt es sich nicht, für die verbliebenen Tintenfische den Grill anzuschmeißen, daher brate ich sie in der Pfanne mit viel Knoblauch. Dazu essen wir einen Salat, der aus viel Paprika, Tomaten, Kartoffeln, Eiern, Zwiebeln und Knoblauch besteht. Und was soll ich sagen: Uns hat ein Salat selten besser geschmeckt, denn unsere Eigenproduktion kann sich mit einem griechischen Salat durchaus messen.

Später setzen wir uns in der Gesellschaft von zwei frisch angereisten jungen Frauen vor Peters Zelt, dabei teste ich mein Englisch. Beide sind verdammt hübsch. Die eine kommt aus Kalifornien, die andere aus Brisbane in Australien, und sie haben sich in Griechenland kennengelernt. Sie sind total verwegen, denn sie sind mit Fahrrädern unterwegs, was damals nicht alltäglich ist. Das Fahrrad wird erst Ende der Zweitausendzwanziger Jahre seinen Siegeszug antreten, mit mir als Befürworter.

Als sich Renate und Jochen hinzugesellen, bilden wir eine gesprächige Runde, bei der ich mir Gedanken über die hübsche Australierin mache, da die mir schöne Augen macht. Vor Jahren wäre ich auf sie angesprungen, aber jetzt gönne ich sie Peter, denn der himmelt sie an. Außerdem gehört Karla mit meinem Kind im Bauch meine uneingeschränkte Liebe, also lasse ich die Anmache, denn der Quatsch ist unnötig wie ein Kropf.

Übrigens haben sich die Allgäuer verabschiedet, ohne große Worte zu verlieren. Sie sind mit der Fähre ins italienische Ancona abgereist.

Am Tag darauf wird es endlich warm, daher lädt uns die Wärme zu einem langen Stadtrundgang ein. Peters intensiven Bemühungen, bei der Schönheit aus Brisbane zu landen, das Trauerspiel tun wir uns nicht an. So fahren wir allein in die Stadt und besichtigen die bombastische neue Festung mit seinem Tunnelsystem und Blick auf den Hafen. Die Festung schmückt als Cover die breite Palette der Reiseführer über Korfu und ist ein beliebtes Ansichtskartenmotiv. Bewunderung erfährt Korfu auch durch seine kopfsteingepflasterten Straßen und die pastellfarbenen Fassaden der venezianischen Bauten. Jeder Gast, der die Insel besucht, ist von der Macht der überwältigenden Ausstrahlung des Stadtbildes in all seinen Facetten begeistert.

Der schöne Tag entwickelt eine bezaubernde Wirkung auf Verliebte, daher lassen wir es uns auf einer Bank mit Blick auf das Meer richtig gut gehen. Den Arm um Karlas Schultern gelegt wird mir bewusst, dass diese Frau für immer und ewig zu mir gehört, was sich wie ein wunderbarer Traum anfühlt, aus dem ich nie wieder aufwachen will. Mit dieser Urgewalt an Frau werde ich noch eine gefühlte Ewigkeit, also viele Tage und Nächte, auf der Insel Korfu verbringen. Ich sollte diesen Traum zu einem Roman verfassen, was ich hiermit tue.

Ich will nichts beschreien, aber Karla und ich haben unsere Liebe wiederentdeckt. Wie durch die Kräfte eines

Wunderheilers sind wir wieder ein Herz und eine Seele. Wir verstehen uns so wunderbar, als hätte nie ein Problem zwischen uns gestanden. So hält die Nacht das, was ich mir nach dem Liebesgeflüster von ihr verspreche, denn Karla erliegt dem Zauber meines kleinen Mannes, aus dem sich mein Mannessaft wie die Lava eines Vulkans über ihre Scheide ergießt.

Noch von den Auswirkungen der Liebesnacht betäubt, frühstücken wir ohne Hektik, dann machen wir uns über die verschmutzten Klamotten her. Es haben sich ein paar verschwitzte T-Shirts angesammelt, daher entwickelt Karla den Hang zur Waschfrau. Ja so ist sie. Sie will immer picobello aussehen.

Heute wird es richtig heiß. Wir ziehen mit dem Bus um auf einen schattigen Platz, damit er nicht der prallen Sonne ausgesetzt ist. Außerdem stinkt es am alten Platz vom andauernden in die Büsche pinkeln. Ich spiele mit Peter, Jochen und Lothar ein Fußballmatch auf kleine Tore, wobei uns die Überseeschönheiten zuschauen und uns sogar anfeuern. Danach schnappen wir uns die Federballschläger und veranstalten ein Turnier.

Zum Abendessen laden wir Peter ein, der uns ans Herz gewachsen ist. Es soll ein Abschiedsessen sein, denn er will nicht trampen, sondern am nächsten Tag mit dem Linienbus nach Patras fahren. Und das ist eine vertretbare Entscheidung. Zum Abschied gibt es Spaghetti mit Tomatensoße und Gemüse. Das ist kein Festessen, aber der nicht verwöhnte Peter freut sich trotzdem.

Urplötzlich ertönt von jenseits des Zaunes ein wildes Katzengeschrei. Es ist natürlich unser Fritz, der sich auf eine Streiterei eingelassen hat, wahrscheinlich mit dem Kater, der andauernd in der Nähe des Busses herumlungert. Fritz trägt eine kleine Verletzung am linken hinteren

Oberschenkel davon, aber die scheint nach meiner Einschätzung von harmloser Natur zu sein. Fritz legt eine Kampfpause ein, dann geht er zurück in das Gebüsch, in dem die Keilerei stattgefunden hatte, doch wir hören keine weitere Zankerei. Unser harsches Auftreten hat den Kater vertrieben und Fritz ist stolz wie Oskar. Hinterher sitzen wir alle in der gewohnten Runde zusammen und klönen, obwohl wir traurig sein müssten, da uns Peter verlässt.

Als wir aufwachen, tritt Peter mit der Bitte an uns heran, blitzschnell mit dem Frühstück zu beginnen, dafür hat er seinen Krempel zur Abreise bereits neben unseren Bus gestellt. Wir gehen auf ihn ein und essen schneller als sonst, dann verfrachte ich sein Zelt und alles weitere in den Businnenraum. Ich hupe mehrmals, daraufhin winken die Freunde uns nach und Karla und ich rasen mit Peter in die Stadt, wo wir ihn am Busbahnhof für Überlandbusse absetzen.

Der nächste Bus nach Patras fährt aber erst halb sechs am Abend, deshalb verschiebt Peter seine Abreise und schließt sich uns zu einem Einkaufbummel durch die Altstadt an, bei dem ich nach kurzem Suchen fündig werde und mir einen schwarzweiß gestreiften Pullover für achthundert Drachmen gönne, Der Verkäufer versichert mir: Das Produkt ist reine Handarbeit.

Solch ein Schmuckstück, in dem ich toll aussehe, wünsche ich mir seit Jahren. Auch Karla wird aktiv. Sie kauft mehre Knäuel Wolle in den Farben meines Pullovers, um daraus Kindersachen für das Baby zu stricken. Die Zeit dafür hat sie auf unserer Tour.

Heute ist ein fürchterlich hektischer Tag in der Stadt. Die Besucher schimpfen und drängeln. Das Keifen der

Frauen in dem wirren Treiben erzeugt bei mir Nerven-
flattern, was nicht gut ist für mein sich nach viel Ruhe
sehnendes Gemüt. Irgendwann haben wir genug von dem
ohrenbetäubenden Gezeter, so krallen wir uns den lieben
Peter und fahren mit ihm auf den Campingplatz zurück,
wo er sein Zelt aufbaut, denn er will den Aufenthalt um
eine Nacht verlängern. Das finden wir gut, ohne an etwas
Böses zu denken.

Doch unser Erscheinen mit ihm erzeugt prompt Ärger
mit dem Inhaber der Anlage, denn der will Peter rigoros
des Platzes verweisen. Er fühlt sich um die Campinggebühr geprellt. Erst als Peter sechzig Drachmen für eine
Nacht auf seine Theke knallt, gibt er Ruhe, doch die
Stimmung ist vergiftet, was wir bedauern, denn bis zu
dem Eklat hat uns der Aufenthalt ausgezeichnet gefallen.
Allerdings mag Karla nicht länger auf dem Campingge-
lände bleiben. „Ich kann den Raffzahn nicht mehr sehen",
schimpft sie. „Wir schieben ihm keine weitere Drachme
in den Hintern."

Das war ein entschlossenes Machtwort. Ja, so rigoros
kenne ich Karla. Zwangsläufig fällen wir den Beschluss:
Wir nehmen am nächsten Tag einen Platzwechsel vor,
nichtsdestotrotz veranstalten wir einen Federballwettbe-
werb, an dem die Überseeschönheiten teilnehmen. Doch
Peter kann bei der Aphrodite vom australischen Konti-
nent nicht landen, denn die zeigt ihm weiterhin die kalte
Schulter. Ach Gott, lieber Peter, mache dir nichts draus.
Du wirst es überleben

Das Turnier zieht sich hin bis zum Abendessen, dabei
registrieren wir das ankommende Paar, dem Autokennzeichen nach aus Wuppertal. Karla und ich begrüßen die
Neuankömmlinge und plaudern eine Weile mit ihnen,
doch damit hat es sich. Die Verrückten hatten die Holper-
strecke um Albanien herum ausgewählt, dementspre-

chend fix und fertig sind sie. Anna und Volker, das sind ihre Namen, legen sich in ihren Opel Kadett Kombi, schon sind sie eingeschlafen.

Dass das Paar eine dramatische Entwicklung einleitet, die ein Schreckensereignis nach sich ziehen wird, das ist eine eigene Geschichte, doch zu der Dramaturgie kommen wir später.

7

Acht Uhr morgens weckt uns Peter, den ich ruckzuck zum Busbahnhof bringe und ihm alles erdenklich Gute wünsche. Karla ist mit den Katzen auf dem Campingplatz geblieben, um die Formalitäten für unsere Abreise in die Wege zu leiten. Als ich zurückkomme, schlafen die Wuppertaler Neuankömmlinge noch in ihrem viel zu engen Opel Kadett. Würden sie es begrüßen, wenn ich sie aufwecke?

Ich wecke sie nicht, stattdessen sperren wir die Katzen in den Bus und gehen zur Rezeption. Dort bezahle ich das zwischen Karla und dem Verwalter veranschlagten tausendzweihundertsechzig Drachmen Übernachtungsgeld, dann kaufen wir im Ort das Notwendigste ein und fahren Richtung Süden, um Neuland zu entdecken. Es war eine wunderbare Woche mit den Griechenlandfans, obwohl uns der Ausklang nicht zufriedengestellt hat, was uns aber nicht daran hindert, die Kontaktadressen mit allen auszutauschen.

Auf dem Weg nach Süden werden die Straßen schlechter. Schließlich landen wir auf einer Schotterpiste, und zu guter Letzt auf einem Feldweg, den wir zehn Minuten in der Hoffnung auf ein schönes Plätzchen weiterfahren. Das durch tiefe Löcher und Querrillen Manövrieren ist für das Wohnmobil eine Zumutung, aber auch für mich, denn ich komme ganz schön ins Schwitzen. Karla wird es sogar mulmig von der Schaukelei und irgendwann geht es nicht weiter, sodass ich auf dem schmalen Feldweg wenden muss. Ich sehe eine Schlange, die unseren

Weg kreuzt, und einen Mann, der mit einem Jagdgewehr durch die Walachei latscht. Das ganze Drum und Dran ist furchterregend. Wir sind in einer abschreckenden Wildnis gelandet.

Am Ende der Welt treffen wir auf zwei Österreicher, die uns den Weg zu einem einsamen Platz am Meer weisen. Dort ist es uns allerdings zu einsam und den Katzen gefällt er noch weniger, denn in der näheren Umgebung des bescheidenen Strandes gibt es kein Gebüsch, geschweige denn einen Baum oder so etwas wie einen Wald.

Trotzdem pausieren wir und ich bereite uns etwas Essbares zu. Was wir gegessen haben, das weiß ich nicht mehr. Und die letzten Bissen verschlungen, beschließen wir, unsere Fahrt fortzusetzen, ohne uns noch einmal umzudrehen. Unsere Suche gilt zwei Campingplätzen, die in unserer Karte ausgewiesen sind, aber die existieren anscheinend nur im Kartenmaterial, nicht in der Realität. Auch sonst gibt es keine geeignete Schlafmöglichkeit für uns und die Katzen. Was macht man da? Und vor allem, wo können wir bleiben?

Kurz vor der Ortschaft Ipsos hupt es wild hinter uns. Ich drehe mich um, dann fluche ich hocherfreut: „Verdammt noch mal. Das sind die Wuppertaler."

Volker hat sich mit dem Opel Kadett dicht hinter uns geklemmt und signalisiert durch sein Hupen und Gestikulieren, dass er eine Strecke zu einem Campingplatz kennt. Irgendwann überholt er unser lahmes Wohnmobil und lotst uns hinter sich her, sodass wir den Platz Dionysos zusammen mit den Wuppertalern erreichen und ihn begutachten.

Was wir sehen, das gefällt uns zwar nicht, außerdem müssen wir bei der Ankunft tausend Drachmen berappen, aber wir bleiben. Wir machen das seltsame Spiel des sofortigen Bezahlens mit, das sich bei der Platzverwaltung eingebürgert hat, denn wir sind des Suchens müde und uns ist nach einem netten Abend.

Die Weggefährten bauen ihr Zelt auf, dann lassen wir uns zum Plauschen mit ihnen vor unserem Wohnmobil nieder, da passiert ein Missgeschick. Für uns Vier ist es eine Schrecksekunde, denn Karlas Campingstuhl bricht unter ihrer Last zusammen. Mir bleibt fast das Herz stehen. Karla fasst sich an den Bauch und fühlt, ob alles in Ordnung ist, dann beruhigt sie mich, denn das Zappeln des Babys wirkt normal und sie hat sich dem Himmel sei Dank nicht wehgetan.

Aber jetzt kommt der Hammer, denn eine wichtige Neuigkeit kommt durch den Zusammenbruch des Stuhls zum Vorschein, die sich die Frauen nicht verheimlichen wollen. Und jetzt setzen Sie sich hin, denn Anna ist wie Karla im vierten Monat schwanger.

Herrgott sakra, was für ein Zufall. Da treffen sich zwei deutsche Paare rein zufällig auf einem Campingplatz auf Korfu, und die Frauen sind im selben Monat schwanger. Ja, ist das denn zu glauben? Selbstverständlich ist das jedenfalls nicht. Volker und ich schauen uns verblüfft an, denn bei oberflächlicher Betrachtung ist die fortgeschrittene Schwangerschaft weder bei Anna noch bei Karla in der Bauchregion zu sehen. Ihnen gelingt es, trotz ihrer schlanken Figuren, das kleine Bäuchlein gut zu verbergen. Nur beim näheren Hinsehen fällt es dem Betrachter auf. Und wir zukünftige Väter platzen vor Stolz auf das Geleistete, obwohl ich anfangs gar nicht Vater werden wollte. Nun gut, das hat sich grundlegend geändert, denn ich werde in meiner Vaterrolle aufgehen. Julian, oder wie mein Sohn auch immer heißen wird, kann sich auf seinen Vater freuen.

Nachdem wir uns sehr nahe gekommen sind, beende ich in Gedanken bei meinem Kind den wunderbaren Abend, der uns gute Freunde beschert hat.

Das Wetter ist unfreundlich, als wir aufwachen. Am liebsten würden wir sehr lange im kuscheligen Bus liegen bleiben, wobei wir Frischverliebten unser Familienglück genießen wollen, doch da sich Volker vor dem Wohnmobil bemerkbar macht, stehen wir auf und ich gehe unter die lauwarme Dusche, dabei wasche ich mir mein langes Haar.

Übrigens trägt Volker seine Haarpracht ähnlich lang wie ich, nur mein Haar ist glatt und seins lockig, aber unsere Vollbärte ähneln einander. Und Anna ist gekleidet mit den typischen Merkmalen einer Hippiefrau, worin sie wahnsinnig hübsch aussieht. Wahrscheinlich ist sie die schönste Frau Wuppertals mit ihren unwiderstehlich traurigen Augen.

Tja, zu Zeiten der Hippies und der verwegenen Rockgruppen ist die Männerhaarpracht wild und ungezügelt. Die Jeans, das Blümchenhemd und enge Streifenhosen bestimmen das Erscheinungsbild der Freaks. Die von Nazi-Deutschland geprägten Spießer der Kriegsgeneration kommen mit dem für sie abstoßenden Aussehen nicht zurecht, ja sie ekeln sich sogar vor dem langhaarigen Pöbel.

Die Spießer sollten sich schämen. Deren angebliche Unwissenheit über die Naziverbrechen nimmt ihnen kein nach dem Krieg zur Welt Gekommener ab. Von den Gräueltaten in den Vernichtungslagern nichts gewusst zu haben, ja sie zu leugnen, das ist eine dummdreiste Lüge, die hart bestraft gehört. Mit der erzeugen die Unverbesserlichen bei der jungen Generation den Brechreiz, den sie verdienen.

Ich trage den Hass auf die Naziverbrecher im Herzen, denn einen Trennungsstrich des Vergessens zu ziehen, das lassen die sinnlos Ermordeten nicht zu. Diese Verbrechen müssen in Erinnerung gehalten werden. Dafür bedarf es mehr als den Totensonntag mit Kranzniederlegungen und all dem Pipapo.

Tut mir leid, aber die unsägliche Vergangenheit zu unterdrücken, das schaffe ich nicht. Meine Abscheu muss raus. Denke ich an die Abscheulichkeiten, dann kann ich mein Heimatland nicht lieben, denn mich erschreckt das Gesinnungsbild, das wir Deutsche im Ausland abgeben. Leider besteht die breite Masse der Menschen beiderseits der Zonengrenze aus rückständigen Zeitgenossen, die sich von der Politik für dumm verkaufen lassen. Für die ist die Zeit stehengeblieben.

Wir Vier haben uns weiterentwickelt und stehen auf das freie Denken, das sich wie ein zartes Pflänzchen durch die Ritzen im Asphalt quetscht und sich auf dem Vormarsch befindet, was sich in unserer Kleidung und der der Freunde äußert. In der Denkweise sind wir vom gleichen Ufer. Die Zukunft gehört nicht den Rückständigen, sondern der die hinderlichen Zwänge ablegenden Generation. Es ist der Zusammenschluss der Hippies mit der rebellierenden Studentenbewegung, der uns wachgerüttelt hat. Mit der Haltung gegen den Krieg in Vietnam blicken wir über den Tellerrand hinaus.

Wundern Sie über mein ausführliches Eingehen auf die Bekanntschaft mit den Wuppertalern? Das müssen Sie nicht, denn die Schilderungen sind beabsichtigt. Durch einen Schicksalsschlag werden die Freunde eine enorme Wichtigkeit erlangen. Aber über die Tragweite lasse ich Sie als Leser zappeln, denn erst in zwei Wochen bricht das unvorstellbare Unheil mit seiner vollen Wucht über uns Beteiligte herein.

Im Laufe des Tages fahren wir mit den Wuppertalern nach Korfu-Stadt und kaufen für Karla einen verstellbaren Campingstuhl, der auch als brauchbare Liege taugt. Anschließend besuchen wir die als sehenswert angepriesene Ortschaft Pelekas. Das ist ein Ort, der durch seinen herausragenden Sandstrand besticht, doch als wir an dem anhalten, liegt da ein toter Hund. Wie lange schon und woran ist er gestorben?

Wir wissen es nicht. Jedenfalls scheint sich niemand für ihn zu interessieren oder für ihn zuständig zu sein. Durch das tote Tier können wir unsere Katzen nicht rauslassen und mit ihnen spazieren gehen, denn als Todesursache könnte Gift im Spiel sein. Da der Himmel über dem aufgewühlten Meer schwarz ist, gehen wir in das vertrauenserweckend wirkende Strandrestaurant und essen einen griechischen Salat. Karla und Anna genügt der Leckerbissen mit Schafskäse, aber Volker und ich werden nicht satt, deshalb vertilgen wir hinterher noch eine Fischplatte für zwei Personen. Den zutraulichen Hund des Besitzers, den wir Bruno taufen und mit dem wir uns anfreunden, belohnen wir mit Essensresten. Aber auch andere in großer Anzahl um uns herumwuselnde Hunde und Katzen lassen wir nicht zu kurz kommen.

Als wir gegessen haben, verlassen wir das Lokal, doch wir bleiben unter einer Überdachung stehen, denn der schwarze Himmel war nur der Vorbote für einen Wolkenbruch, prompt schüttet es wie aus Kübeln. Land unter auf Korfu, für uns nichts Neues. Die Straßenabläufe schaffen es nicht, die Wassermassen abzuleiten, und die Versickerungsfähigkeit des Bodens stößt an seine Grenzen. Der vom Regenmangel ausgetrocknete Boden kann das Regenwasser nur bedingt aufnehmen, zu viel Wasser aus den Wolken prasselt vom Himmel, über deren Menge wir staunen.

Doch der Regenschauer lässt nach, so fahren wir über eine matschige Straße in die Innenstadt von Korfu-Stadt, wo Volker für sich den gleichen Pullover erwirbt, wie ich ihn mir gekauft hatte. Diese Pullover sind anscheinend für Korfu Besucher ein Muss, weshalb wir uns necken.

„Die Querstreifen sind für mich wie gemacht", palavere ich. „Sie lassen mich kräftiger aussehen, denn eigentlich bin ich ein zartes Geschöpf."

Worauf Volker kontert: „Du Hering kannst anziehen was du willst. Mein athletisches Aussehen erreichst du nie."

Anna und Karla lachen herzhaft über unser Frotzeln, aber insgeheim freue ich mich auf die neidischen Blicke in der Heimat.

Inzwischen hat das Regnen aufgehört, trotzdem bietet die Stadt bei den Witterungsbedingungen keine großartigen Unternehmungen an. Viele Bereiche stehen unter Wasser und die Pfützen gleichen Seenplatten. Also fahren wir auf den Campingplatz, richten uns häuslich ein und trinken einen Kaffee, schon erscheint die Sonne am Himmel und trocknet den Boden in Sekundenschnelle, sodass ich mit Volker eine Partie Boccia spielen kann. Auf einer frei gebliebenen Fläche kann ich die Kugeln endlich einsetzen, und die rollen perfekt für mich.

Als Volker lustlos wird und aufhört, mache ich mit Karla einen Spaziergang durch den beschaulichen Ort. Bei dem laufen uns zwei Hunde hinterher. Sie suchen den Kontakt zum Menschen, denn den Tieren geht es schlecht in Griechenland. Oft wird achtlos und mit Abscheu nach ihnen getreten, doch da wir das nicht tun, weichen sie uns nicht von der Seite.

Wegen der Anhänglichkeit müssen wir sie austricksen, um sie loszuwerden. Dafür wenden wir einem billigen

Trick an, wegen dem ich mich schäme. Und der geht folgendermaßen: Wir gehen durch die Vordertür in einen Laden und durch die Hintertür hinaus. Von weitem sehen wir, wie die Hunde vor dem Laden stehen und auf uns warten. Der tieftraurige Anblick peinigt mich so sehr, dass ich mein schlechtes Gewissen auf dem Heimweg kaum gebändigt bekomme, aber Karla nimmt die Luft aus meiner Beklemmung. „Du kannst nichts an den Zuständen ändern", sagt sie, was natürlich stimmt. „Einen Hund können wir uns schon wegen der Katzen nicht anschaffen."

Trotzdem bricht mir die beschissene Situation der Tiere in Griechenland fast das Herz.

Mein Herz ist unbeschädigt geblieben, als mich die aufgehende Sonne weckt, und sich der Himmel von seiner freundlichen Seite präsentiert. Eigentlich wollten wir mit Anna und Volker nach dem Frühstück den Campingplatz wechseln, so sehr nerven uns die englischen Busgruppen, die uns am vorherigen Abend bis auf wenige Meter auf den Pelz gerückt sind.

Aber es kommt anders.

Das hervorragende Wetter ist der Grund, weshalb wir es uns überlegen und den Umzug abblasen. Stattdessen lassen wir unseren Bus auf dem Campingplatz stehen, damit die Katzen rein und rauskönnen, wie sie es gern haben, und unternehmen mit den Wuppertalern einen letzten Ausflug in die Stadt. Erst am nächsten Tag wollen Anna und Volker mit der Fähre nach Igoumenitsa am Festland weiterreisen, deshalb haben wir für den Abschiedsabend ein Schlemmermenü geplant.

Für unser Festessen kaufen wir Hackfleisch zum Herstellen der Frikadellen, dann vier Halskoteletts und zum Abschluss einen ganzen Tintenfisch ein, aber auch die

Kartoffeln aus neuer Ernte vergessen wir nicht. Die Zutaten für einen Tomatensalat bekommen wir ebenfalls auf dem Markt. Dagegen erwerben wir den Rotwein in einem Supermarkt. So in etwa haben wir uns das Fressgelage ausgedacht und der Einkauf ist ein voller Erfolg. Hoffentlich haben wir keine wichtige Zutat für die Schlemmerei vergessen?

Die griechischen Frischemärkte suchen ihresgleichen. Das Angebot an Obst und Gemüse ist reichhaltig und Fisch und Fleisch gibt es in rauen Mengen in bester Qualität, denn Korfu ist eine reiche Insel. Uns beeindruckt das Treiben um die Stände herum und die einmalige Atmosphäre, denn beides ist wunderbar. Der Frischemarkt erinnert mich an den Viktualienmarkt in München, nur ist der Münchner gewaltiger in seinen Ausmaßen. Aber für unseren Zweck reicht das Angebot und wir sind zufrieden, denn beim Geruch der Essenssachen läuft uns das Wasser im Mund zusammen. Hinterher duftet es im Kadett nach Tomaten und Paprika, als stünden wir vor einem Gemüsestand.

Als der Abend hereinbricht, bauen wir den Grill vor dem Wohnmobil auf, dabei merkt man Volker an, dass er mit dem Grillprozedere stark verwurzelt ist, denn er spielt sich auf wie der Grillmeister persönlich. Nach einer halben Stunde ist die Glut okay und er legt die Frikadellen, den Tintenfisch und die Kottelets auf den Grillrost. Dann verrichtet die Holzkohle ihre Arbeit, bis zum Garungsprozess. Volker reicht die Frikadellen herum und es wird zünftig gespachtelt. Dann folgt ein Kottelet und ein Stück vom Tintenfisch, beides ist richtig kross. Ich staune beim Anblick der zierlichen Anna, was die verdrücken kann. So wie sie gebaut ist, habe ich ihr die Menge nicht zugetraut. Als wir dem Rotwein reichlich zusprechen, bekommen Volker und ich den Kanal nicht voll, doch unsere schwangeren Partnerinnen bleiben vernünftig und halten sich zurück. Sie wollen die Gesundheit des zu erwartenden Nachwuchses nicht gefährden.

Bei Anlässen, an denen große Mengen Alkohol getrunken werden, da wird dummes Zeug gelabert. Das ist bei uns nicht anders, denn unser Gesprächsstoff dreht sich nicht nur um die Zukunft mit den Kindern, aber nein, wir leisten uns auch manchen Schabernack. So zum Beispiel sprudelt manch dreckiger Witz aus uns heraus, über den wir nach Herzenslust lachen, denn das Lachen ist bekanntlich gesund.

Für uns bestehen keine Zweifel, dass wir nach einer beabsichtigten Trennungspause das griechische Festland gemeinsam entdecken und erobern wollen. Wir werden dort weitermachen, wo wir auf Korfu aufgehört haben, nämlich bei einer Wiedersehensfeier. Für solche Feiern und den beabsichtigten Feldzug durch Griechenland, haben wir uns mit den Katzen auf die ungewöhnliche Reise begeben, die ich jedem, der das Reisen liebt, gern zur Nachahmung empfehle.

8

Nach dem gemeinsamen Frühstück ist der Moment des Abschieds gekommen. Ich drücke Volker wie einen Bruder, Anna dagegen sehr vorsichtig. Wir versprechen den Freunden, dass wir sie in einer Woche auf einem Campingplatz unweit der Stadt Kalamata wiedertreffen werden. Ich gebe Volker den Namen und Adresse des Campingplatzes, die er in einem kleinen Notizbuch vermerkt. „Wartet dort auf uns, dann machen wir uns schöne Badetage", bitte ich die Wuppertaler inständig, denn wir sind durch die Schwangerschaften ein stückweit zusammengewachsen. Aber nicht nur dadurch, sondern auch durch die Ähnlichkeiten in den Ansichten über eine spätere Lebensführung. Zu dem Themenkomplex haben wir viele Gemeinsamkeiten entdeckt.

Als Volker die Campinggebühr bezahlt hat, verschwinden er und Anna mit großem Abschiedsgetöse zum Fährhafen, um nach Igoumenitsa überzusetzen. Tja, und damit sind wir allein, und das ist ein merkwürdiges Gefühl, denn uns wird klar, wie gut wir uns mit den Wuppertalern verstanden haben, prompt vermissen wir ihr Lachen und ihre Albernheiten. Doch das Negative an der Sachlage schwächt sich ab, denn uns bleibt die Freude auf ein baldiges Wiedersehen.

Unsere Katzen sind im Bus eingeschlafen, daher bezahlen auch wir die Übernachtungsgebühr und verschwinden von dem Platz, der einen bedauernswerten Eindruck bei uns hinterlässt. Ich bin stinksauer, denn ich fühle mich übers Ohr gehauen, weil wir mehr bezahlt haben, als es vorher vereinbart war. „Sowas macht man nicht. Das ist eine Schweinerei", schimpfe ich fuchsteufelswild, obwohl ich die Griechen mag, und ich weiß, dass viele die deutsche Sprache verstehen, aber der Eine oder Andere ist bei mir ins schiefe Licht geraten.

Über die Gaunerei des Platzwartes nachdenkend, blicke ich nicht zurück, sondern wir fahren zu dem Campingplatz, auf dem wir die erste Woche verbracht hatten. Den haben wir als Adresse für die Post aus der Heimat angegeben, doch als wir ankommen und nachfragen, liegt angeblich weder ein Brief oder ein Schriftstück für uns vor. Wir vermuten, dass uns der Platzwart die Post vorenthält, damit wir länger Station bei ihm machen. Traue ich ihm den Schachzug zu? Der Mann sieht ehrlich aus. Woher rührt mein Misstrauen?

Vielleicht ist es auch anders und es ist tatsächlich keine Post aus Deutschland bei ihm eingegangen? Die Post ist lange unterwegs. Genauso wird es sein, denn bisher hatte sich der Platzverwalter zuvorkommend verhalten, bis auf die Ausnahmesituation mit unserem Peter. Deshalb will ich nicht nur schlecht über den Mitmenschen denken.

Das positive Denken siegt, und wir machen uns in dem Glauben an die Ehrlichkeit einen faulen Tag, was unseren Katzen zugutekommt. Die hatten wir sträflich vernachlässigt, allerdings ungewollt, deshalb kuscheln sie sich jetzt umso mehr an uns.

Am Abend öffne ich eine Dose Bohnen und brate die in der Pfanne, dazu gibt es Naturreis, was überraschend gut schmeckt. So legen wir uns nach dem Essen früh ins Bett, wobei uns das wünschenswerte Einschlafen misslingt. Deswegen lassen wir den aufregenden Tag Revue passieren. Und das Ergebnis führt dazu, dass auch wir nach dem Frühstücken abreisen wollen, denn am Abend war eine Busgruppe mit Jugendlichen eingetrudelt. Die jungen

Leute haben ihre Zelte dicht um unseren Bus herum aufgebaut und machen viel Rabatz, womit sie die Katzen merklich einschüchtern.

Wie Sie sehen, ist auch in Griechenland nicht alles Gold was glänzt, deshalb wollen wir uns in Zukunft bei Übernachtungen im Campingführer informieren, ob auf dem Platz Busgruppen angekündigt werden und die zugelassen sind. Wer den Schaden hat, der braucht für den Spott nicht zu sorgen, und wir lernen schnell.

Ohne ein Gefühl von Reue verabschieden wir uns von dem diesmal mürrisch auftretenden Verwalter, dann fahren wir mit dem Campingbus und den Katzen zum Hafen, wo wir mit Ach und Krach die elf Uhr Großfähre zum Festland erreichen und entern. Manchmal bin ich etwas lahmarschig und verdiene einen Tritt in den Hintern.

Trotz meiner Schlafmützigkeit ergattern wir eine kleine Sitzecke, außerdem ist Karla überglücklich, denn die samtweiche Überfahrt ist Balsam für ihre Seele. In dieser Grundstimmung werfen wir wehmütige Blicke zurück auf die Flora und Fauna des Inselpanoramas. Ob uns anderswo ein ähnlich sattes Grün empfängt?

Wahrscheinlich nicht, denn Korfu ist die grüne Lunge Griechenlands und gilt als grünste Insel in einem phantastischen Inselreich. Mehr Grün ist nirgendwo auf dem europäischen Boden beheimatet. Dass wir Korfu auf dem Rückweg wieder aufsuchen wollen, das ist beschlossen, und daran zweifeln wir nicht.

Igoumenitsa selbst ist keine optische Perle. Greife ich in meine geschichtliche Schatzkiste, dann wurde die Stadt während des zweiten Weltkrieges völlig zerstört. Kein altertümliches Gebäude hatte den Luftangriffen mit Bombenabwürfen standgehalten. Als man die italienischen und deutschen Besatzer vertrieben hatte, wurde die Stadt neu aufgebaut, daher sind Sehenswürdigkeiten rar, aber der riesige Hafen ist in seiner Ausstattung imposant und eine Augenweide. Wegen seiner strategisch günstigen Lage bildet er das Tor nach Italien und andersherum nach Griechenland. Für uns ist die Hafenstadt das Einfallstor nach Patras, denn hier beginnt die West-Ost Autobahn nach Athen.

Auf dieser Autobahn fahren wir erstaunlich schnell für das Fahrvermögen des Wohnmobils durch die Präfektur Epirus, doch mehr als achtzig Stundenkilometer gibt der Bus nicht her. Die Landschaft ist abwechslungsreich. Es gibt tatsächlich mehr Grün, als wir erwartet hatten, und die Böden sind fruchtbar. Wir fahren sogar an einem Sumpfgebiet bestückt mit Seerosen vorbei. Dann sehen wir zwei Störche, die mit dem Nestbau auf einem Strommast beschäftigt sind, wobei Karla logischerweise an Klapperstörche denkt. Als wir auf eine Schildkröte stoßen, übertrifft das unsere Erwartungen.

„Die Vielfalt der Landschaft lässt darauf schließen, dass der Garten Eden gut bestellt ist", sage ich zu Karla, und das sorgt für gute Laune.

Umso weniger begeistert sind wir vom Anblick einer toten Katze, und einem schlimm zugerichteter Hund, die uns bei der Durchfahrt eines Dorfes auffallen. Zuvor hatte Karla bei der Ankunft im Hafen ein totes Tier im Wasser treiben sehen, nach ihrer Meinung war das ein Hund. Warum die Anhäufung an Tierkadavern? Es bleibt uns ein Rätsel, warum man in Griechenland dermaßen viele verreckte oder erschlagene Hunde und Katzen sieht. Die Vielzahl an toten Tieren will uns nicht einleuchten und trübt mein Verhältnis zu dem ansonsten wunderschönen Land.

Bei der Mittagsrast erleben wir eine böse Überraschung. Fritz hatte sich bei seiner letzten Balgerei eine Wunde am

Rücken zugezogen, die dick angeschwollen ist. Wir wissen uns nicht anders zu helfen, als das Geschwulst selbst aufzumachen, dazu öffne ich die Schwellung mit der Spritze, die mir die Tierärztin mitgegeben hatte, und drücke die eitrige Masse heraus. Es stinkt fürchterlich. Dann spritze ich ein Desinfektionsmittel in die Wunde und hoffe, dass alles gutgeht. Fritz schreit fürchterlich vor Schmerz, so unangenehm ist ihm der Eingriff. Hinterher leckt er sich die behandelte Stelle sauber.

Aber auch Luci quält eine eitrige Nagelbettentzündung, doch die behindert sie kaum, denn sie schleicht bei einer Rast ziemlich normal durch die Büsche. Trotzdem kommen in mir Zweifel auf, ob es richtig war, die Katzen auf die lange Reise mitzunehmen, anderseits, wo hätten wir sie lassen können? Wo wären sie gut aufgehoben gewesen? Bei Karlas Mutter?

Obwohl der Mutter ein Zweifamilienhaus mit großem Garten gehört, kam sie als Pflegestation nicht in Frage, denn als besonders tierlieb ist sie bei unseren Besuchen mit den Katzen nicht in Erscheinung getreten. Aber was soll's. Wir hängen an den beiden Rackern. Sie zurückzulassen war nie ein Thema, auch wenn unser Wohnmobil momentan einem fahrenden Ambulanzfahrzeug sehr nahe kommt.

Ansonsten ist die Autofahrt sehr angenehm. Wir genießen das durch eine unbekannte Landschaft Knattern, denn an Korfu hatten wir uns mittlerweile sattgesehen. Nur der Beifahrersitz, auf dem Karla sitzt, bietet Raum für Beanstandungen, denn der bereitet ihr Sitzprobleme. Das unschöne Teil strotzt nicht vor Gemütlichkeit, denn er ist zu klein und schwach gepolstert, also knochenhart. Aber mich am Lenkrad ablösen will sie nicht, obwohl sie den benötigten Führerschein besitzt, und wenn ich ehrlich bin, erntet sie damit meine Zustimmung. Ich bin beileibe kein Macho, der sich über Frauen am Steuer lustig macht, doch den schwerfälligen Campingbus steuere ich lieber selbst, denn der hat beim Fahrverhalten seine Macken und Karla hat sich nie aufgedrängt.

Wir fahren also von Igoumenitsa an der Küste entlang bis zur Bilderbuchstadt Preveza auf der Spitze einer Halbinsel, die den Golf von Arta vom ionischen Meer trennt. Die architektonisch hübsche Stadt besticht durch ihre bunten Fassaden und einen Hafen, in dem sich eine einladende Cafeteria an die anderen reiht. Das Gesamtbild ist ein Schmankerl. Aber auch diese Stadt hat eine bewegte Geschichte, denn sie wurde unzählige Male von den unterschiedlichsten Belagerern erobert. Im Jahr 31 vor Chr. fand im Meer bei Preveza die bombastische Schlacht von Actium statt, als die ägyptische Flotte Cleopatras gegen die des Römers August Octavian kämpfte. Cleopatra verlor die Schlacht und die ihr verbliebenen Schiffe kehrten ruhmlos in ihre Heimat heim. Und auch wir bleiben nicht lange in Preveza, ähnlich der Truppen Cleopatras, denn wir sind mit Anna und Volker am Südzipfel des Peloponnes verabredet. Daher fahren wir auf der West-Ost Autobahn weiter, bis wir die Fährverbindung unweit der Großstadt Patras erreichen, die uns unserem Ziel näherbringt. Und das Ziel ist die südliche Halbinsel des wunderschönen Griechenland.

Um die Halbinsel zu erreichen, queren wir eine Wasserstraße, auf der Karlas Freude groß ist, denn auch diese Überfahrt über das seichte Gewässer stell sich als harmlos heraus, dann suchen wir auf der Landkarte den Weg zur Ortschaft Kato Achaia, in dem es einen vom Campingführer empfohlenen Übernachtungsplatz geben soll. Im Campingführer klingt es einfach, aber das Kaff zu finden hat seine Tücken, denn ohne ein nicht erfundenes

Navi irren wir wahllos in der Walachei herum. Ein Navigationsgerät gab es höchsten in den Vorstellungen kluger Köpfe. Als wir die Ortschaft erreichen ist es eine leichte Übung, den Campingplatz zu finden. Und was sehen wir, als wir auf dem Platz eintreffen? Renate und Jochens Motorräder neben ihrem Zelt. Ja Herrgott sakra, was ist denn jetzt los. Uns hat die Vergangenheit eingeholt, denn die Zwei aus Borken hatten wir hier nicht erwartet.

Da sich die Motorradfahrer nicht auf dem Platz aufhalten, melden wir uns an der Rezeption an, dann essen wir eine Kleinigkeit und warten voller Ungeduld, was eine Stunde dauert. Doch dann ist es soweit. Die Freunde kommen von ihrem Spaziergang zurück, sodass wir überschäumende Umarmungen vollziehen, denn die Freude über das Wiedersehen ist riesig. Und zur Feier des Tages lassen wir den Bus mit geöffneter Katzenluke zurück und gehen in ein nahegelegenes Restaurant in dem kleinen Fischerstädtchen.

Wir haben uns kaum hingesetzt, da setzt sich der Wirt zu uns an den Tisch und wir sind sofort per du. Fast kameradschaftlich unterhalten wir uns mit dem Mann, der ein akzeptables Deutsch spricht. Er hat einige Jahre im Norden Deutschlands von einem griechischen Restaurant gelebt und vereinbart mit uns für den nächsten Abend ein Fischessen, wozu er uns mit griechischer Gastfreundschaft einlädt. „Das ist der Dank für meine erfolgreiche Zeit in eurem Land", sagt er. „Ich habe damals in Hamburg viel Geld verdient, und das Geld in das schmucke Restaurant in meiner Heimatstadt investiert."

Das Restaurant ist eine Granate. Und der Besitzer meint es ernst mit der Einladung, denn das bestätigt er uns mit einer Geste, die aus dem Schenken zweier Flaschen Rotwein besteht, die wir in gemütlicher Atmosphäre mit Renate und Jochen vor unserem Bus austrinken. Danach

fallen wir todmüde ins Bett, wo ich rührig bewegt zu Karla sage: „Die Tour zu den Griechen ist ein Heidenspaß. Besonders lebt sie von den Überraschungen jeglicher Art."
Und damit meine ich das Wiedertreffen der zwei Motorradliebhaber aus Borken.

Beim Frühstücken mit den Freunden verspüre ich einen leichten Kater. Jochen hat frisches Brot aus Kato Achaia geholt. Weil die Temperaturen beträchtlich in die Höhe schnellen, ziehe ich mir eine kurze Jeans an, dazu ein ärmelloses in olivgrün gehaltenes T-Shirt. Anschließend kaufen Karla und ich zu Fuß im Ort ein. Die Sonne knallt vom Himmel, aber es ist stürmisch. Der Wind wühlt das Meer mächtig auf. Geht man mit nackten Füßen am Strand entlang, dann kann man von einladenden Badetemperaturen nicht sprechen.
Und wieder zurück vom Einkaufstrip, planen wir keine großartigen Aktionen an diesem Tag, den wir mit dem Verschlingen unseres Lesestoffes verbringen, denn das befreundete Pärchen liest ebenfalls sehr gern. Zwischendurch gehe ich zur Toilette, wodurch der Tag eine herbe Note erhält, denn ich ärgere mich grün und blau über zwei jugendliche Griechen, die einen Igel zu Tode quälen. Mir schwillt der Kamm an, weil sie ihn unter eine Blechtonne setzen und auf der herumtrommeln, so kräftig, dass dem Tier die Trommelfälle platzen müssen. Das ist eine Riesenschweinerei. Sie lassen erst von der Trommelei ab, als es ihnen langweilig wird.
Nach meiner Befreiung des Igels ist das arme Tier durch den Wind. Trotzdem läuft der Igel zielgerichtet davon, so hoffe ich inständig, dass er in ein igelgerechtes Leben zurückkehren kann. Ich schaue die Schurken mit böse rollenden Augen an, die sich ohne die geringste Spur von

Schuldbewusstsein über ihre Heldentat eins ins Fäustchen lachen. Sie sind weit davon entfernt, sowas wie Mitgefühl zu empfinden, denn die geschundene Kreatur ist vielen Menschen in Griechenland egal.

Ich hasse Tierquälerei. Wäre Jochen bei mir gewesen, dann hätten wir den Tierquälern die Leviten gelesen, aber ich war allein und konnte nur Drohlaute ausstoßen. Bei einer handgreiflichen Auseinandersetzung wäre ich gegen die kräftigen Burschen chancenlos gewesen.

Gegen Abend fiebern wir dem großen Fressen entgegen. Und das beginnt mit der Vorspeise. Die besteht aus je einem großen Scampi und einem ordentlichen Stück von einem Tintenfisch. Ich bin von den Socken. Danach serviert uns der Wirt einen üppigen griechischen Salat. Und als Krönung suchen wir uns aus einer Kühltruhe einen frisch gefangenen Fisch aus, den er mit einer Mischung aus Olivenöl und Zitronensaft grillt. Als Beilage stehen für griechische Verhältnisse ganz ordentliche Fritten auf dem Tisch. Es ist ein Festmahl. Besser kann man nicht essen. Der Mann versteht sein Handwerk, denn nach der Völlerei sind wir restlos satt.

Das wäre ein ausreichender Grund gewesen, den Aufbruch einzuleiten, aber wir kommen aus dem Restaurant nicht weg, weil sich zwei Freunde des Wirtes zu uns gesellen. Sie sind Piloten der Luftwaffe und laden uns zu Bier und Wein ein, wobei sie ziemlich aufdringlich wirken. Da wir nicht unhöflich sein wollen, können wir ihre Einladung nicht ignorieren. Also setzen sie sich zu uns an den Tisch und das Gespräch gerät in Gang. So endet der Abend mit Diskussionen über kontroverse, ja sogar sexistische Themen, dabei bleibt es friedfertig. Als Karla ihre Augen nicht mehr aufhalten kann, nickt sie andauernd weg. Und ich weiß irgendwann auch nicht mehr, was ich über den Abend denken soll. Geht's um das Wohl der Frauen, dann reagiere ich empfindlich, ohne aggressiv zu werden. Aber was steckt hinter der Einladung? Ist sie plumpe Anmache und die zwei Armeeangehörigen haben es auf Anna und Karla abgesehen?

Ich unterlasse es geflissentlich, der Sachlage beim Wirt auf den Grund zu gehen. Wahrscheinlich ist meine Vermutung auch nicht handfest genug. Außerdem ist es egal, denn irgendwann umarmen die Soldaten den Wirt, und verschwinden.

So kommt es, dass auch wir uns von ihm verabschieden, worauf der Wirt traurig reagiert. Mit all seiner Überzeugungskraft versucht er uns zu einem zweiten Essen zu überreden, doch Renate und Jochen winken ab, denn sie wollen weiter. Sie haben ein festes Ziel vor Augen, und das ist das Übersetzen zur Insel des Odysseus, also nach Ithaka.

Nachdem ich mir während des Duschens die Haare gewaschen habe, betreibe ich Bartpflege. Mein Bart droht mir in den Mund und die Ohren zu wachsen. Das Haupthaar lasse ich von den Sonnenstrahlen bei unserem allerletzten Frühstück mit dem sympathischen Paar aus Borken trocknen.

Wir beenden das Frühstück und sacken die Katzen ein. Dann fahren wir gemeinsam mit Renate und Jochen nach Kato Achaia, die Freunde auf ihren Motorrädern und wir mit unserem Bus, wo wir uns endgültig voneinander verabschieden. Wir haben uns blendend verstanden, deshalb liegt uns viel daran, dass wir in Kontakt bleiben und wir uns gegenseitig besuchen. Unser zukünftiges Zuhause in Aachen und die Stadt Borken sind keine Weltreise voneinander entfernt.

Um den Wunsch zu unterstützen, drücken wir uns vehement, dann fahren die Freunde in Richtung Westen zu den ionischen Inseln weiter, und wir schlagen den Weg nach Süden zu den Zacken des Peloponnes ein. Doch bevor wir uns mit Anna und Volker treffen, wollen wir uns die berühmte Sehenswürdigkeit auf der Halbinsel ansehen, und das ist das antike Olympia mit dem Heiligtum des Zeus als Mittelpunkt.

Zum Wissenswerten über die Ausgrabungsstätte krame ich in der Geschichtsschatulle, denn gerade Sparta zieht mich Sportfan magisch an, trotz des Verfalls. Zu Sparta gehört Olympia, und dessen Bauten waren der erste Austragungsort der olympischen Spiele, daher der Name, und im altgriechischen Reich waren die Wettkämpfe nur den Männern vorbehalten. So steht's im Reiseführer. Frauen durften grundsätzlich nicht an den Sportveranstaltungen teilnehmen, denn in der Antike war der Sport eine reine Männerangelegenheit und die olympischen Spiele waren das bedeutsamste Sportereignis. Das fand alle vier Jahre statt, und das tut es auch noch heute. Der Mythos besagt, dass der Halbgott Herakles die Spiele zu Ehren seines Vaters Zeus gegründet hatte, dem höchsten Gott in der griechischen Götterwelt.

Es gab auch Göttinnen, zum Beispiel die Aphrodite, dann Artemis, Athena, Ceres und Demeter, aber die standen nicht in Verbindung zum antiken Olympia und damit zum Sport. Und irgendwelche Barbaren, so nannten die Griechen die Ausländer, durften auf keinen Fall an dem Kräftemessen teilnehmen, somit auch keine Sklaven. Außerdem gab es, gegenüber heute, nicht viele Kampfdisziplinen, zu denen gehörten das Ringen und der Faustkampf, aber das Highlight war der Fünfkampf. Der vereinigte die Disziplinen Diskuswerfen, Speerwerfen, den Weitsprung, das Laufen, und komischerweise auch das Ringen zu einer Gesamtdisziplin. So beeindruckend die Zeichnungen der griechischen Mythologie auch sind, als

Frau hätte ich in der Zeit der Götter nicht leben wollen. Aber damals ging es dem einfachen Spartaner nicht viel besser, denn der wurde hauptsächlich für die Feldarbeit und für Eroberungen gebraucht, oder nennen wir es missbraucht. Er war dazu verurteilt, den Heldentod zu sterben. Heben Sie das alles gewusst?

Doch weg von den Sagen und hin zum heutigen Olympia. Nach einer relativ kurzen Anfahrt stellen wir den Bus auf dem Parkplatz ab und erwerben unsere Eintrittskarten für fünfzig Drachmen. Dann beginnen wir unseren Rundgang über das Gelände, das ich mir deutlich größer vorgestellt habe. Für mich sieht es nach herumliegenden, mit Verzierungen versehenen Steinen aus. Die Zerstörung ist so weit fortgeschritten, sodass man sich die Sportstätten zur Körperertüchtigung nur mit Hilfe eines Lageplanes, der eine informative Bebilderung enthält, immerhin ansatzweise in Erinnerung rufen kann. Empfehlenswert finde ich den Abstecher in die Antike daher nur bedingt. Aber das ist meine Meinung, die kein Evangelium sein muss. Fesseln kann mich das Gebotene jedenfalls nicht, denn man muss schon ein Fan von Ausgrabungsstätten sein, um mit dem Besuch einer Steinwüste die Erfüllung des Lebens zu finden.

Da auch Karla der gleichen Meinung ist, machen wir nicht viele Worte über die Steinwüste, sondern begeben uns auf den Rückweg zum Parkplatz, auf dem gerade eine große Anzahl an Reisebussen ankommt, die unser Wohnmobil zustellen und deren Insassen sich über den Parkplatz verstreuen. Ich habe meine Mühe, mit unserem Gefährt durch das Gewimmel an Menschen, die mir den Weg versperren, von dem Parkplatz zu gelangen. Doch mit viel Geschick schaffe ich das ohne eine Beule und Schramme in der Karosserie. Letztendlich vermute ich, dass im Sommer um Olympia herum ein viel größerer

Menschenauflauf und fürchterlicher Rummel herrscht. Dann treten die Besucher jedes durch die kleinste Ritze und Spalte sprießende Grün rücksichtslos platt. Die kleinen antiken Steine verschwinden in den Taschen der Touristen oder unter ihren Quadratlatschen. Das alles klingt abwertend, dennoch ist mit etwas Erfreuliches bei der Besichtigung aufgefallen und das ist die totale Übereinstimmung zwischen Karla und mir.

Dass wie zusammenpassen, daran habe ich nie gezweifelt, und dass mir Karla den Himmel auf Erden bereitet, dazu noch mit einem Sohn, das vervollständigt meine Glücksgefühle. Irgendwie bin ich ein Glückspilz und als der zu beneiden.

Vor siebenunddreißig Tagen haben wir unsere Wohnung in München verlassen. Die Zeitspanne erscheint uns wie eine Ewigkeit, dermaßen ereignisreich ist unser Griechenlandtrip verlaufen. Wir sind jetzt sechs Wochen auf der Walz, und ich muss feststellen, dass mir das Leben in der jetzigen Form, also ohne feste Ziele und Einschränkungen, hervorragend gefällt. Fließt in meinen Adern Zigeunerblut oder bin ich nur ein beliebiger Herumtreiber, wie ich von Leuten mit geringem Horizont genannt werde? Ich bin wohl eher der geborene Vagabund.

Wie man mich auch nennt, das interessiert mich wenig, denn ich kann mit allen Begriffen leben, aber eine Vererbung ist meine Veranlagung nicht, denn mein Vater war der bodenständige Typ, trotz seiner Flucht aus der DDR. Jedenfalls werde ich des Reisens nie überdrüssig und ich bereue keine Stunde des Trips, Karla mit dem Kind im Bauch hoffentlich auch nicht. Damit drücke ich ohne zu übertreiben aus, dass es uns Drei, und natürlich den Katzen, hervorragend geht. Aber das ist der momentane Zwischenstand, denn zu dem Zeitpunkt können Karla und ich noch nicht wissen, dass ein dramatischer Höhepunkt zum Greifen vor uns liegt. Wir würden unser Leben opfern, wenn uns eine höhere Macht die schreckliche Tragödie ersparen würde.

Vollgepackt mit Vorfreude auf Anna und Volker fahren wir auf einer ordentlichen Straße, die den Blattfedern unseres Busses guttut, Richtung Süden und kommen nach Kalamata. Mit rund fünfzigtausend Einwohnern ist die stattliche Häuseransammlung die Hauptstadt des Regionalbezirks, außerdem kennt man die Stadt durch seine traumhaften Strände und seinen internationalen Flughafen, über den viele Urlauber nach Griechenland einreisen. Erwähnenswert sind der Bilderbuchhafen mit die unüberschaubare Menge an Segelschiffen, und natürlich die schmucken Gassen, die zum Verweilen einladen. Und oft vergessen wird das herrliche Bergpanorama, das in Griechenland seinesgleichen sucht.

Das rege Nachtleben, dem ein makabrer Ruf vorauseilt, interessiert uns nicht. Von derlei Auswüchsen wollen wir verschont bleiben, weil wir nächtliche Bummel durch anrüchige Kneipenszenen generell ablehnen. Stattdessen machen wir uns auf die Suche nach dem Campingplatz, den ich mit Volker als Treffpunkt vereinbart hatte. Doch den zu finden, das ist verdammt schwer. Irgendwo am Wasser soll er sich nach der Beschreibung befinden, rätsele ich herum, aber wo hält sich der Platz versteckt?

Nach halbstündiger Suchaktion stehen wir vor dem Eingang zu einem Campingplatzgelände. Das muss der Platz sein, denn der Name stimmt. Wir haben ihn endlich gefunden, nur wo sind unsere Freunde? Wir sehen weder Anna noch Volker.

So war das nicht geplant, denke ich. Ich hatte gehofft, sie wartend vorzufinden und nun das. Sind sie weitergereist und haben nicht mehr mit uns gerechnet? Wirken wir nicht vertrauenserweckend genug?

„Mach was", sagt Karla. „Du hast die Verabredung mit ihnen getroffen. Und wo sind sie jetzt?"

„Nun warte doch ab. Anna und Volker werden gleich auftauchen", antworte ich ihr, obwohl mich eine leichte Unsicherheit befällt.

Ich überlege sorgsam. Die Wuppertaler müssen hier auf dem Platz sein, diese Erkenntnis kommt dabei heraus. Die Freunde haben uns bestimmt nicht vergessen, denn auf sie ist Verlass. Auf keinen Fall werden sie irgendwohin weitergereist sein, also werden wir sie suchen und auch finden.

„Los, Karla", fordere ich meine Partnerin zu Suchaktivitäten auf. „Wir gehen zu Fuß über den Platz und suchen sie. Das tun wir bis in den letzten Winkel. Es wäre doch gelacht, wenn wir die Freunde nicht aufspüren."

Wir gehen los, und es dauert nicht lange, da sehen wir den abgestellten Opel-Kadett Kombi. Der steht neben einer Waschanlage, demnach sind die Freunde in unserer Nähe. Wie wir uns dem Fahrzeug nähern, da sehen wir sie tatsächlich, denn sie haben sich auf eine Decke neben ihren Wagen gelegt und dösen vor sich hin.

Als ich vor Volker stehe, stupse ich ihn kurz an, da springt der auf und fällt mir um den Hals. Aber auch Anna ist sofort auf den Beinen. So liegen wir uns vor Freude in den Armen, dabei ist die Glückseligkeit perfekt, denn unsere Reisebekanntschaften hatten mit dem Gefühl der Unsicherheit auf uns gewartet und sind dabei eingenickt.

Bei dem Begrüßungsprozedere, das wie die Feierlichkeiten zur Wiedervereinigung zwischen Ost und West

ausfällt, genießen wir das Glück, das uns wieder zur ver-
schworenen Einheit verschmelzen lässt. Und das feiern
wir mit einem Restaurantbesuch, bei dem uns die griechische Küche mundet, als hätten wir nie besser gespeist und
als sei es das erste Mal. Dann hocken wir uns mit einer
Flasche Wein vor unser Wohnmobil und plaudern, bis es
so spät ist, dass wir vor Müdigkeit die Augen nicht mehr
aufhalten können. Auch die Katzen freuen sich. Die drücken ihre Freude durch das Verschwinden zu einem
Ausflug aus, sodass Karla und ich unsere Aktivitäten in
den Bus verlagern. Dort fallen wir kaputt ins Bett, denn
schließlich haben wir die Sportstätte Olympia in den Beinen.

9

Was bestimmt den Tagesablauf, wenn man die Freunde wiedergefunden hat? Man frühstückt ausgiebig gemeinsam, dabei schwelgt man ausführlich in den Erlebnissen der vergangenen Tage. Und was stellen wir fest: Karlas und meine Tage sind durch das Treffen der Motorradfreaks prickelnder abgelaufen.

Danach wollen wir erstmalig ein Bad im Meer nehmen, denn zum Campingplatz gehört ein passabler Sandstrand. Dabei müssen wir beachten, dass die meisten Griechen durch ihre christliche Gesinnung übertrieben prüde sind. Daher zwängen sich die schwangeren Frauen in ihre Bikinis, denn Nacktbaden ist an den griechischen Stränden tabu. Jedenfalls testen die Grazien die Temperatur und Qualität des Wassers, wobei der Test zufriedenstellend ausfällt. Das Wasser ist sauber, aber kalt, doch mit der Zeit gewöhnen sie sich an die niedrige Wassertemperatur. Und auch Volker und ich lassen uns nicht lumpen und machen es den zukünftigen Müttern nach, so wird es ein herrlicher Badespaß.

Heutzutage ist es das glasklare und azurblaue Wasser, das die Urlauber scharenweise nach Griechenland lockt, aber am Anfang des Mai 1980 hält sich die Reisewelle in angenehmen Grenzen. Und das ist gut, denn solche Verhältnisse wie bei dem Dolce Vita in Italien, das bei den Deutschen Urlaubern hoch im Kurs steht, die müssen wir in Griechenland nicht miterleben.

Wie erwähnt waren die Hippies die Ersten, die sich von den Vorzügen Griechenlands angezogen gefühlt hatten.

Durch deren Erzählungen in der Schwabinger Szene wurde meine Entdeckerlust geweckt. Die Geschichten über Griechenland hatten mich angestiftet, den Traum vom unbeschwerten Leben hautnah erleben zu wollen. Und jetzt bin ich vor Ort. Dass ich Karla mit der Liebe zu Griechenland angesteckt habe, das habe ich von vornherein gewollt.

Da ich jetzt vor Ort bin, will ich mehr über die griechische Mentalität herausbekommen. Dazu gehört, dass ich das Lebensgefühl der Griechen auch kulinarisch auszukosten will, und zwar mit einem zünftigen Grillabend, denn nach der Fressorgie auf Korfu soll es erneut ein Festessen werden, das wir in die Tat umzusetzen gedenken. Dafür kaufen wir gemeinsam in dem für den Zweck geeigneten Geschäft in der unmittelbaren Umgebung des Campingplatzes ein. Am Abend sollen vier Kalbfleischspieße und die gleiche Menge an fangfrischen Fischen auf dem Grill landen. Auch ein Pfund Kartoffeln und die Zutaten für einen griechischen Salat wandern in den Einkaufskorb, womit wir zufrieden zum Campingplatz zurückeilen, denn der Einkauf reicht für vier Personen allemal aus.

Volker füllt den Grill mit Holzkohle und zündet die Kohle mit Papier und Zweigen an, danach würzt er die Fleischspieße mit seiner selbstkreierten Spezialmischung an Gewürzen, die undefinierbar, aber lecker riecht. Anna übernimmt das Entschuppen der Fische, denn darin ist sie eine Spezialistin, und Karla kümmert sich um den Salat. Ich wasche die Kartoffeln, die ich mit Folie umwickle, damit wir sie später in die Glut schieben können. Die Aufgabenverteilung ergibt sich von allein und erzeugt keinen Ärger. Jeder versucht sein Bestes. Ich trinke dabei eine Flasche griechisches Bier.

Was soll ich sagen? Unsere Fressorgie ist ein Gedicht. Was das Essen anbelangt, da macht uns keiner was vor. Wir Deutsche gelten nicht umsonst auf der Welt als die Grillweltmeister, auch wenn sich das bescheuert anhört. Dass mir ein unanständig klingender Rülpser entfährt, das vergiftet die Festtagsstimmung nicht ansatzweise, denn wir Schleckermäuler haben den Gipfel der Gaumenfreude erklommen. Gab es in der Antike einen Gott für die Völlerei? Wenn ja, dann hätte der Bursche seine helle Freude an uns Vollgefressenen gehabt.

Dass hinterher ein ergiebiger Regenschauer auf uns herunterprasselt, das tut der Freude über den schönen Abend keinen Abbruch. Wir bleiben einfach unter der provisorischen Schutzmatte sitzen und gönnen uns als Ausklang zwei Flaschen Wein. „Den Rebensaft haben wir uns redlich verdient", tue ich der Runde kund, worin ich die Unterstützung Volker ernte, der ebenfalls gut zulangt.

Es ist eine erschöpfende Plauderei, danach wünschen wir uns eine gute Nacht, dann ziehen wir uns in unsere Kojen zurück. Unsere Katzen stromern irgendwo auf dem Platz herum. Nach der vielen Fahrerei müssen sie sich ausgiebig austoben. Hoffentlich gehört keine Rauferei mit einem unglücklichen Ausgang zu ihren Aktivitäten?

Eigentlich wollten wir zusammen zu unserer nächsten Station aufbrechen, aber unser Fritz ist verschollen und taucht auch durch lautstarkes Rufen nicht auf. Es ist weiterhin stürmisch, also vertreiben Volker und ich uns die Zeit mit dem von mir geliebten Weit- und Zielwerfen mit den Kugeln, auch Boccia genannt. Die Frauen unterhalten sich über ihre Schwangerschaft, dabei stricken sie irgendwelche Babysachen, denn genug Wolle hatte Karla auf Korfu eingekauft. Anschließend scheitert das versuchte Bad im Meer am hohen Wellengang, daher beschäftigen sich Volker und ich mit unseren literarischen Meisterwerken. Ich lese in dem Taschenbuch: „DER TOD DES MÄRCHENPRINZEN".

Der umstrittene Frauenroman, der nach dem Erscheinen für Aufruhr gesorgt hatte, spaltet die Alternativszene in zwei Lager. In empörte, aber auch begeisterte Feministinnen und in betroffene Männer, dazu in die cool abwinkenden Chauvis.

Abends gibt es gegrillte Kartoffeln, dazu Erbsen und Möhren, und darüber ein Spiegelei. Das Budget unserer Freunde ist begrenzter, als das Unsrige, daher kann es nicht jeden Abend ein Fressgelage geben, was unserer Figur und der Freude daran nicht dienlich wäre, außerdem verliert es seinen Reiz.

Als Fritz heimkehrt, machen wir in Begleitung unserer Freunde und den Katzen einen ausgiebigen Spaziergang über den leeren Campingplatz. Den hatten wir aufgeschoben, obwohl Luci in den Stattlöchern saß. Nun holen wir ihn nach, denn Anna und Volker sind vernarrt in unsere Katzen, sodass sie nicht genug von den Spaziergängen mit ihnen bekommen. Der Umgang mit den Katzen bereitet ihnen einen Heidenspaß.

Zuhause hat Anna einen Hasen und einen Papagei, die bei der Mutter in den besten Händen sind, trotzdem denkt sie oft an ihre ungewöhnliche Tierkombination. Sie hatte sich schweren Herzens von ihren Lieblingen getrennt und jetzt vermisst sie die Daheimgebliebenen natürlich. Uns stellt sich nach der letzten Rauferei die Frage, warum tun wir den Katzen die Strapazen einer langen Reise an?

Die Frage beantwortet sich mit unserer ausgeprägten Tierliebe, denn tiefgreifender als die unseren können die Gefühle für ein Tier nicht sein. Jedenfalls hat das mit der grenzenlosen Verbundenheit mit den Viechern zu tun, denn wir wissen, wie sie leiden würden, wenn sie auf uns Bezugspersonen und unsere Liebe verzichten müssten. Die an uns hängenden Geschöpfe gehören zu unserem Leben. Ohne unsere Streicheleinheiten würden sie jämmerlich eingehen. Wir gehören zusammen und die Reiselust darf uns nicht trennen.

Haben Sie selbst Tiere? Wenn ja, dann sind Sie mit der Beantwortung zufrieden. Und sind sie sogar Besitzer einer Katze, dann erübrigen sich weitere Fragen, denn Sie können sich in unsere Gefühlslage hineinversetzen.

Nach dem Spaziergang setzen wir uns unter das Vordach, das uns am Vorabend durch seinen Schutz vor dem Regen hervorragende Dienste geleistet hatte, und trinken zwei Flaschen Wein. Der Wein gehört zum griechischen Lebensgefühl und hat durch das Lied: „Griechischer Wein", von Udo Jürgens in Deutschland viele Verehrer, und die von Volker ausgesuchte Marke einer speziellen Rebsorte schmeckt hervorragend. Betrachtet man unsere Gemeinsamkeiten, dann gehört wenig Menschenkenntnis dazu, um zu erkennen, dass unser Zusammentreffen von oben gewollt sein muss. Die Harmonie ist höhere Gewalt, denn eine derartige Übereinstimmung zweier Paare erlebt man selten. Mit unseren identischen Ansichten bilden wir eine Symbiose, und die verbindet uns bis hin zur Perfektion.

Mein Gott, nichts daran ist verwerflich. Eine überirdische Freundschaft ist nicht strafbar. An der gibt es nichts herumzudeuteln, denn wir haben uns gesucht und gefunden. Unsere Abläufe sind dem Harmoniebedürfnis und der gesellschaftlichen Veränderung geschuldet. Wir Vier sind rebellisch und passen uns hervorragend der aufstrebenden Entwicklung an. Nur der übereinstimmende Zeitrahmen der Schwangerschaften ist ein Zufallsprodukt.

Aber auch ein Kinderwunsch ist kein Hexenwerk. Mittlerweile ist das Kind auch von mir gewollt. Und da die Geistesnähe zwischen den Freunden und uns fast einem Wunder gleichkommt, stellen wir diese Zuneigung nicht in Frage, ja wir berauschen uns daran, dass es uns und die Freunde gibt, und wir uns auf der Reise über das griechische Festland befinden. An den tragischen Wendepunkt denken wir nicht, denn noch haben wir die glücklichen Eingebungen für uns gepachtet.

Wie an jedem Morgen haben wir ausreichend gefrühstückt, dann bezahlen wir die Rechnung und brechen auf. Volker fährt mit seinem Kadett hinter mir her, so bestimme ich mit dem Wohnmobil das Tempo des Vorankommens. Unterwegs in Richtung Tripolis sehen wir in einem eigentlich sehr schön gelegenen Tal ein furchterregendes Kohlekraftwerk. Wir sind entsetzt. Wie kann man die Landschaft mit solch einer Dreckschleuder verschandeln? Anstatt eines Kohlekraftwerkes hätten wir lieber Windräder gesehen, doch auch die waren damals noch Zukunftsmusik.

Zur Zeit unserer Reise beherrschen der saure Regen und das Waldsterben die Schlagzeilen der heimischen Medienlandschaft und der Tagespresse, dazu kommen die mit Chemikalien vergifteten Flüsse, in denen ein Leben für die darin existierenden Kreaturen unmöglich geworden ist. Nicht umsonst werben die Grünen auf einem Wahlplakat mit dem stimmigen Spruch der Cree-Indianer: Erst wenn der letzte Baum gerodet, der letzte Fluss vergiftet, der letzte Fisch gefangen ist, werdet ihr merken, dass man Geld nicht essen kann.

Beeindruckend drückt der Spruch die missliche Situation der Natur aus. Sind wir zurück in der Heimat, dann werde ich mich engagieren. Ich gehe in die Politik. Meines Wissens sind es die Grünen, die sich mit Vehemenz gegen die Zerstörung der Umwelt einsetzen. Bei denen will ich mitmischen, denn mein Kind soll in einer gesunden Umwelt aufwachsen. Das bin ich meinem Sohn schuldig und er wird es mir sicherlich danken.

Doch erst einmal befinden wir uns in Tripolis. Von dem Stadtbild ist bei mir nur hängengeblieben, dass durch den Ort eine katastrophale Durchgangsstraße führt. Trotzdem frischen wir in einem Supermarkt an der Straße unseren Wasserhaushalt auf, dann schrauben wir uns über weiterhin schlechte Straßen durch eine karge Vegetation hinauf in die Berge.

Nachdem wir die Bergkette überwunden haben, wirkt die Wetterlage zusehends beständiger und dadurch wird es wärmer. So ähnlich haben wir uns den griechischen Vorsommer vorgestellt. Strahlend blauer Himmel, wo man hinschaut, den nicht das kleinste Wölkchen trübt. Das sind die besten Voraussetzungen für eine kurze Rast in der Bucht von Nafplion, um den Wassermangel in unseren Körpern zu beenden.

Was wissen wir eigentlich über Nafplion? Die Stadt soll die vielleicht schönste in Griechenland sein, das behauptet zumindest der Reiseführer, belegbar ist das nicht. Bewiesen ist allerdings, dass es sich bei dem Ort um eine der ältesten Städte des griechischen Reiches handelt. Das ehemalige Nafplio war einst die provisorische Hauptstadt des Landes und ist heute eine sehenswerte Hafenstadt am Argalischen Golf. Vor dem Hafen versperrt die mittelalterliche Inselfestung Bourtzi den ungehinderten Zugang vom Wasser zum Altstadtkern mit seinen verwinkelten Gassen. Betrachtet man das Stadtbild von oben, dann hat es Ähnlichkeit mit einer prall gefüllten Schatzschatulle.

Aber das ist noch nicht alles, denn weit oberhalb der Stadt, auf einem zweihundertsechzehn Meter hohen Berg gleichen Namens, thront die imposante Festung Palamidi mit seinen uneinnehmbaren Mauern, die den Feinden Respekt einflößt. Es sind neunhundertneunundneunzig Stufen bis hinauf zur Zitadelle, die die Besucher bewältigen müssen, und die von den Venezianern während ihrer Herrschaft angelegt wurden, bevor die Byzantiner und dann die Türken der Stadt ihren Stempel jahrzehntelang aufgedrückt hatten. Dass die Kleinstadt Ottobrunn in der Nähe meines heißgeliebten München eine Partnerstadt ist, das war mir entgangen und das wissen die Allerwenigsten.

Und erwähnenswert ist außerdem, dass in der dreitausendfünfhundertjährigen Geschichte jedes europäische Volk seine Spuren in Nafplion hinterlassen hat. Doch es waren die Türken, die in der zweiten osmanischen Phase die Vanleftiki Moschee als Sinnbild ihrer Macht mit viel Aufwand erbauen ließen. Bis zum Unabhängigkeitskrieg nahm die eine bedeutende Rolle auf dem Peloponnes ein. Erst ab Dezember 1821 wird die Festung Palamidi, damals im Besitz der Türken, von den Griechen belagert. Und mit dem Fall der Festung endete die osmanische Herrschaft, sodass der Monat März von den Griechen als Unabhängigkeitsmonat groß gefeiert wird. Dass die Osmanen bei ihrem Eroberungsfeldzug durch die Ägäis ein fürchterliches Gemetzel unter der griechischen Zivilbevölkerung angerichtet hatten, das sei am Rande erwähnt, denn das hören die Türken nicht gern.

Oje, das war eine Menge Material über die geschichtlichen Abläufe der Stadt, in der wir bei der oberflächlichen Besichtigung viel Wasser verbrauchen, um uns zu stärken. In den nächsten Tagen fällt mir sicher noch das Eine oder Andere an erwähnenswerten Vorgängen auf dem

Südzipfel des Peloponnes ein. Aber bis es soweit ist, fahren wir weiter, und das über eine holprige Straße, die uns durch eine ausreichende Beschilderung zu einem billigen Campingplatz führt. Doch der ist im Mai geschlossen, denn es ist noch keine Saison. Die fängt in den Sommerferien an, die in Griechenland lang sind, und ziehen sich wegen der Hitze bis zum Ende des Sommers hin.

Wir suchen also weiter und finden einen anderen Platz, etwa hundert Meter vom Strand von Paralia Kastraki entfernt, der an dem Tag öffnet, und für den wir nur neunzig Drachmen pro Nacht bezahlen müssen. Ja wunderbar. Durch den niedrigen Preis haben wir das Himmelreich auf Erden gefunden, des Weiteren gibt es keine Konkurrenz bei der Stellplatzwahl, also suchen wir uns den schönsten Platz aus, den die Fläche bietet.

„Das ganze Drumherum ist toll", jubelt Karla. Vor Freude macht sie einen Luftsprung, den sie wegen dem Baby sicher nicht hätte tun sollen.

Die Abendessenszeit ist angebrochen, so kocht Karla vier Portionen Spaghetti mit Tomatensoße. Es ist ein Billigmenü, und das Paradoxe daran ist, dass es hervorragend schmeckt. Es muss nicht andauernd Fleisch auf den Tisch. Nudeln mit einer delikaten Soße tun es auch. Und darin verstehen wir uns mit Anna und Volker so gut, dass ich ins Grübeln verfalle: Sind die Wuppertaler zwei Gleichgesinnte, mit denen wir unsere Zukunftspläne verwirklichen können? Schon wegen unserer Kinder, die in Anna und Karla schlummern, wären das grandiose Voraussetzungen für den Aufbau einer Wohngemeinschaft. Auf den Begriff Kommune verzichte ich, denn der ist nicht nur in konservativen Kreisen negativ besetzt. Mich lässt der Gedanke nicht mehr ruhig atmen. Plaudere ich den Vorschlag aus, oder ist es dafür zu früh? Nun gut, wir stehen am Anfang unserer Bekanntschaft, da kennt man sich nicht ausreichend genug. Trotzdem bin ich mir ziemlich sicher, dass es zwischen uns passt.

Doch bis es zu der angekündigten Katastrophe kommt, werden wir viele griechische Sonnenstrahlen tanken. Und mit dem Tanken wollen wir am nächsten Morgen beginnen, da die Vorzeichen für einen sonnenreichen Tag fantastisch aussehen, doch jetzt am Abend stehen die Vorzeichen auf Schlaf, denn wir sind von der Anfahrt ausgebrannt. Hoffentlich sind es die Katzen auch?

In der Nacht steht Karla auf, denn sie muss aufs Klo. Und kaum hat sie sich wieder hingelegt und ist eingeschlafen, alarmiert uns ein fürchterliches Katzengebrüll. Es ist zum verrückt werden. Der Unglückswurm Fritz ist erneut in eine Schlägerei verwickelt und hat einen Kratzer an der Nase abbekommen. Haben Anna und Volker das registriert? Zwei weitere Male weckt uns Fritz mit seinem Fauchen, dann ist die halbe Nacht vorbei.

Nach der verunglückten Nacht stehen wir früh auf und frühstücken gemeinsam mit den Freunden. Die haben fest geschlafen und von der Schlägerei nichts mitbekommen, denn sie schweigen zu den Vorkommnissen in der Nacht. Danach hat Anna keine Lust auf eine Einkaufsfahrt in die Stadt, daher übernehme ich mit Volker den Job.

Während unserer Abwesenheit gehen die Schwangeren an den Strand, doch das Wasser ist kälter, als sie es eingeschätzt haben. Trotz der Kühle überwinden sie sich und genießen eine kurze Zeitspanne des Badeglücks. Dann legen sie sich zum Aufwärmen, ohne eine Sonnenschutzmaßnahme zu treffen, in die pralle Sonne.

Als Volker und ich mit den Katzen im Schlepptau zu den Frauen stoßen, gehen wir nicht ins Wasser, sondern spielen erst einmal eine Partie Boccia, derweil begeben sich die zwei Grazien in den Schatten. Bei ihnen ist ein Sonnenbrand im Anmarsch.

Eigentlich ist Karla beim Umgang mit der Sonne vernünftig, jedenfalls tut sie mir gegenüber so, als würde sie die Gefahr kennen, doch heute hat sie alle Vorsichtsmaßnahmen über Bord geworfen, denn ihre Haut ist an den bekannten Stellen gefährlich rot. Da nützt auch das Eincremen mit einer Sonnenmilch nichts mehr, denn für eine Sonnenschutzmaßnahme ist es viel zu spät. Nach meiner Einschätzung ist ihre Haut stellenweise verbrannt.

Aus Vernunftgründen haken wir das Sonnenbaden ab und gehen zurück zum Wohnmobil, wo wir Brote mit frischen Tomaten essen und uns über das Leben nach der Reise unterhalten. Das ist der ideale Moment, um auf die Wohngemeinschaftspläne zu sprechen zu kommen, doch mir fehlt es an der Traute. Betrachte ich meinen Lebenslauf, dann bin ich zwar kein Feigling, trotz allem mag ich es nicht, wenn ich eine Abfuhr erleide. Aber muss ich die Angst vor einer Abfuhr haben? Möglicherweise wären Anna und Volker sogar froh, wenn ich den Wunsch nach einem Zusammenziehen offen ansprechen würde?

Mein Gott, Karla. Unternimm du einen Vorstoß, denke ich. Du bist nicht auf den Mund gefallen und genauso am Leben mit den Freunden interessiert.

Mir ist unerklärlich, weshalb Karla den Mund hält, denn von ihr erfolgt keine Rückendeckung für das Wohngemeinschaftsunterfangen, daher verschiebe ich das Thema auf den Abend. An dem wird abermals gegrillt, und diesmal sollen es Fleischspieße und Kartoffeln sein, allerdings richtet Karla einen griechischen Salat zusätzlich her.

Beim Essen ist es dann endlich soweit. Ich stelle das Thema Zusammenziehen mutig zur Diskussion, aber das tue ich fehlerhaft. Ich will nicht sagen, dass ich belanglos bleibe, doch ich packe das heiße Eisen unqualifiziert an, sodass die Freunde das Herbeiführen einer Entscheidung nicht ernst nehmen. Ich habe mein Ziel verfehlt, drastischer kann ich es nicht ausdrücken. Was zu dem Thema in den Köpfen der Wuppertaler vorgeht, oder ob sie eventuell meine Meinung teilen, das ist nicht herauszubekommen. Dazu gehört viel Geduld und mit der bin ich nur ungenügend gesegnet.

Wir beenden den wortkargen Abend, der keine Klarheit in unsere Zukunftspläne bringt. Nichtsdestotrotz gebe ich die Hoffnung nicht auf. Morgen ist auch noch ein Tag, denke ich, also gehen wir zu Bett. Die Katzen sind abgetaucht. Von denen hören und sehen wir nichts mehr, dadurch ist uns eine ruhige Nacht gegönnt.

10

Als Karla aufwacht, da brennt der Sonnenbrand ganz ordentlich auf ihrer Haut, doch heroisch überspielt sie die Schmerzen mit dem Spruch: „Eine Indianerfrau kennt keinen Schmerz."

Sie lässt sich das Brennen nicht anmerken, denn mehr Sorgen bereiten ihr die zerstochenen Beine, worunter auch Anna und Volker leiden. Sie vermuten, dass die Stiche von juckreizerzeugenden Parasiten stammen, die sie sich von den niedlichen Hunden auf dem Campingplatz Pedalidi eingefangen haben. Anna und Volker räumen das Zelt und ihren Kadett aus, dann sprühen sie den Wagen und das Bettzeug komplett mit Insektenspray ein. Ob das wirkt?

Ich glaube nicht daran, trotzdem besprühe auch ich den Innenraum des Busses mit dem Zeug, wonach den Katzen das Fell zu Berge steht, weil sie von der chemischen Keule von ihren Lieblingsplätzen vertrieben werden. Da es im Bus von dem Spray fürchterlich stinkt, gehen wir alle zusammen an den Strand, doch das Wetter war gestern angenehmer. Heute weht ein starker Wind, den die Griechen Meltemi nennen. Der weht vorherrschend in den Sommermonaten, und das vor allem in der Ägäis, und da in Richtung Kreta. Bei einem späteren Besuch der Insel Karphatos hat mich das Windspektakel fast wahnsinnig gemacht.

Der Meltemi führt dazu, dass es Anna und Karla nicht lange am Strand aushalten, denn durch den wird es merklich kühler. Gezwungenermaßen ziehen sie sich in das

Wohnmobil zurück, wo Karla die gestreifte Latzhose für das Baby zusammennäht, das sie fertig gestrickt hat. Das Höschen sieht toll aus. Man kann sich meinen zukünftigen Sohn wunderbar darin vorstellen.

Volker und ich trotzen den Windböen, denn uns hat das Spielfieber gepackt. Fast wie die Profis spielen wir eine Partie Boccia nach der anderen und entwickeln regelrechen Siegeswillen. Schlussendlich haben wir uns ausgepowert und kehren zum Stellplatz zurück, wo uns Anna Kopfzerbrechen bereitet. Ihr geht es heute hundsmiserabel. Sie hat morgens etwas geblutet, aber das muss nichts bedeuten, dennoch macht sich Volker Sorgen. In einer besorgniserregenden Situation habe ich ihn bisher noch nie erlebt, so erkenne ich eine ganz neue Seite an ihm, die mir gut gefällt.

Doch diese Beunruhigungen muss er besiegen, denn unsere beschönigenden Worte sind Schall und Rauch. Die helfen Anna und ihm bei dem Schwangerschaftsproblem am wenigsten. Was Volker jetzt braucht, das ist die beruhigende Nachricht, dass mit Anna alles in kann am besten in sich hineinhören und beurteilen, ob ein Arztbesuch nötig ist. Außerdem brennt anfangs der achtziger Jahre der Tourismus auf Sparflamme, daher ist es Ordnung ist. Wäre es ratsam, einen Arzt aufzusuchen?

Diese Entscheidung müssen die Freunde treffen, denn fraglich ist, ob sich am Arsch der Welt ein Arzt niedergelassen hat. Und sollte es eine Arztpraxis für die Einheimischen geben, wie finden wir die? Der Wunderheiler ist nicht so einfach herbeizuzaubern?

Es wird Abend und die Schlafenszeit bricht an, da rätseln Anna und Volker weiterhin unentschlossen herum, was sie tun sollen. Also beschließen wir das Abwarten des nächsten Tages. Dann sehen wir, wie es um Anna bestellt ist. Vielleicht ist die Blutung nur der sprichwörtliche Sturm im Wasserglas gewesen? Wahrscheinlich ist alles harmlos und nur eine unbedeutende Reizung? Diese Vermutung lullt uns ein und damit ist der Spuk verdrängt. Mit den Gedanken bei Anna legen wir uns hin und versuchen einzuschlafen. Ob das Anna und Volker unter den schwierigen Umständen gelingt? Für uns wird es eine von Ängsten überschattete Nacht.

Am nächsten Morgen beruhigt uns Anna: „Mit mir und dem Baby ist alles bestens. Uns geht es gut, also kein Grund zur Besorgnis."

Mit dieser Bemerkung schafft Anna es, unsere Befürchtungen um sie zu vertreiben, und die Bekümmertheit schwenkt zu einer Gutwetterfront um. Ist es dann klug, dass wir alle zusammen im Kadett zum Amphitheater in Epidaurus fahren wollen? Das steht auf einem anderen Blatt, aber die Befürworter für das Unterfangen setzen sich durch, und Volker tüftelt eine Superverbindung aus, die eine enorme Zeiteinsparung mit sich bringen soll.

Doch leider erweist sich die Strecke als Feldweg in katastrophalem Zustand, außerdem ist sie mit Haarnadelkurven übersät, in denen Volker mit dem Kadett ungeahnte Schwierigkeiten bekommt, was zu unsanften und ruckartigen Lenkmanövern führt. Wir hören kein Vogelgezwitscher, als wir uns durch eine karge und waldarme Bergwelt in die Höhe schrauben. Es geht hoch und höher hinauf, immerzu einem gewaltigen Gipfel entgegen, der unbezwingbar erscheint. Der Kadett ächzt bei jeder Richtungsänderung und jedes Schlagloch schüttelt uns kräftig durch. Die Fahrerei ist eine Tortur für das Wohlbefinden der Babys in Karlas und Annas Bauch.

Da sich Volker verfährt, und wir in einem Steinbruch landen, ist das Maß voll. Ich balle vor Wut die Hände zu

Fäusten, denn Volker strapaziert meine Geduld über Gebühr. Muss er uns ausgerechnet jetzt die Schattenseite seiner Navigationskunst vorzuführen? Was brockt er uns da bloß ein?

Nach zweieinhalb endlosen Stunden Hubbelpistenfahrt auf einer Strecke von zwanzig Kilometern, die uns Volker zugemutet hat, landen wir endlich auf einer normalen Straße. „Das war hart an der Grenze", schimpfe ich zähneknirschend nach dem schweren Parcours durch tausend Hindernisse, aber niemand lacht über meinen Spruch, denn Karla und Anna haben die Schnauze voll.

Anna meckert zerknirscht: „Tja, so ist mein Volker. Er sucht bei allem was er tut die Herausforderung"

Worauf ihr Volker nicht wiederspricht, sondern sich als reuiger Sünder erweist, der demütig knurrt: „Entschuldigt bitte. Solch einen Mist mache ich nicht nochmal. Der kommt nicht wieder vor."

„Wer's glaubt?", zischt Anna, womit sie die Thematik über den katastrophalen Ausritt in die ansonsten wunderschöne Natur beendet.

Über das Amphitheater in Epidaurus habe ich viel Literatur gewälzt. Es wurde im 4, Jahrhundert aufgebaut und entworfen hatte es der Architekt Polykleitos. Nach meinen Informationen ist es das älteste Theater Griechenlands. Und das ist bis zum Tag unseres Besuchs in einem ansehnlichen Zustand erhalten geblieben und ist eins der größten Bauwerke seiner Art.

Ursprünglich konnte das Theater fünfzehntausend Zuschauer aufnehmen, doch das ist wegen des drohenden Verfalls nicht mehr zu verantworten. Damals strömte die Besuchermasse ins Theater, um von irgendwelchen Gebrechen geheilt zu werden. Die Theaterveranstaltungen zählten über Jahrhunderte zu den wirksamen Therapiemethoden, deshalb die große Zahl der Bedürftigen. Lässt man die Zahl auf sich wirken, dann werden die Hintergründe der beeindruckenden Geschichte des Amphitheaters klar. Erst dann kann man den Wirbel um das Theater nachvollziehen.

Aber die jetzige Situation hat einen Haken, und das ist die immens hohe Zahl der Besichtigungswütigen. Auf dem Parkplatz des Theaters parken die Reisebusse in Dreierreihen, dabei handelt es sich hauptsächlich um Reisegruppen aus Frankreich, die sich die tolle Akustik des Theaters nicht entgehen lassen. Aber auch uns reizt es, diese akustischen Auswirkungen zu beschnuppern. Also baut sich Volker in der Mitte der Bühne des halbkreisförmigen und in Stufen erbauten Monuments auf und wir setzen uns in die oberste Reihe, dann lässt er ein Geldstück fallen.

„Oh", und „Ah", hallt es durch das Rund.

Das klackernde Geräusch des Geldstücks beim Aufschlagen auf den Boden hallt beeindruckend laut und deutlich durch das Stadion. Es schallt hinauf in die oberen Ränge, auf denen wir und die Besucher sitzen und die Ohren spitzen. Die Griechen haben ein Wunderwerk erschaffen. Dass wie üblich bei griechischen Sehenswürdigkeiten ein bezahlpflichtiges Museum in die Anlage integriert ist, das empfinde ich nicht als Schikane, auch nicht als Geschäftemacherei, denn finanziell sind die Ausstellungen in Museumsform notwendig für den Erhalt der antiken Sehenswürdigkeit. Das wird überall auf der Welt so gehandhabt. Wer das kritisiert, der soll in ein Fußballstadion gehen, aber auch das kostet Eintritt.

Ich finde alles an dem Amphitheater interessant. Auch unbedeutende Nebenerscheinungen bewirken keinen Abbruch an der Ausstrahlung. Noch dazu bereichert das guterhaltene Gemäuer meinen bescheidenen Horizont über die griechische Geschichte. Und das durch die mir bis dato unbekannten Gottheiten, von denen man unübersehbare Spuren findet, aber besonders durch die Philosophen wie Aristides und Aristoteles, die für die sympathische Ausstrahlung Griechenlands bis weit über die Landesgrenzen hinaus stehen. Jedenfalls hat sich der Besuch gelohnt und das habe ich mir gewünscht.

Unsere Zeit in Epidaurus ist abgelaufen, daher machen wir uns auf den Heimweg, wobei wir das eben Bewunderte in uns sacken lassen. Später lese ich mir im Reiseführer das Kapitel über das Amphitheater intensiv durch. Das habe ich vor Ort versäumt, oder anders ausgedrückt, es war schlecht möglich.

Aber auch Volker hat aus dem Besuch gelernt, denn diesmal beherzigt er unseren Rat. Er macht keine Fisimatenten und fährt über die gut asphaltierte Hauptstrecke nach Nafplion zurück, und das wollten wir ihm auch geraten haben. Bravo Volker, es geht doch.

Nach einer Stunde am Zielort angekommen, wollen wir in einem Supermarkt einkaufen, doch bis auf die Kioske mit dem Bedarf an Souvenirs, und einige Imbissläden, zuzüglich Pizzeria, sind alle Geschäfte geschlossen, auch die Supermärkte. Das müssen wir akzeptieren, denn heute ist ein Sonntag, deshalb der Ruhetag, und der ist den Griechen heilig. Aber etwas essen müssen wir. Und was kommt als Nahrungseinnahme in Frage?

Der Beschluss ist einstimmig und beinhaltet das Verspeisen einer griechischen Pizza, die ich ein zweites Mal probieren möchte. Wie unsere Konservengerichte gehört eine Pizza zwar nicht zur griechischen Küche, die wir ansonsten favorisieren, aber in dem Notfall machen wir eine Ausnahme und werden von der Pizza angenehm überrascht. Für umgerechnet sieben Deutsche Mark verspeisen wir eine Riesenpizza, die mit Meeresfrüchten dick belegt ist und anständig schmeckt. Unser griechisches Herz hat nicht protestiert, stattdessen hat es beide Augen zugedrückt.

Anschließend suchen wir in den Schaufenstern nach einem Mitbringsel für unsere Mütter, doch die Angebote gefallen uns nicht. Die bestehen hauptsächlich aus irgendwelchem Ramsch, noch dazu sind sie unbrauchbar und potthässlich, also auf keinen Fall das Richtige.

„Dann lassen wir's", sage ich zu Karla. „Ein Geschenk für die Mütter eilt nicht. Wir kommen später in die Hauptstadt, da sind die Angebote vielfältiger und preiswerter."

Und Karla stimmt mir zu. „Das denke ich auch", antwortet sie. „Die Souvenirs in der Großstadt entsprechen eher den Wünschen der Mütter, und die Produktpalette ist in Athen mit Sicherheit reichhaltiger."

Tja, bis hierhin haben wir uns mit Griechenland in einem Schlaraffenland befunden, doch das ist vorbei, denn stutzig machen mich Annas sich verstärkende Bauchschmerzen. Die merkt man ihr an, obwohl sie die zu verharmlosen versucht.

„Das geht vorbei", sagt sie mit dem Versuch eines Lächelns. Schreckt Anna davor zurück, ihrem Volker Vorhaltungen zu machen, weil der die kriminelle Autotour zu verantworten hat?

Dass die ein Fehler war, darüber muss man nicht diskutieren, denn die Strecke war zu anstrengend für Anna und das Baby, natürlich auch für Karla und unser Kind, doch Karla beklagt sich nicht. Reagiert Anna empfindlicher auf die Schläge durch die schlechten Stoßdämpfer des Wagens. Nach meiner Einschätzung stufe ich ihren Zustand als bedenklich ein. Aber wie heikel ist Annas Befinden wirklich? Ist es so bedenkenswert, wie es sich darstellt? Schätzt Anna das Problem falsch ein, weil sie

Angst vor der Wahrheit hat? Das sind viele Fragen, die nach einer Antwort schreien.

Ich schaue Anna mitleidig an, denn gegen ihre Schmerzen bin ich machtlos. Mir medizinisch nur im Umgang mit dem Knochenfraß Bewanderten sind sprichwörtlich die Hände gebunden, und diese Situation ist bedrückend. Mir fällt nichts ein, was ich Anna raten könnte. Doch ich will die Wahrheit herausfinden, deshalb mache ich mir diesbezüglich Gedanken. Kann eine Querlage des Babys die Schmerzen verursachen? Müssen wir eine Frühgeburt in Erwägung ziehen, oder noch schlimmer, ist gar eine Fehlgeburt möglich? Nichts von alldem ist auszuschließen bei den brutalen Erschütterungen, die das Baby mitgemacht hat.

Wir beenden den Abend in düsterer Stimmung und dem Einreiben der Mückenstiche mit Essigwasser, obwohl ich nicht an den Firlefanz glaube. Aber für abergläubische Menschen, unter anderem für Karla, soll das Essigwasser wahre Wunderdinge vollbringen. Ich aber bin immun gegen jeglichen Aberglauben.

11

In der Nacht gibt es ausnahmsweise mal kein Katzengeschrei, stattdessen weckt uns Volker mit einer niederschmetternden Nachricht. In ihm schrillen alle Alarmglocken, als er mit den Fäusten auf unsere Busaußenwand
trommelt. „Mit Anna stimmt was nicht. Sie sitzt schon im
Auto", schreit er in heller Aufregung. „Ihr geht es hundsmiserabel. Ich bringe sie sofort ins Krankenhaus nach
Korinth. Bitte wartet hier, denn ich halte euch auf dem
Laufenden."

Karla und ich sind geschockt aufgesprungen und sitzen
aufrecht im Bett. Nach der Schockstarre reiben wir uns
den Schlaf aus den Augen. Anna hatte die Schmerzen anscheinend unterschätzt und eine Visite im Krankenhaus
auf die lange Bank geschoben, schießt mir in den Kopf.
Womit können Karla und ich der armen Anna jetzt helfen, oder ihr zumindest etwas Gutes tun?

Das würden wir liebend gern machen, aber uns kommt
kein rettender Gedanke, was in ihrer Situation das Richtige wäre? Uns bleibt nur zu hoffen, dass sich die Lage
als Rohrkrepierer herausstellt, denn das Schlimmste wäre
eine Fehlgeburt.

„Melde dich, sobald du mehr weißt", gebe ich Volker
durch die Busaußenwand mit auf die Fahrt. „Wir drücken
Anna auf jeden Fall die Daumen."

Nicht zu wissen, was los ist, das ist zermürbend. Den
ganzen Tag verbringen wir in der Warteposition. Aus
Nervosität rauche ich eine Zigarette nach der anderen.
Um Volker nicht zu verpassen, bleiben wir in der Nähe

unseres Wohnmobils, wir gehen nur kurz an den Strand. Dabei findet Karla eine kleine Schildkröte, durch die sie sich ablenkt. „Mein Gott, ist der Winzling niedlich", jubiliert sie, dabei streichelt sie dem Tier über den Panzer. Karla möchte die Schildkröte gern behalten, doch davon rate ich ihr ab. „Das Tier gehört in die Freiheit entlassen", betone ich ausdrücklich, und das sieht Karla widerspruchlos ein.

Am Bus zurück, säubere ich die Bratpfanne und schäle einige Kartoffeln, dann schnippele ich sie in kleine Scheibchen. Die schütte ich in die Pfanne, danach brutzele ich mein Werk mit Margarine zu Bratkartoffeln, und gebe drei Eier hinzu. Das Bratkartoffelgericht beherrsche ich aus dem Effeff, und es schmeckt immer wieder köstlich.

Die Sonne ist noch nicht am Horizont verschwunden, da kommt Volker zurück. Mit tiefen Trauerrändern vom vielen Weinen unter den Augen berichtet er, wie die Fahrt im Kadett zum Krankenhaus in Korinth verlaufen ist.

„Unterwegs wurden Annas Schmerzen unerträglich", teilt er uns mit. „Sie hat furchterregend gestöhnt und sich wie ein Wurm gekrümmt. Ich vermute, dass sie den Schleimpfropf verloren hat, aber so gut kenne ich mich nicht mit dem Gebärmuttergedöns aus."

Ich nicke stumm, denn ich fühle mit ihm, aber seine Schilderung überfordert mich.

„In der Klinik hat Anna eine Spritze bekommen", fährt Volker fort. „Dann hat man sie an einen Traubenzuckertropf gehängt." Während des Erzählens wischt er sich seine Tränen aus dem Gesicht.

„Und wie ging's Anna danach?", bohrt Karla in Volkers Wunde, denn ihr Wissensdrang frisst sie regelrecht auf.

„Bei der zwangsläufigen Blutuntersuchung hat man eine Blutvergiftung diagnostiziert. Wo hat sie sich die bloß eingefangen?"

Volker schüttelt den Kopf vor Ratlosigkeit, und auch Karla und ich sind von der Lösung der Ursache weit entfernt.

„Stunden später war die Blutung gestoppt", erzählt Volker weiter, „so bekam meine Hoffnung Oberwasser. Also bin ich zu euch zurückgefahren, um einige Sachen in einen Korb zu packen. All das, was man im Krankenhaus halt so braucht."

Wir schauen ihm zu, wie er total willkürlich diverse Anziehsachen Annas zusammenrafft und sie in den Korb stopft.

Als er mit dem Einpacken fertig ist, ruft er uns zu: „Bis später und denkt in der Zwischenzeit an uns." Dann verschwindet er vom Campingplatz in die Richtung, aus der er gekommen war.

Ich bin baff. So schnell kann das gehen. Noch vor zwei Tagen war alles eitel Sonnenschein und wir waren dabei die Welt zu erobern, und urplötzlich geht es um Leben und Tod. „Morgen früh fahren wir in die Krankenstation und besuchen Anna", fälle ich den logischen Beschluss. „Wir müssen ihr den Rücken stärken. Das ist das Einzige, was wir im Moment für Anna und das Baby tun können. Hoffentlich sind wir ihr damit eine Hilfe.

Ist Annas Tragödie ein Wink des Schicksals? Ist sie ein Signal an Karla und mich, besser auf das Baby in Karlas Bauch achtzugeben? Wir sind in heller Aufruhr. Kann uns das gleiche Malheur wie den Wuppertalern passieren? Und können wir den Traum vom Zusammenleben an ad acta legen?

Daran will ich nicht glauben, denn warum sollte der Traum platzen? Unsere Freundschaft ist zementiert. Die hat sich als sattelfest und stabil herausgestellt. Das muss uns erst einmal jemand nachmachen, nach solch kurzer Zeit diese Übereinstimmungen zu erzielen.

O ja, das klappt wunderbar, denn wir bilden eine intakte Interessengemeinschaft. Negative Konsequenzen kann ich nicht ausmachen oder mir ausmalen, zu sehr freue ich mich auf unser Zusammenwohnen und auf meinen heranwachsenden Sohn. Dass ich kein Kind wollte, diese Dummheit ist vergessen. Die kommt mir mittlerweile unvorstellbar vor, denn die Vorfreude auf meinen Sohnemann hat von mir Besitz ergriffen. Ich bin beseelt von den mir bevorstehenden Vaterfreuden.

In der Nacht sind amerikanische Soldaten zu einem Manöver in der Bucht eingetroffen. Morgens fliegen Düsenjäger über unseren Köpfen umher und in der Bucht liegen Kriegsschiffe vor Anker. Die griechisch türkischen Beziehungen sind schlecht, das wissen wir, aber das eine kriegerische Auseinandersetzung bevorsteht, davon haben wir nichts gehört.

Dazu fällt mir ein, dass es nicht nur Glück war, dass ich vom Militärdienst verschont wurde. Dreimal musste ich zur Musterung antanzen und jedes Mal wurde ich mit dem gleichen Ergebnis zurückgestellt. Beschränkt tauglich, so lautete damals die oberflächliche Diagnose, und damit war der Krempel für mich ausgestanden.

Auf das Wunschergebnis hatte ich zielorientiert hingewirkt. Vorausschauend hatte ich vor dem Untersuchungsgedöns gefühlte Tonnen an Honig in mich hineingefuttert, der sich in meinem Urin als Zucker abgesetzt hatte, deshalb verdonnerte mich die Musterungsbehörde zu einem ärztlichen Attest, welches einer Steilvorlage für mich gleichkam, denn den Wisch sollte mir eine Arztpraxis ausstellen.

Das übernahm ein mir nahestehender Arzt, denn der half mir, indem er mir attestierte, dass mein Zuckerhaushalt zwischen 0 und 0,8 Prozent schwanken würde. Diese Aussage war für Experten eine Richtschnur, aber nicht für die Beauftragten des Heeres. Denen war das Attest zu schwammig, mitunter sogar unbrauchbar, denn konkret sagte es wenig über meinen Stoffwechsel aus. Doch was soll's. Ich war mit dem Urteil über meine beschränkte Wehrtauglichkeit zufrieden.

„Sie werden nicht zum Wehrdienst herangezogen", sagte einer die Verantwortlichen in Uniform, der ehrfurchtsvoll mit den anderen unter der deutschen Nationalfahne aufgereiht saß und mich misstrauisch ansah. „Was sagen Sie dazu?"

Ich verkniff mir eine Antwort, so war den Abgesandten des Heeres anzumerken, dass sie das über Jahre durchgezogene Musterungsprozedere zwar misstrauten, es dennoch akzeptierten. Keiner konnte beurteilen, zum wievielten Mal ihnen ein potenzieller Soldat durchs Netz geflutscht war.

Ich war mir meiner Sache sehr sicher gewesen, denn aus mir wäre nie ein brauchbarer Soldat geworden. Andersherum hätte ich bei einem positiven Bescheid den Weg über die Verweigerung des Kriegsdienstes bestritten. Aber die Mühe konnte ich mir sparen, denn so weit kam es nicht. Einen Zuckerkranken wollte man partout nicht zum Wehrdienst heranziehen. Vor dem Fehler fürchtete man sich, wie ein Sünder vor dem Weihwasser. So war es kein Wunder, dass ich beim Verlassen der Musterungsstätte einen kriegsfeindlichen Gesang angestimmt hatte.

Daran denke ich, als Karla unsere Katzen einsammelt, und ich Volkers Zelt abbaue, welches er uns dagelassen hatte. Wir verstauen es mit dem übrigen Krempel im Bus und entrichten die Campinggebühr, die von Anna und Volker gleich mit, dann sind wir bereit für den Weg nach Korinth.

Noch weit vor Korinth sehen wir eine Kompanie an Soldaten in Manövermontur. Die schleppen schweres Gerät durch die Gegend, unter anderem Maschinengewehre und Panzerfäuste, und was sonst alles zum Einsatz kommen soll. Für mich sind das überflüssige Dinge, die abgeschafft gehören, denn ich bin Pazifist.

„Vielleicht sollten wir uns eine deutsche Zeitung kaufen, um zu sehen, was sich da zusammenbraut", sage ich zu Karla.

„Vergiss es", antwortet sie mit einer abfälligen Handbewegung. „Das ist das übliche Säbelrasseln. Die kriegen sich wieder ein."

Recht hat sie, denn ein Krieg im Mittelmeerraum kann uns mal. Schlimm genug ist es, dass die amerikanische Armee in Vietnam ihr schändliches Handwerk demonstriert, sich aber gerechterweise gegen die wehrhafte Bevölkerung eine blutige Nase holt. Und ein waffenstarrender Konflikt zwischen den Türken und den Griechen dient niemandem auf der europäischen Ebene.

Im Krankenhaus angekommen, freut sich Anna, insoweit sie das in ihrem Zustand ausdrücken kann. Karla hat ihr das rosafarbene Korfu-Kleid als Nachthemd mitgebracht und schenkt ihr einen kleinen selbstgestrickten grauweiß gestreiften Pulli für das Baby. Doch das ist zu viel für mich, denn mir schießen die Tränen der Rührung in die Augen.

Die ans Krankenbett gefesselte Anna macht einen verhältnismäßig gefestigten Eindruck. Anscheinend geht es ihr so lala, jedenfalls der Dramatik entsprechend, oder ist sie eine perfekte Schauspielerin und spielt uns ihren verbesserten Zustand nur vor? Ich erspare uns die peinliche

Frage nach dem Baby, um Anna nicht in Verlegenheit zu bringen, und gehe hinaus auf den Flur. Auf dem stoße ich auf eine Frau, die Annas Geschichte kennt und ein akzeptables Deutsch spricht. „Machen Sie sich darauf gefasst, dass ihre Freundin das Baby verliert", erklärt sie mir. „Aber für die junge Mutter besteht keinerlei Gefahr."

Woher hat sie die Information?

„Die Ärzte der Klinik sind unwahrscheinlich nett. Sie behandeln die Patienten nicht wie Nummern, sondern als Menschen", ergänzt sie ihre Erfahrungen mit dem Personal.

Ich pflichte ihr bei, denn eine ähnlich freundliche Atmosphäre hatte ich beim Klinikaufenthalt in München nicht vorgefunden. Dass hier in den Toiletten ein fürchterlicher Saustall vorherrscht, weil darin die blutigen Verbandsmaterialien und Windeln haufenweise herumliegen, spielt dabei eine untergeordnete Rolle. Wichtig ist die menschliche Wärme, die das Krankenhaus und damit die Ärzteschaft und das Pflegepersonal ausstrahlen, daher wähne ich Anna in guten Händen.

Nach dem Gespräch gehe ich zu Anna und den anderen zurück, aber die Frau auf dem Flur erwähne ich nicht, denn das würde nichts ändern. Außerdem können wir nicht in die Vorgänge eingreifen, deshalb bleibt Karla bei Anna, wogegen ich und Volker uns in unsere Fahrzeuge schwingen. Auf Empfehlung des Campingführers suche ich einen Campingplatz westlich von Korinth auf, mit Volker im Schlepptau.

Der Übernachtungspreis des herausragenden Platzes ist im gehobenen Preisniveau angesiedelt. Er kostet zweihundertvierzig Drachmen für die Nacht, dafür sind die Verhältnisse katzentauglich. Außerdem gehört zu ihm ein Strand, allerdings aus einem Sand-Kies Gemisch, was relativ unwichtig ist. Nach einem Strandaufenthalt ist uns eh nicht zumute. Volker baut sein Zelt auf und rollt seine Isomatte aus, dabei fließen ihm die Tränen in Sturzfluten über seine Wangen. Nach der Fertigstellung bricht er sofort auf, denn er will bei seiner Anna sein und ihre Hand halten. Der Beistand ist ihm superwichtig und ich kann seinen Wunsch gar nicht hoch genug bewerten.

Auch ich will Beistand leisten und fahre kurz nach Volker zur Klinik, wo ich Anna und Karla begrüße, doch dann lasse ich Anna mit Volker allein und gehe mit Karla auf den Flur. Dort unterrichte ich sie über das Gespräch mit der Frau, worauf Karla sofort in Tränen ausbricht.

„Damit habe ich gerechnet", sagt Karla, wobei sie sich die Tränen abwischt, „doch in der Anwesenheit Annas und Volkers halte ich den Mund. Wie's in mir aussieht, das sollen sie mir nicht anmerken."

„So machst du es", bestätige ich ihr uneigennütziges Handeln. „Die Wahrheit muss ihnen die Ärzteschaft beibringen."

Ohne weitere Informationen vergeht eine Weile, dann verabschiede ich mich mit Karla, denn wir wollen ein paar Lebensmittel einkaufen, aber die Läden sind dicht, was wir nicht als Tragödie empfinden. Es gibt schlimmere Ereignisse, wie der zu befürchtenden Verlust des Babys, also muss eine Nudelsuppe mit Eieinlage als Abendmahlzeit reichen, immerhin können wir die Katzen rauslassen, bevor sie eine Rebellion anzetteln.

Nach dem Essen, das wir im Bus zu uns genommen haben, setzten wir uns nach draußen und warten auf Volker, doch der kommt an dem Abend nicht zu uns zurück, daher stelle ich Vermutungen an. Bei einer Vermutung handelt es sich um die Verschlechterung in Annas Zustand, und die andere geht entschieden weiter, denn in der dreht es sich um die prognostizierte Fehlgeburt. Wird es soweit kommen? Wie geht Karla damit um?

Ich denke über Karla nach, die erstaunlich ruhig und gefasst auf mich wirkt, obwohl sich in der Klinik ein herzzerreißendes Szenario abspielt. Wie sehr nimmt sie das Ereignis mit? Wie sieht es tatsächlich um ihre Psyche aus? Durch das Klinikgeschehen lasten tonnenschwere Stahlbetonplatten auf ihr. Daher frage ich mich: Übersteht sie Annas Leidensgeschichte unbeschadet und bringt ein gesundes Baby zur Welt? Karla schaut immer wieder zu ihrem Bauch hinunter und streichelt ihn. Woran denkt sie während des Streichelns?

Weil mich trübsinnige Vorahnungen plagen, kann ich in der Nacht nicht einschlafen. Ich wälze mich unruhig von der Rücken in die Seitenlage, was diesmal nicht an den Katzen liegt. Die treiben sich in den Büschen herum, ohne mit anderen Tieren anzuecken. Verständlicherweise liegt mein mieses Schlafverhalten an den Zuständen in der Klinik. Sind Anna und das Baby wohlauf oder zumindest auf dem Weg der Besserung? Das frage ich mich ernsthaft: Können wir unsere Fahrt durch Griechenland gemeinsam fortsetzen? Wird Karla von der Dramatik in Mitleidenschaft gezogen?

Was gäbe ich darum, wenn ich Karlas Gedanken lesen könnte, denke ich mit geöffneten Augen. Doch Karla ist ins tiefste Innere versunken. Ist es ein heilsamer Schlaf? Oder brütet sie eine Allheillösung aus?

In Krisenzeiten harmonieren Karla und ich hervorragend. Das haben wir oft bewiesen. Aber wie sieht es aus, wenn es Spitz auf Knopf stehen könnte? Ist unsere Harmonie auch dann gewährleistet? Wir frühstücken mit der gebotenen Anspannung, was einen großen Teil des Vormittags einnimmt.

Plötzlich fährt Volker vor. Er steigt aus dem Kadett und nimmt sich ein stuhlähnliches Gerät. Mit dem setzt er sich zu uns an den Frühstückstisch, doch das ist nicht der Volker, den wir kennen und schätzen. Er ist als gebrochener Mann, also als ein Häuflein Elend auf der Bildfläche erschienen.

O Gott, der Höhepunkt der Tragödie ist erreicht. Vor dem niederschmetternden Tag hatte ich Sie beim Kennenlernen des Wuppertaler Pärchens gewarnt, aber ihn nicht herbei gewünscht. Doch das verheerende Unglück hat Gestalt angenommen, obwohl ich den Sachverhalt im Krankenhaus nicht kenne und ich nicht weiß, was vorgefallen ist.

Ich glotze Volker fragend an, doch der reagiert apathisch und fingert eine Schachtel Zigaretten aus seiner Jackentasche hervor. Dann reicht er mir eine und zündet seine und meine mit einem Feuerzeug an. Gegen einen guten Joint hätte ich bei der Zuspitzung der Lage nichts einzuwenden, denke ich.

Ja, ja, die Drogen. Mit denen hatte ich in meiner Frühphase in München einige Erfahrungen gesammelt. Doch von dem Laster habe ich mich Karla zu liebe abgewandt. Diese Bedingung hatte sie mir gestellt, ehe sie sich auf eine Beziehung mit mir eingelassen hatte, aber dass ich das Rauchen ganz einstelle, das in Männerkreisen einer gesellschaftlichen Notwendigkeit gleichkommt, das hat sie nicht verlangt.

Trotz der entspannenden Wirkung der Zigarette, die durch das kräftige Inhalieren eintritt, habe ich nicht den Mumm, Volker über die Situation in der Klinik auszufragen, denn ich habe Angst vor der Antwort. Doch nach einigen Zügen ist es um meine Zurückhaltung geschehen, denn meine Frage muss raus. „Wie geht es Anna und dem Baby?", frage ich ihn, dabei bin ich auf das Äußerste eingestellt.

Volker steht schwerfällig auf und schiebt seinen Stuhl neben den Karlas. Doch bevor er sich wieder hinsetzt, umarmt er sie, dabei streichelt sie ihm über sein langes lockiges Haar, sodass er schluchzt und sich abwendet. Er hat einen fürchterlichen Kloß im Hals, der es ihm unmöglich macht, uns eine Antwort auf die drängende Frage zu geben, die ich wiederhole: „Wie geht es Anna und dem Baby?"

Volker holt tief Luft, dann umarmt er Karla ein zweites Mal, worauf er stottert: „Warum soll ich um den heißen Brei herumreden, denn ihr könnt es euch ja denken. Anna hat das Baby verloren."

Rums. Volker hat das Unheil unumwunden ausgesprochen. Ich springe wie von der Tarantel gestochen auf. „Was hast du gerade gesagt?", frage ich mit Blicken, die Speerspitzen gleichen.

Unser Freund würde sich gern in eine Eidechse verwandeln, wodurch er sich durch das Verkriechen in einem Erdloch unsichtbar machen könnte, denn er ist sich der Schockwirkung bewusst, die er uns verpasst hat. Und abmildernd wirkt die Erklärung, die er folgen lässt, auch nicht auf uns. „Ja, ihr habt richtig gehört. Anna hat unser Kind verloren."

Alles Mögliche, nur das wollte ich nicht hören. Aber so zerstört, wie Volker auf mich wirkt, muss es wahr sein. Als ich den Hammer halbwegs verdaut habe, frage ich ihn nach dem Zustand unserer Freundin: „Und wie geht es Anna?"

„Sehr schlecht", presst Volker durch geschlossene Lippen hervor. „In der Nacht wurden ihre Schmerzen barbarisch, dadurch hat sie wie am Spieß geschrien."

„O nein, und du hast das ausgehalten?", fragt Karla.

„Ich musste bei ihr bleiben, denn Anna hat stark geblutet", erklärt uns Volker, wobei man ihm anmerkt, wie ihn die Antworten belasten. „Anna wurde in den OP gebracht, denn es ging um Leben und Tod."

Es entsteht eine Pause, dann frage ich Volker, obwohl ihm meine Fragen große Schmerzen bereitet. „Hast du das tote Kind gesehen?"

„Nein, dazu war ich zu gelähmt. Ich habe nur die Feststellung der Ärztin mitbekommen, dass das Baby schon länger tot war, daher die Blutvergiftung. Aber mehr weiß ich nicht mehr, denn dann bin ich umgekippt."

„Ach, du Armer", würgt Karla hervor. „Das hält kein mitfühlender Mensch aus."

Danach bin ich derjenige, der auf Volker zugeht und ihn in den Arm nimmt, sodass der jammert: „Warum erwischt es uns? Wir haben nichts Schlimmes getan. Das ist eine Verschwörung." Er fängt an zu wimmern: „Warum wir? Sag mir das. Warum?"

Das kann ich nicht beantworten, aber ich kann mich als werdender Vater in Volker hineinversetzen. Und der fängt sich nach einigen Sekunden, dann erklärt er uns den weiteren Ablauf: „Später hat mir die Ärztin mein totes Kind gezeigt. Sie hat mir erklärt, dass es für sein Alter zu klein war, denn es sah winzig aus."

Mehr ist Volker nicht zu entlocken, außerdem reicht es erst einmal. Somit ist er aus der Fragestunde entlassen, weil er unbedingt zu Anna in die Klinik zurückwill, was wir nachfühlen können und woran wir ihn natürlich nicht hindern.

12

Volker steigt in den Kadett und dampft mit herunterhängender Schulterpartie ab. Offensichtlich sind bei ihm die Symptome eines Nervenzusammenbruchs zutage getreten. Aber das ist nicht zu ändern, weil er durch eigene Unvernunft wegen seiner Abenteuerlust die Hubbelpisten aufgesucht hatte. Daran hat er ein schweres Päckchen zu tragen.

Wir setzen uns in den Schatten unseres Wohnmobils, denn über den Verlust des Babys wollen wir ohne Hektik nachdenken. Wir haben genügend Zeit und Muße, um Pläne über unsere weitere Vorgehensweise zu schmieden, dabei tun sich einige Fragen auf, denn berechtigte Zweifel sind angebracht. Ist alles logisch an Volkers Berichterstattung? Ist eventuelle eine kritische Haltung zum Handeln der Ärztin berechtigt?

Das glaube ich weniger, denn für mich gibt es an ihrer Vorgehensweise nichts auszusetzen. Das Baby ist an den Spätfolgen der Schlaglochorgien um Albanien herum und nach Epidauros gestorben. Die Mammuttrips sind der Ärztin nicht bekannt. Hätte man ihr davon erzählt, dann würde ihre Todesdiagnose auf die Auswirkungen der Holperstrecken hinauslaufen, die zu viel waren für das Würmchen. Für Karla und mich klingt das nachvollziehbar. Ich will nicht als Besserwisser auftreten, aber diese Erschütterungen sind der eindeutige Grund für den Kindstod.

Doch diese Theorie behalte ich für mich. Für das spätere Zusammenleben mit den Wuppertalern sind solche Vorwürfe nicht förderlich. Sie könnten zu einer Kette an Streitgesprächen ausarten, die nicht zielführend wären und uns und die Freunde im schlimmsten Fall entzweien würden.

Am Nachmittag vereinbaren wir mit dem sympathischen Platzverwalter, er möge nach den Katzen sehen, denn wir wollen sie samt des Wohnmobils seiner Obhut überlassen, woraufhin der Mann lacht. Dann versichert er uns, die Aufsicht ernst zu nehmen. Trotzdem fahren wir mit unüberhörbarem Bauchgrummeln in einem Linienbus in die Klinik, wo wir den versprochenen Besuch bei Anna umsetzen. Das ist auch ohne den obligatorischen Blumenstrauß eine Selbstverständlichkeit, die wir gern wahrnehmen. Und wie finden wir Anna vor?

Volker sitzt Hand in Hand mit Anna an ihrem Bett, und zu unserer großen Überraschung stellen wir fest, dass sie in ein angeregtes Gespräch verstrickt sind. Worüber sprechen sie so intensiv?

Mon Dieu, meine Ohren würden am liebsten streiken, denn sie sind tatsächlich mit der Planung eines neuen Babys beschäftigt. Ich verhöre mich doch nicht etwa? Das Planen eines Kindes sollten sie zu dem Zeitpunkt unterlassen, denke ich. Die Frühgeburt ist erst vor Stunden entsorgt worden und die zwei Verrückten beschäftigen sich mit einem Baby. Das kann nicht wahr sein. Ist dieser Irrsinn wirklich möglich?

Normalerweise macht ein Kindstod die Beteiligten vor Trauer verrückt. Dann nehmen sie Abstand von einem neuen Kind. Und was erlebe ich im Krankenzimmer? Mit einer aus der Luft gegriffenen Familienplanung hatte ich nicht gerechnet. Sind Anna und Volker außer Rand und Band? Anna ist halbwegs über dem Berg, und schon denkt sie über die nächste Schwangerschaft nach? Nein Anna, dazu fällt mir nichts ein. Ich müsste ein Hellseher sein, um eine plausiblere Erklärung für den irren Vorgang zu finden. Diese Denkweise ist indiskutabel und ich stelle ihren Geisteszustand in Frage. Doch mit meiner Meinung stehe ich allein, denn Karla sieht das anders. Für sie ist Annas und Volkers Verhalten eine Demonstration der wahren Liebe.

Tja, so unterschiedlich beurteilen ein Mann und eine Frau das Verhalten eines Paares. Jedem Tierchen sein Pläsierchen, das billigt Karla den bis über beide Ohren ineinander Verknallten zu. Für mich stößt der erneute Kinderwunsch an seine Grenzen. Ich rücke ihn in die Nähe der Unvernunft.

Um über die Auswirkungen nachzudenken, sondere ich mich von den das Krankenbett Umlagernden ab und gehe hinaus. Ich zünde mir eine Zigarette an und denke nach. Was wird nach dem Tod des Babys aus einer gemeinsame Zukunft? Bisher hatte ich die Vision optimistisch gesehen, denn unter dem Himmel eines fernen Landes wirken die Faktoren einer Beziehung unverfälschter. Aber wie beurteile ich unsere Planungen unter einer Extremsituation? Bin ich von solch einem Zukunftsbild angetan, das Karla, Anna, Volker und ich als Wohngemeinschaft abgeben würden?

Auf der kameradschaftlichen Ebene verstehen wir uns optimal. Es fällt uns leicht, die Voraussetzungen für das Projekt einzuschätzen. Die Bild, das wir mit den Wuppertalern bisher abgeben, das kann gar nicht besser sein. Es gibt keine Haken und Ösen, demnach ist unsere Zukunft angerichtet. So sieht es aus und so will ich es sehen. Aber auf einmal gibt es den Kindstod, durch den sich die Voraussetzungen kritischer darstellen. Urplötzlich türmen sich Berge an unausgesprochenen Halbwahrheiten auf. Über diese Widersprüchlichkeiten muss ich mit Karla reden, aber in der jetzigen Situation ist das zwecklos, denn meiner Partnerin hat es die Sinne vernebelt.

Ich dagegen beiße mich daran fest, dass die Freunde den Albanienumweg aus freien Stücken ausgewählt hatten, wodurch sie sich schuldig am Tod ihres Kindes gemacht haben. Dass die Strecke der totale Wahnsinn war, das hätte zumindest Anna klar erkennen müssen. Eine werdende Mutter spürt die Gefahr für ihr Kind im Bauch und ist verantwortlich für die Sicherheit des Babys. Aber was hatte sie getan? Sie war auf Volkers Abenteuerlust eingegangen und war dem männlichen Ansinnen des Rüpels gefolgt,

Dass Fehlverhalten stößt mir weiterhin bitter auf, obwohl sie für den Leichtsinn eine teure Rechnung bezahlt haben. Hätte Anna sich die Tortur nicht zugemutet, und hätte Volker derartige Fisimatenten gelassen, dann würde ihr Kind noch leben. Der Höllenritt war kein Akt der Vernunft. Aber in manchen Dingen ist Volker kindisch. Er hat nur wenig darüber nachgedacht, was er anrichtet. Die Chance auf das Kind ist vertan, denn das ist tot, und wird auch nicht wieder lebendig. Erfüllt Volker die Voraussetzungen, die ich bei einem Mitglied einer funktionstüchtigen Wohngemeinschaft voraussetze?

O nein, das tut er nicht. Anna und Karla passen zwar in vielerlei Hinsicht zusammen, aber Volker bleibt ein Unsicherheitsfaktor, der meine berechtigten Zweifel hervorruft. Zwischen Volker und mir gibt es Gegensätze, die an seiner unreifen Ausstrahlung liegen. Er ist ein netter Kerl, darüber gibt es keine zwei Meinungen, dennoch ist der Jahre Jüngere ungeeignet für ein Leben unter den Bedingungen einer Wohngemeinschaft auf engstem Raum. Volker ist noch zu naiv, das sehe ich mit distanziertem Blick.

Nun gut, über seine Naivität und unerwachsenen Eigenarten könnte ich eventuell hinwegsehen, was nicht ausgeschlossen ist, aber kann ich mich an seine Schnodderigkeit in der Familienplanung gewöhnen?

Niemand ist perfekt. Das sollte ich mir hinter die Ohren schreiben, denn was Volker betrifft, so wird er älter werden und reifen. Er wird an sich arbeiten. Auch ich habe eine Weile gebraucht, um meine Familienplanung auf eine zufriedenstellende Basis zu bekommen. Ich stand Kindern sogar ablehnend gegenüber, aber das hat sich geändert. Inzwischen stehe ich zu meiner Verantwortung für den Nachwuchs.

Und damit komme ich zu meiner Person, denn auch ich bin alles andere als perfekt. Dass ich ein starker Raucher bin und ich diese Schwäche nicht aufgabe, das zeugt von Willensschwäche, was mir die Nichtraucherin Karla berechtigterweise vorwirft. Meine banale Entschuldigung dazu lautet, die ich in jeder Gesprächsrunde als Frage verkünde: „Kennt ihr jemanden, der das Aufgeben des Qualmens locker und leicht geschafft hat?"

Diese Frage ist berechtigt, denn die Gesellschaft raucht auf Teufel komm raus, und das in allen Lebenslagen. So zum Beispiel in Filmen, seien es Krimis oder Liebesschnulzen. Andauernd zündet sich der Kommissar in einem Krimi eine Zigarette an. Daran stößt sich niemand. Viele Jahre später werde ich für meine Unvernunft mit einem Herzinfarkt bestraft. Soviel zum Thema Rauchen. Noch schlechter sieht es bei meinem Verhältnis zum Alkohol aus. Wenn man in der Bierstadt München wohnt, dann empfindet man das Biertrinken als das Normalste auf der Welt, doch auf die Menge kommt es an. Mein Trinken endet zu oft im Vollrausch, wodurch ich mir viele erfolgversprechende Beziehungen vermasselt habe, ohne daraus zu lernen. Wie lange sich Karla meine Abstürze ansieht, das heißt es abzuwarten.

Im gleichen Zusammenhang bringe ich meinen Umgang mit dem weiblichen Geschlecht in meiner Rüpel-Phase zur Sprache. Der war eine Katastrophe und ich würde die Schandtaten gern rückgängig machen, die ich durch mein liebloses Verhalten den jungen Mädels angetan hatte. Doch das Bitten um Verzeihung geht nicht mehr. Trotzdem war es keine Glanzleistung, die unschuldigen Dinger in die Falle zu locken, um sie zu vernaschen, und sie dann abzuschieben. Damit wollte ich meine Rachegelüste ausleben, denn meine erste große Liebe hatte mich ähnlich herabwürdigend behandelt. Die lebte damals in Freiburg und ich war in der verabredeten Eisdiele erschienen, da saß sie in vielsagender Zweisamkeit mit einem Franzosen am uns angestammten Tisch, sodass ich über einen Suizid nachgedacht hatte.

Davon hatte ich gottlob Abstand genommen, stattdessen war ich dem schändlichen Handwerk des Abservierens nachgegangen. Aber darf die Abfuhr meiner ersten Liebe als Entschuldigung für mein Fehlverhalten gelten?

O nein, das waren Gemeinheiten und die zu verharmlosen wäre zu billig.

13

Zwei Tage soll Anna noch in der Klinik bleiben, dann sind die Untersuchungen abgeschlossen, und sie ist nach Einschätzung der behandelnden Ärzte transportfähig. In Griechenland bleiben kommt für sie allerdings nicht in Frage, stattdessen wollen Anna und Volker den Rückweg über Italien antreten. Auch diese Wegstrecke ist mit der Fährüberfahrt nach Brindisi und der langen Autobahnfahrt an der italienischen Küste entlang mit dem Kadett ein Himmelfahrtskommando, nicht zu vergessen die Alpenüberquerung.

Karla und ich sitzen mit den Katzen auf dem Schoß in unseren Campingstühlen und überlegen, dabei hat sich an meiner Einstellung zum Tod des Kindes nichts geändert. Ich tue mich weiterhin schwer, das Drama um Anna zu verstehen. Es ist ein Teufelskreis, denn ich sehe in Volker weiterhin den Schuldigen. Allerdings berücksichtige ich unsere in voller Blüte stehende Freundschaft. Was wird jetzt daraus? Ist das Thema für sie gestorben, so wie das Baby?

Dann beraten wir, wie lange wir in Griechenland bleiben wollen, denn etwas Entscheidendes haben wir aus der Katastrophe gelernt. Wie müssen verhindern, dass Karla und dem Kind eine ähnliche Grausamkeit zustößt, wie sie Anna widerfahren ist. Und um die zu vermeiden, sollten auch wir über eine baldige Rückfahrt in die Heimat nachdenken. Dass auch wir in Bezug auf das Kind leichtsinnig waren, das bringt Karla in sanfter Form zur Sprache, ohne mir irgendeinen Vorwurf zu machen und das Sicherheitsdenken auf die Spitze zu treiben. Man soll keine Katastrophe künstlich herbeireden, aber Vorsicht ist die Mutter der Porzellankiste. Der Spruch meiner Mutter hat manches Malheur verhindert, und das hat nun wahrlich nichts mit Aberglaube zu tun.

Während des vorletzten Besuchs bei Anna, fühlt die sich erleichtert. Sie kann sich selbst nicht erklären, woran das liegt. Wahrscheinlich spürt sie jetzt erst, dass sie dem Tod um Haaresbreite von der Schippe gesprungen ist, denn die Situation war bitterernst. Wichtig wäre es, wenn Volker diese Ansicht teilt, und er seinen Hang zu Extremaktivitäten einstellt. Nur durch seine Einsicht kann unser Zusammenleben erfolgreich sein, doch dann stellt sich die Frage nach dem wo?

Karla favorisiert natürlich Aachen, das ist klar, und ich scheide mit München aus dem Rennen aus. Aber ob es Anna und Volker zu uns ins Grenzland zieht, das wage ich zu bezweifeln. Doch das müssen wir nicht ad hoc entscheiden, denn noch sind wir in Griechenland. Vielleicht hilft bei der Endscheidungsfindung wie so oft der Zufall und wir können alle Vier mit der Wahl des Standortes leben

Heute ist die Post aus der Heimat durch den Nachsendeantrag, den wir bei der Poststelle eingereicht hatten, angekommen. Karlas Mutter schreibt: Es ist alles okay. Sie erwähnt kurz und knapp, dass Patrizia vor zwei Wochen aus München angerufen hat. Sie als Indienfreak scheint von ihrer Reise nach Goa heimgekehrt zu sein. Mal sehen, ob wir sie bei unserer Rückreise durch München antreffen.

Wir lassen die Katzen mit dem Wohnmobil zurück und fahren mit dem Linienbus zu Anna und Volker ins Krankenhaus. Seit Anna weiß, dass man sie nach der Visite am nächsten Tag entlässt, wird sie immer kribbeliger. Die Nachbarin im Krankenzimmer hat in der Nacht ihr Kind bekommen. Es ist gesund, aber noch winzig und schrumpelig. Als wir das Zimmer betreten, stillt die junge Mutter gerade ihr Baby. Es hat pechschwarze und erstaunlich lange Haare. Außerdem hat sich der komplette Familienclan um ihr Bett versammelt. Die Oma der Mutter hatte sogar bis zur Geburt am Bett der werdenden Mutter gewacht. Das ist eine begrüßenswerte Sitte, die mir die Griechen noch sympathischer macht.

Fasziniert beobachtet Anna den Säugling. Die Gedanken, die ihr dabei durch den Kopf schwirren, sind leicht zu erraten. So ähnlich könnte mein Kind aussehen, das denkt sie wohl, jedenfalls ist ein ähnliches Gedankenvolumen ihren traurigen Gesichtszügen zu entnehmen.

Anscheinend ist in Annas Unterleib nichts kaputt, was die Ärztin bestätigt hatte, so werden sie und Volker es weiter mit der Geburt eines Kindes versuchen. Sie wollen das Entgangene nachholen, davon bin ich überzeugt. Volker will unbedingt Vater werden, und das wünsche ich ihm für seinen Reifeprozess. Das wäre der wichtige Schritt zum erwachsenen Mann, von dem wir bei einem eventuellen Zusammenleben profitieren würden.

An Griechenland gefällt mir, dass die Kosten im Gesundheitswesen vom Staat übernommen werden. Und so ist es auch bei Anna, die für den Krankenhausaufenthalt nicht in Vorkasse treten muss. Sollten doch etwaige Unkosten anfallen, die nicht übernommen werden, dann ist die Krankenkasse informiert. Dass der Zustand der Krankenhäuser katastrophal ist, das ist nicht verwunderlich, doch die Qualität der Ärzteschaft leidet Gott sei Dank nicht unter dem Geldmangel.

Wir belassen Anna in der Obhut der Ärzte, da Anna deren angenehme Art gutheißt, und fahren mit Volker in seinem Kadett zum Campingplatz, wo uns die Katzen einen freudigen Empfang bereiten. Dass es der vorletzte Abend mit Volker sein wird, daran wollen wir in dem Moment nicht denken. Wir werden uns nach unserer Rückkehr in die Heimat wiedersehen, von der Tatsache gehen wir felsenfest aus. Die von Karla zubereiteten Hamburger essen Volker und ich nicht ganz auf, denn der ganz große Appetit will sich nicht einstellen.

Volker und ich rauchen eine letzte Zigarette, dann ziehe ich mich mit Karla zum Schlafen in das Wohnmobil zurück, und Volker kuschelt sich in sein Zelt. Danach erleben wir das ich weiß nicht wievielte Katzengeschrei. Doch nach der Tragödie mit Anna klingt das Gezänk wie ein fetziges Musikstück in unseren Ohren.

Ich treibe Karla zum Aufzustehen an, doch da Volker schon auf den Beinen ist, fällt das gemeinsame Frühstück flach. Er kann es gar nicht abwarten, zu seiner Anna in die Klinik zu kommen.

Als er gefahren ist, lassen wir uns Zeit und frühstücken in Seelenruhe, dann setzen auch wir uns zur Klinik in Bewegung. Von den Sehenswürdigkeiten der Handelsmetropole Korinth haben wir nur unwesentliche Bereiche mitbekommen, dafür kennen wir die Räumlichkeiten des Krankenhauses in und auswendig. Wir fällen daher den Beschluss, dass wir uns nach der Abreise der Freunde die archäologischen Stätten der Antike und die imposante Landenge ansehen, welche die Peloponnes mit dem Festland um Athen verbindet. Hinterher wollen wir uns keine Vorwürfe machen, dass wir die denkwürdigen Errungenschaften des sehenswerten Korinth verpasst haben.

Eine Stunde nach Volker treffen wir mit dem Wohnmobil vor der Klinik ein, da hat Volker seine entlassene Anna bereits in den Kadett verfrachtet, so bleibt keine

Zeit uns von dem freundlichen Personal zu verabschieden. Mit Anna und Volker verabreden wir ein Abschiedsessen auf dem Campingplatz, dann suche ich mit Karla einen Supermarkt auf, in dem wir die Zutaten für unser Gelage einkaufen, das natürlich griechisch ausfallen soll. Wir kaufen ein Pfund Scampi für einhundertzwanzig Drachmen, dann zwei Tintenfische für fünfundsiebzig Drachmen, eine Makrele für hundertvierzig Drachmen, und das Fleisch für die Spieße. Eine Ladung Kartoffeln ist vom letzten Essen übriggeblieben, die haben wir demnach im Campingbus.

Und als es später Nachmittag geworden ist, treffe ich die Grillvorbereitungen, in dem ich das Fleisch kräftig würze und den Tintenfisch von der Tinte befreie, dann werfe ich den Grill an, und es geht los. Es ist zwar warm, aber sehr windig. Ich muss den Windschutz aufbauen. Doch von den Wetterbedingungen unbeeindruckt, brutzelt das Grillgut wie gewünscht auf dem Rost, bis es gut durch ist. So mundet uns der Grillspaß vorzüglich. Sogar die noch kränkelnde Anna langt kräftig hin, was nach der kärglichen Klinikkost verständlich ist. Zu guter Letzt werfen wir die Kartoffeln in die Glut, die in unseren Mägen gute Verwerter finden. Hinterher sind wir zufrieden. Denn es war ein würdiges Abschiedsessen, darüber sind wir uns einig, und es soll nicht unser letztes gemeinsames Essen sein.

Und das war's dann, denn wir sind am Ende der gemeinsamen Reise mit den Wuppertalern angelangt, die von wunderbaren Sequenzen gewürzt war, aber auch einen schmerzhaften Verlust beinhaltet, den des gestorbenen Babys. So ist das sich anschließende Trinkgelage von tieftrauriger Melancholie überschattet. Volker und ich rauchen genusslos unsere Zigaretten und trinken den süffigen Wein wie Wasser, dabei schweigen wir, denn die bevorstehende Trennung bildet eine undurchdringliche Mauer, die keine Aufheiterung überwinden kann. So wie wir uns mögen und verstehen, haben wir uns den Abschiedsabend unter verbindlicheren Voraussetzungen gewünscht. Aber für uns unverbesserliche Phantasten geht es erst einmal ab ins Bett, was die Katzen als Einladung betrachten. Doch was wir als überwunden geglaubt hatten, das tritt ein, denn zwischen Karla und mir kommt es zu einem unnötigen Streit.

Die Streiterei hat keine Spuren hinterlassen, so ziehen wir das Frühstück mit Anna und Volker in die Länge. Uns bleibt bis zum Abschiednehmen viel Zeit, denn erst am Nachmittag wollen sie mit dem Kadett zum Hafen nach Igoumenitsa aufbrechen, um am nächsten Morgen auf die Fähre nach Brindisi in Italiens Süden zu gehen, was von zweifelhafter Vernunft geprägt ist, denn eine Fährüberfahrt nach Ancona hätte besser zur Situation gepasst.

Um die Wartezeit sinnvoll zu überbrücken, machen wir einen gemeinsamen Verdauungsspaziergang, dem eingeschränkten Gehvermögen der Patientin angepasst. Karla pflückt einen Strauß Frühlingsblumen, um damit den Innenraum des Wohnmobils zu schmücken, außerdem verbreiten sie einen wunderbaren Duft. Unser Fritz knabbert hoffentlich nicht daran herum, doch sicher bin ich mir darin nicht, denn wie unsere Luci auf Paprikaschoten steht, so ist Fritz ein echter Blumenfreund. Beide sind etwas eigenartige Katzen.

Dann ist er da, der befürchtete Moment. Anna und Volker streicheln die Katzen, die sie liebgewonnen haben, dann reißen sie sich gewaltsam vom Abschiednehmen los. Solch eine Dramaturgie mit allem Drum und Dran gehört für immer abgeschafft, denke ich, denn dass herzerweichende Prozedere hat einen zu bitteren Beigeschmack. „Mach's gut. Altes Haus", sage ich zu Volker, der mich freundschaftlich umarmt. „Dich Schlingel werde ich nie vergessen", hänge ich dran.

Und zu Anna sage ich, wobei ich ihr zuzwinkere: „Pass gut auf dich auf und lass dich nicht unterkriegen. Du bist eine phantastische Frau."

Woraufhin uns Anna dazu auffordert, ihnen von unseren weiteren Stationen Ansichtskarten zu schicken, schon haben wir alle Abschiedstränen der Trauer in den Augen, ja Karla weint sogar hemmungslos.

Unsere Freunde steigen in ihren Kadett und winken uns überschwänglich zu, was wir mit gebrüllten Wünschen für eine sichere Heimfahrt toppen. Dann verschwinden sie aus dem Blickfeld. Ich schüttele mich, denn ich will es nicht glauben. Haben wir das Märchen wirklich erlebt, das zur Gruselgeschichte ausgeartet war?

„Kneife mich, Karla", fordere ich meine Liebste auf, die anscheinend ähnliche Wünsche hegt, denn die antwortet: „Diese Freundschaft ist kein Traum. Anna und Volker sind tatsächlich aus Fleisch und Blut."

„O ja, das sind sie"; ergänze ich. „Trotz allem haben wir einen Albtraum erlebt, denke ich an den Tod des Kindes. Aber du hast recht, denn die Wuppertaler sind einfach toll."

Wir haben aus den Erfahrungen wichtige Erkenntnisse gewonnen, denn den Kindstod war ein prägendes Ereignis, das wir mit auf die weitere Reise nehmen. Wie ein Bodyguard muss ich auf Karla aufpassen. Über schlechte Straßen werde ich schleichen. Und wenn das nicht möglich ist, dann fahre ich eben einen Umweg. Wir haben noch wochenlang Zeit und es gibt noch einige weiße Stellen auf der Landkarte zu erkunden. Vor allem fehlt uns der Hafen von Piräus und natürlich Athen mit der legendären Akropolis. Die müssen wir unbedingt besichtigen.

Ich sage zu Karla: „Schieben wir die Wuppertaler beiseite. Morgen besichtigen wir Korinth und dann will ich zur Akropolis."

Es ist das erste Mal seit langem, dass ich Karla beherzt lachen höre, dann antwortet sie: „Nun mal langsam mit den jungen Pferden. Eins nach dem anderen. Aber danach fahren wir nach Hause. Halt, ein Zuhause haben wir ja nicht."

„Da siehst du es", triumphiere ich. „Es war falsch aus München wegzugehen. Hätten wir die Wohnung behalten, dann könntest du dich wunderbar auf die Geburt vorbereiten."

„Bla, bla, bla, immer die gleiche Leier", knurrt Karla. „Die hat solch einen Bart."

Karla deutet mit einer Geste einen Bart in ihrem Gesicht an, wonach sie fortfährt; „Womit wir bei deinem Lieblingsthema wären. Weißt du was? Mir hängt die Quengelei zum Hals heraus."

„Trotzdem war deine Endscheidung mit Aachen unvernünftig", vollende ich meinen Standpunkt. „Darin ändere ich meine Meinung nicht mehr."

Und wieder zanken wir uns wie die Kesselflicker, in dessen Verlauf mir Karla eine Zugfahrt zu ihrer Mutter androht. Ob das gut für das Baby ist, das sei dahingestellt. Doch das Treffen der Wuppertaler, das uns eine Perspektive des Zusammenlebens aufgezeigt hat, beendet den Disput, sonst hätten wir bis zum St. Nimmerleinstag gestritten, denn zu meinem Bedauern ist der Weg mit der Rückkehr nach München verbaut. Jetzt zählt nur Karlas Favorit, und das ist Aachen, oder schlägt Wuppertal zu?

14

Korinth als antike Stadt haut uns nicht vom Hocker. Durch unsere vielen Klinikbesuche ist die Stadt negativ belastet. Wir können den zweifellos vorhandenen architektonischen Reizen wenig abgewinnen. Und was macht man da? Wir verbringen den Nachmittag auf dem Campingplatz und gammeln lesend und mit den Katzen spielend herum. Ich bringe Karla sogar dazu, mit mir eine Partie Boccia zu spielen.

Zuerst macht sie es widerwillig, doch mit der Zeit entwickelt sie Siegeswillen, aber dem unter Sportlern weit verbreiteten Gewinnen müssen kann sie nichts abgewinnen. „Ich mag keinen falschen Ehrgeiz", sagt sie. Und was passiert? Karla gewinnt. Sie jubelt, als ihre Kugeln besser platziert liegen. „Schau mal, so macht man das."

„Das ist Anfängerglück", hole ich sie auf den Boden zurück, denn danach gewinne ich die nächsten Partien ohne ein Problem.

Durch die ablenkende Spielerei wird es schnell Abend, ohne dass wir andere Aktivitäten vorangetrieben haben, aber die Chemie stimmt wieder. Doch für einen Schlemmerabend vermissen wir Anna und Volker viel zu sehr, daher reicht uns ein unbedeutender Imbiss. Allein brauchen wir kein Festmahl, wozu sollen wir uns die Zusammenstellung aus dem Kopf drücken? Am kommenden Morgen werden wir in das hektische Athen aufbrechen. Für das Gewimmel der Menschenmassen zählt es ausgeruht zu sein. Dort gilt es aufzupassen, dass Karla nicht angerempelt wird. Aber das werde ich verhindern, denn geht es um Karlas Wohlbefinden, dann bin ich ein robuster Brocken.

Um mir über die Campingplatzsituation in Athen einen Überblick zu verschaffen, studiere ich den Campingführer, dabei rauche ich einige Zigaretten, sodass Cordula die Nase rümpft. „Das Zeug stinkt", sagt sie und wendet sich ab.

Ich lege die Zigaretten weg, und werde nach ein paar Minuten im Reiseführer über Athen fündig, denn es gibt einige Plätze, die uns gefallen könnten. Wir müssen nur losfahren, denke ich, ohne eine Ahnung zu haben, was uns mit dem Rummelplatz erwartet. Den Auswirkungen eines Streitabends sind wir überdrüssig, deshalb kuscheln wir uns auf der Matratze aneinander, ja wir schlafen sogar miteinander, wobei Karlas Bäuchlein nicht stört.

Unser Aufbruch hat mechanische Züge. Zuerst frühstücken wir gemächlich, dann sammeln wir die Katzen ein, die sich widerspruchslos auf ihre Schlafplätze begeben, und zu guter Letzt gehe ich zur Rezeption und bezahle die Übernachtungsgebühr.

Der Preis ist nicht von Pappe, was daran liegt, dass wir durch Annas Klinikaufenthalt mehrere Tage auf dem teuren Platz verbracht haben. Normalerweise hätten wir uns nach einem preiswerteren Platz umgesehen, aber wie erwähnt stehen wir finanziell voll im Saft. Wir können von den Rücklagen Monate zehren. Der Job bei der erwähnten Baufirma hat's möglich gemacht. Außerdem bin ich nach der Reise jederzeit in der Lage, unsere Finanzen in einem Planungsbüro aufzufrischen, denn die Nachfrage nach gut ausgebildeten Technikern, der ich einer bin, ist riesig. Hatte ich das erwähnt? So, nun aber los. Die Megastadt Athen und die Akropolis warten.

Die achtzig Kilometer Autobahnstrecke von Korinth bis Athen sind ein Klacks, trotz des hohen Verkehrsaufkommens, doch das Reststück vom Abzweig zum Hafen nach Piräus hat es in sich, denn das ist eine Schlaglochpiste. Loch an Loch, und sie hält doch, könnte man dazu dichten. Hinzu kommt, dass die Straßenränder total zugemüllt sind. Das imposante Erscheinungsbild des Hafens leidet darunter, denn der Zustand ist eine Schande. Im Hafen pulsiert zwar der Reise und Frachtverkehr, und somit das Leben, ansonsten ist er zur Müllhalde verkommen, also wenig zeigenswert. Immerhin ist er der größte Hafen im Mittelmeerraum.

Wären nicht die Großfähren, die mir gefallen, und die in einer unüberschaubaren Anzahl an den Anlegern auf Fahrgäste warten, dann würde ich den Hafen totschweigen, also gar nicht erwähnen, aber mit den Fähren bereist man die riesige Inselwelt Griechenlands, und Piräus bildet dabei den Knotenpunkt für das Inselspringen. Dieses viel praktizierte Hüpfen von Insel zu Insel werde ich später beim Erforschen der Inselwelt ausreichend genießen, denn von den Inseljuwelen kann ich nicht genug bekommen.

Nach dem unvermeidbaren Blick in die Reisezukunft, zurück zur Gegenwart. In der suchen wir einen Supermarkt, um für die Katzen einzukaufen, stattdessen stoßen wir auf eine Pizzeria, die mir einen Stich versetzt. „O ja", seufze ich laut. „Eine Pizza mit Meeresfrüchten hatte ich lange nicht mehr. Auf, auf, Karla, gönnen wir uns den Gaumenschmaus."

Die schaut mich staunend an, als hätte ich eine Todsünde ausgesprochen, doch dann willigt sie ein: „Okay", sagt sie schmunzelnd. „Statt deinem heißgeliebten Tintenfisch mal eine Pizza. Du bist immer wieder für eine Überraschung gut."

War das ein Kompliment? Ich werte es als Lob und stelle das Wohnmobil am Straßenrand unter einem schattenspendenden Baum ab. Keine unserer Katzen soll als Schmorfleischdelikatesse enden. Und da uns die Pizza mundet, hebt sie unsere Stimmung. Seit uns Anna und Volker verlassen haben, lachen wir zum zweiten Mal aus Leibeskräften.

Doch die gute Laune verfliegt, als wir weiterfahren und in das Stadtgebiet Athens vordringen. Wir suchen den einfachsten Weg hinauf zur Akropolis, doch die Beschilderung in dem Großstadtdschungel ist katastrophal. Die Versuche verlaufen im Sande, sie sind also aussichtslos. Ich sehe keine Chance, wie wir uns bestmöglich zu der Sehenswürdigkeit durchkämpfen können, denn wir landen immer wieder am Ausgangspunkt. Ach, hätte man das Navi doch Ende der siebziger Jahre erfunden.

„Wo steckst du, du altes Gemäuer?", jammere ich auf niedrigem Niveau, da der Stadtplan im Reiseführer nur eine schwache Hilfe darstellt.

Und Karla haut in die gleiche Kerbe: „Langsam habe ich die Schnauze voll. Mit tut der Hintern weh. Ich kann auf dem Beifahrersitz nicht mehr sitzen. Suchen wir zuerst nach dem Campingplatz."

Ich willige ein, denn die Akropolis läuft uns nicht weg. Zu der fahren wir morgen mit dem Linienbus, denke ich. Also versuchen wir auf die Ausfallstraße nach Thessaloniki zu gelangen, denn an der soll sich ein Campingplatz befinden. Und wo landen wir?

Es ist wie verhext, denn wir kommen an dem Autobahnschild nach Korinth vorbei. Doch diese Ausfallstraße hat auch ein Gutes, denn kurze Zeit später stehen wir vor einem Campingplatzschild, und siehe da, es steht Camping Coppelia drauf.

Nach einem Besichtigungsrundgang, der positiv ausfällt, stupse ich Karla an und die stupst zurück. „Der Platz
ist gut. Den nehmen wir", macht sie ihrer Erleichterung
Luft, woraufhin ich tief durchatme und ihre Erleichterung
teile: „So schwer habe ich mir die Platzsuche nicht vorgestellt. Aber jetzt spannen wir aus, denn meine Nerven
liegen blank."

Zusätzlich zur allgemeinen Freude haben wir registriert,
dass vor dem Eingang ein Bushaltestellenschild steht. So
etwas kann man nicht planen. Das ist höhere Gewalt. Und
diese Gewalt ist es, die uns am Rand eines Gestrüpps einen annehmbaren Stellplatz finden lässt, obwohl die Anlage gut frequentiert ist. Endlich können die Katzen ihren
Freiheitsdrang ausleben. Allerdings ist Vorsicht geboten,
denn der Campingplatz hat einen Wachhund, dessen Gefährlichkeit wir nicht kennen. Aber die Entwarnung folgt
auf dem Fuß, denn der liegt an einer Leine vor seiner
Hundehütte.

Auf unser Nachfragen beim Platzwart erfahren wir, dass
alle halbe Stunde ein Linienbus ins Zentrum fährt und
von dort weiter zur Akropolis. Herr im Himmel, was wollen wir mehr?

Durch die Busverbindung wird uns Athen und die Akropolis mundgerecht serviert, spekuliere ich. Besser geht
es nicht, denn wir können unser Wohnmobil stehen lassen. Ich muss keinen Finger krumm machen, um stress-
frei zur Akropolis zu gelangen. Mit dem Linienbus funktioniert das reibungslos, denn der schlängelt sich mit
traumwandlerischer Sicherheit durch die Stadt, leider
wird er uns auch jeden Schandfleck drastisch vor Augen
führen, dennoch werden wir punktgenau an der Akropolis auf dem Hügel oberhalb der Stadt ankommen. So und
nicht anders wollen wir es haben. Das ist gelebte Reise-
aktivität.

„Die Akropolis sehen wir uns morgen an", beende ich etwaige Spekulationen über den sofortigen Besuch. „Für heute haben wir genug getan."

„Ja, das haben wir", antwortet Karla, denn das Statement gefällt ihr. Sie stimmt mir zu, so ist unser Tagwerk abgeschlossen. Ich fühle mich im Nackenbereich verspannt, daher wäre eine sportliche Tätigkeit angebracht, doch solche Begriffe wie Joggen oder Nordic Walking sind in der damaligen Welt Fremdwörter, die sogar den Gesundheitsbewussten unbekannt sind. Bis der Gründer der Trimm dich Welle sie zum Leben erweckt, ruhen sie in der Schublade eines lauffreudigen Erfinders. Und weil das so ist, gönne ich mir eine Zigarette, über die Karla nicht mal schimpft. Sie ist viel zu kaputt, um ihren Protest in Worte zu fassen.

Wir stehen früh auf und frühstücken, da ist es noch ruhig auf dem Platz. Die Katzen schlafen weiter, denn sie hatten eine anstrengende Nacht. Mittlerweile haben sie sich zu nachtaktiven Zeitgenossen entwickelt.

Die Katzenluke aufgelassen und aufgetankt mit neuer Kraft, so stehen wir an der Haltestelle und warten. Und der klapprige Linienbus ist pünktlich. Er ist vollbesetzt mit Frauen und Männern, deren Arbeitsplatz sich im Zentrum Athens befindet. Aber auch ein paar Touristen erkenne ich auf den Sitzbänken, da sie die für Urlauber typischen Klamotten tragen. Ich vermute, dass wir den gleichen Weg haben, denn wie wir wollen sie sicher zur Akropolis hinauf.

Also befolgen wir den brauchbaren Tipp und behalten zwei Besichtigungswillige stets im Auge, um uns denen jederzeit anschließen zu können. Und schau an, denn unsere Geduld wird belohnt. Nachdem wir umgestiegen sind und sich der Bus an einer Endhaltestelle lehrt, stehen wir vor den Mauern der Festung mit dem Säulenbau, von dem man sagt, dass ihn die Götter mit ihren bloßen Händen erbaut haben. Es ist die fesselnde Akropolis, und die ist das absolute Heiligtum.

An dem Kultplatz wurden die Gottheiten des männlichen Geschlechts, aber auch die holde Weiblichkeit angehimmelt. Die Göttin Athena war somit nicht nur die Namensgeberin der Hauptstadt, sondern wurde auch als Göttin der Weisheit, der Strategie und des Kampfes verherrlicht. Obwohl wir sind keine Historik-Freaks, sind, werden wir holterdiepolter mit der Festung als Sehenswürdigkeit warm. Ich spüre dessen Ausstrahlung, die durch meine Äderchen bis in die Hauptschlagader fließt und das Herz als Pumpwerk antreibt. Wer die Akropolis verehrt, der begreift deren Wichtigkeit für die Griechen, denn die ist von den Göttern gewollt. Das alles sollte man wissen, damit sich das lange Anstehen für eine Eintrittskarte für fünfzig Drachmen lohnt. So genießen wir das Dargebotene über das antike Griechenland, denn der Preis ist berechtigt.

Aber besonders imposant ist der Ausblick auf das sich bis zum Horizont erstreckende Athen, anderseits auch grauenhaft. Wo man hinsieht wird man von der einer Meeresfläche ähnelnden Häuseransammlung in allen Schattierungen überwältigt, dabei wechseln sich hässliche Hochhäuser mit unansehnlicher Altstadtbebauung ab, dabei verstärkt der mit dunklen Wolken verhangene Himmel den Eindruck der Tristesse. Bis auf ein paar Herzeigebauten ist die Stadt eine Landschaft aus Steinen und Beton ohne ein Fleckchen Grün. Wie halten es die Bewohner in solch einer abstoßenden Betonwüste aus?

Fahre ich in München auf den Fernsehturm hinauf und vergleiche die Stadt mit Athen, dann ist München mit dem Englischen Garten und dem Nymphenburger Park eine grüne Oase des Glücks. Ohne die Akropolis würde kein Mensch dieses grässliche Monstrum einer Stadt besuchen, geschweige denn in eins der Häuser einziehen wollen. Unseren Augen bleiben die Reize der Hauptstadt verborgen, daher können wir die Begeisterung der Griechen für ihr Athen nicht nachvollziehen.

Karla hat genug gesehen. Sie bietet mir ihre Wasserflasche an, dann nimmt sie selbst einen kräftigen Schluck daraus. Bei jedem Ausflug trägt sie die Wasserflasche im Rucksack mit sich, was vernünftig ist. Als sie getrunken hat, fällt sie das harte Urteil: „Athen kotzt mich an. Lass uns weiterfahren, vielleicht kann ich im Hinterland meine Gedanken zum Positiven ordnen."

Was soll ich zu ihrer Beurteilung sagen? Wahrscheinlich haben die Erfahrungen der letzten Tage in der Klinik dazu beigetragen, dass Karlas Nervengerüst gelitten hat. Es wird für sie immer schwerer, der Reise die guten Seiten abzugewinnen. Selbstverständlich macht sie sich so ihre Sorgen um ihr Baby, denn das hat das Strampeln derzeit zurückgestellt.

Um bei Karla eine bessere Laune zu erzeugen und sie milde zu stimmen, rede ich ihr nach dem Mund. „Auch ich bin von Athen nicht begeistert", spreche ich Klartext. „Immerhin habe ich die Akropolis live erlebt und das war mein Ziel. Von mir aus können wir in den Norden weiterfahren."

Karla schaut unsicher an mir rauf und runter. Kann ich das glauben, wird sie dabei denken. Dann nimmt sie mich erleichtert in ihre Arme. „Spürst du unser Kind?", fragt sie und führt meine Hände zu ihrem Bauch. „Wir sollten jedes Risiko vermeiden, und das bedeutet, dass wir den Rückweg vorsichtig angehen müssen."

„Das werde ich tun", bin ich bei ihr, dabei nehme ich jede Bewegung des Babys wahr, als wäre das Strampeln ein für mich bestimmtes Signal. Als wolle mir das Kind zeigen, dass ich Karlas Ratschläge befolgen muss.

O ja, mein Sohn hat mich überzeugt. Schon spüre ich die Wirkung der Glückshormone, denn Karla und das Kind sind meine Zukunft. Mit ihnen ist mein Lebensweg mit Lebkuchenherzen gepflastert. Karla und ich haben es in der Hand, eine glückliche Familie zu werden. Aber dafür müssen wir das Streiten einstellen. Nur so lässt sich die Trennung ausschließen.

Mit meinen die Streitsucht ablehnenden Hormonen ist es ein wichtiges Eingeständnis, das von Herzen kommt, und das unter den Augen der Götter.

„Wir verkürzen unseren Griechenlandaufenthalt", sage ich zu Karla und schaue ihr tief in die Augen. „Das verspreche ich dir."

Das Versprechen meine ich aufrichtig. Damit verzichte ich auf jeden Kompromiss, obwohl mich eigentlich keine Mächte der Erlebnissucht ins Grenzland treiben. Aachen wird sich in der Zwischenzeit wohl kaum zur Kulturstadt und Veranstaltungshochburg verwandelt haben. Trotz allem erkläre ich den Aufenthalt in Athen für den Moment für verzichtbar. Ich werde die Stadt in späteren Jahren oft genug anfliegen, um mit einer Fähre auf einer vorgelagerten Insel in der Ägäis zu gelangen.

Obwohl das Warum ausreichen müsste, ergänze ich meine Erklärung: „Die Akropolis habe ich im Kasten. Ab jetzt wird nur nach vorn gedacht. Bis zur Geburt des Kindes müssen wir eine Wohnung in Aachen finden."

Beim Aufenthalt in Athen sind die Gefahren einer Pandemie eine Fata Morgana. So etwas Unberechenbares, wie die jetzige Corona-Pandemie, hatte ich damals nicht auf dem Schirm. Doch jetzt, im Jahr 2021, während ich vor dem Computer sitze, und das Reiseerlebnis aus dem

Tagebuch in einen Roman umwandle, erfüllt diese ner-
vige Pandemie den Tatbestand. Die Einschränkungen
zeigen den Menschen die Grenzen auf, wonach das Virus
Covid19 allerdings nicht fragt, denn das tobt mit einer
dritten Welle sein Gefahrenpotenzial aus. Zwar bin ich
geimpft, was mir eine beruhigende Sicherheit verschafft,
doch die Hygienevorschriften und das Tragen der Maske
vor Mund und Nase sind weiterhin geboten. Der Kladderadatsch muss sein, denn das Virus ist nicht besiegt, aber
es hat seinen Schrecken eingebüßt, doch leider hat es unsere Reisemöglichkeiten vorerst ausgebremst.

Im Athen des Jahres 1980 denkt kein Mensch an eine
Seuchenausbreitung oder Pandemie, egal, wie es genannt
wird. Als wir die Entscheidung fällen, in die Heimat zu-
rückzukehren, da habe ich nur Vorsichtsmaßnahmen zum
Schutz des Babys im Kopf. Wir wollen ein sorgenfreies
Leben mit dem Kind genießen, darüber sind Karla und
ich uns einig. Wegen der Schwangerschaft haben wir das
Ende der Reise ins Auge gefasst, und ziehen den Schluss-
strich unter die Diskussion um die Reisedauer und deren
Ablauf, den ich mir anders vorgestellt hatte. Nach meinen
Vorstellungen wären wir jetzt mit Anna und Volker un-
terwegs und wir würden ganz Griechenland auf den Kopf
stellen. Aber von dem Gedanken löse ich mich, denn die
Freunde werden längst in Wuppertal angekommen sein.
Ob sie an uns denken?

Aber noch sind wir auf dem Berg mit der Akropolis und
ich kaufe einige Ansichtskarten für die Mütter und die
Freunde. Jetzt heißt es, mit Geschick den richtigen Linienbus ausfindig zu machen, der uns mit dem einmaligen
Umsteigen zum Campingplatz zurückbringt. Das muss
hinzubekommen sein, denke ich, und das mit Bravur.

Nach knapp zwei Stunden hält der Linienbus mit uns
vor dem Campingplatz, an dem wir aussteigen und uns

im Einkaufsshop ein belegtes Baguette mit Schinken und Käse kaufen. Und mehrere Katzendosen erwerben wir dazu. So wie wir ausgehungert sind, so sind es auch unsere Tiger, die das mit ihrem hungrigen Maunzen bestätigen. Wir füttern die Katzen, wobei die sich wie die Irren um die gefüllten Fressnäpfe balgen, dann stürzen auch wir uns auf die belegten Brötchen. Die sind zwar von gestern, also nicht mehr frisch, aber sie schmecken uns trotzdem recht anständig.

„Bleibst du bei deiner Meinung, dass wir Athen abhaken?", fragt mich Karla, als sie sich den Mund mit einem Tempotaschentuch abgewischt hat, denn sie misstraut meinen Äußerungen über Athen.

„Natürlich stehe ich dazu. Das habe ich nicht nur so daher gesagt", bestätige ich ihr den Entschluss zur Abreise. „Athen schaue ich mir später unter anderen Bedingungen an. Mit dir und dem Kind im Bauch an meiner Seite, bin ich fürs Erste bedient."

Karla springt von ihrem Stuhl auf und setzt sich mir auf den Schoß. „Du bist ein Schatz", flötet sie. „Unser Kind bekommt den besten Vater der Welt."

Der wunderbare Gefühlsausbruch rührt mich, wodurch ich spüre, dass mich Karla mit ihren Liebesbekundungen jederzeit um den Finger wickeln kann. Ich schmelze unter ihren Händen dahin wie ein Eis in der Sonne. Wäre es nicht so fürchterlich windig, dann hätte ich sie ergriffen und vor Freude durch die Luft gewirbelt. Stattdessen bedränge ich sie in meinem Verlangen und gurre; „Mach hin, Karla. Legen wir uns in den Bus. Ich will mit dir schlafen."

Gegen den Überfall der sympathischen Art hat Karla nichts einzuwenden. „Ich auch mit dir", schnurrt sie, dann ist sie zum Liebesspiel bereit. „Aber zieh bitte die

Fenstergardinen zu. Irgendwelche Spanner wollen wir nicht anlocken."

Heute ist mein Glückstag, denke ich, denn von der Fleischeslust gepackt, verschließe ich die Vorhänge vor den Fenstern, dann streifen wir uns die Klamotten vom Leib, und im Handumdrehen sind wir nackt, wodurch mich der Schauer der Begierde überfällt. Je näher die Geburt des Kindes rückt, umso mehr begreife ich, dass ich meinem Glücksspender noch viele Nächte der Erfüllung schenken will, und die letzte Nacht in Athen ist dafür wie gemacht. „Oh, Karla", stöhne ich wollüstig. Schenke mir deinen Körper. Dann verschlinge ich dich mit Haut und Haaren."

15

Nach der Nacht voller Liebe sind wir guter Dinge. Gutgelaunt bezahlen wir die Rechnung und verlassen den Campingplatz mit den müden Katzen. Mit vierhundert Drachmen für zwei Nächte haben wir einen stattlichen Preis berappt. Aber das ist uninteressant, denn den richtigen Weg aus der Stadt herauszufinden, das entwickelt sich zur Irrfahrt durch mehrere Stadtteile. Gerade bin ich der Meinung, dass wir uns auf der Ausfallstraße nach Norden befinden, da stocke ich. Pusteblume denke ich, denn tatsächlich sind wir nach Thessaloniki unterwegs.

O Mist, das Ganze noch mal zurück.

Beim nächsten Versuch befinden wir uns auf der Straße nach Piräus. Ja gibt's das. Ich muss eine Pause einlegen, um mich von der Kurverei durch die Stadtstraßen zu erholen, worauf Karla mit einem unberechtigten Murren reagiert, als sie knurrt: „Mensch, Richard, fahr weiter. Ich will endlich raus aus dem Irrenhaus."

Karla hat mich bei meiner Ehre gepackt, denn bisher war ich stolz darauf, das Ziel unserer Wünsche umgehend zu erreichen, aber mein Stolz kehrt zurück, denn beim nächsten Versuch stoße ich auf ein blaues Autobahnschild, auf dem Larissa steht.

Erleichtert schnaufe ich tief durch, denn das ist die Stadt, in dessen Richtung wir uns fortbewegen müssen. Wir haben genug vom Innenleben der Stadt durchlitten. Diese Weltstadt wurde für Hartgesottene erbaut, und zu denen gehört eine schwangere Frau wie Karla weiß Gott nicht.

Doch zu hartgesotten muss sie nicht sein, denn als wir das Pulverfass Athen verlassen haben, macht sich eine wohlige Ruhe in uns breit. Und die vertiefe ich, indem ich das Autoradio anschalte, schon versetzen uns die Klänge eines Sirtaki in griechische Alltagsstimmung.

Der Film „Alexis Sorbas" mit Anthony Quinn in der Hauptrolle, erscheint vor mir so realistisch, als säße ich bequem auf einem gepolsterten Kino-Sitz. Ich fange an zu träumen, denn ich liebe diesen Film von 1964. Die Handlung spielt in Stavros auf Kreta und ist dem Roman von Nikos Katzantzakis entliehen. Keine andere Verfilmung verkörpert das griechische Leben ähnlich besitzergreifend, wie es die Dramaturgie dieses Meisterwerkes schafft. Das im Film vorgeführte Lebensgefühl habe ich auf der Reise zu den Griechen zu finden gehofft.

Doch nun wieder zur Gegenwart. Da wir sehr lange für das Herauswursteln aus Athen gebraucht haben, gurken wir nur noch bis Kamena Vourla, dann bin ich erschöpft. Wir fahren auf einen Campingplatz, dessen Namen ich vergessen habe, aber der neue Platz ist vielversprechend. Er kommt uns als Übernachtungsplatz entgegen, da gibt es kein Vertun, denke ich. Dass uns durch die Katzen, und da insbesondere durch unseren Fritz, der übliche Ärger ins Haus steht, daran habe ich mich gewöhnt, und in der Nacht erfolgt das übliche Geschrei, doch diesmal endet die Auseinandersetzung mit der anderen Katze mit einer Hatz bis in unser Wohnmobil. Das bullige Vieh ist dreist, denn es ist Fritz durch die Luke bis in unser Bett gefolgt, ja halleluja.

Aber ich bete nicht, sondern werde rabiat, in dem ich das Tier am Schlafittchen packe, die Seitentür des Busses aufreiße und es hochkant aus dem Bus pfeffere. Der Lümmel hatte nichts Besseres verdient.

Leider hat Fritz bei der Balgerei einige Schrammen abbekommen. Wie schwer er verletzt ist, und was er sich
eingefangen hat, das wissen wir nicht, außerdem ist sein
Fell ölverschmiert. Doch von dem Öl befreien wir Fritz,
aber die Beurteilung der Verletzungen bleibt schwierig.
Ich hoffe, dass sie nicht lebensbedrohlich sind. Eigentlich
gehört er zum Tierarzt, doch woher sollen wir die Praxis
nehmen? Aus Mangel an Gelegenheit bleibt uns nur übrig, bei der Weiterzufahrt Ausschau nach einer Tierarzt-
praxis zu halten. Vielleicht fällt uns unterwegs ein Tier-
arztschild auf.

Früh am Morgen verlassen wir den Platz, der Fritz kein
Glück gebracht hat. Dazu ist es in der Morgenstunde heiß
geworden. Es ist eine trockene Hitze, die uns große Mengen an Schweiß aus den Poren treibt. Doch die Hitze ist
nur eine Zwischenerscheinung, denn unterwegs kühlt es
sich ab, da dunkle Regenwolken aufziehen.
Denkt man an Griechenland, dann erscheint ein Bild
von erstklassigen Wetterbedingungen und dem strahlend
blauen Himmel vor dem inneren Auge. Und dieses Auge
gaukelt uns vor, dass das tagtäglich so ist, jedenfalls wird
das auf Hochglanzbroschüren propagiert. Und wer beherrscht das Vorspielen falscher Tatsachen perfekt? Das
sind die Reisebüros, die von den verkauften Reisen leben.
Ab den neunziger Jahren wird der Reisemarkt, und insbesondere Griechenland, von den Reiseveranstalter mit
Lockangeboten überschüttet. Den Pauschaltouristen wird
der Himmel auf Erden versprochen. Besonders auf den
wunderschönen Inseln, aber auch auf dem Festland, da
zum Beispiel auf dem Peleponnes, bietet man die Strände
zu günstigen Konditionen an, denn die Reiseveranstalter
sind schlau und verstehen ihr Lockhandwerk. Gängige

Praxis sind Preisnachlässe, denn das Hotel-und Ferien-wohnungsgewerbe beschäftigt mittlerweile eine Menge Personal, und konkurriert erfolgreich mit den spanischen und türkischen Urlauberhochburgen. Konkurrenz belebt das Geschäft, sagt man, und Griechenland ist eine Top-Adresse geworden.

Doch dieser Vorausblick interessiert uns im Moment herzlich wenig, denn wir befinden uns auf unserem Rei-setrip im Jahr 1980, und es ist Mai, und da wird auf dem Festland harte Feldarbeit verrichtet, denn die meisten Flächen sind für die Landwirtschaft reserviert. Aber es gibt auch die schützenswerte Natur, und auch die nimmt einen Großteil an Fläche ein.

Auf den Landwirtschaftsflächen sehen wir ausgemer-gelte Esel grasen und Bauern, die mit purer Handarbeit ihre Felder bepflanzen oder auch abernten. Der Esel wird als Arbeitstier gebraucht. Teure Traktoren oder andere technische Hilfsmittel können sich die armen Bauern nicht leisten. Doch in einem ärmlichen Zustand ist auch die Schnellstraße, die sich nach Larissa durchs Inland schlängelt. Trotz der kriminellen Beschaffenheit bezah-len wir Abschnittsweise mal dreißig, aber auch vierzig Drachmen, je nach Länge des Straßenteilstücks, und das, obwohl die Straßendecke alle Wünsche offenlässt.

Irgendwann ermüdet mich die anstrengende Fahrerei, so biege ich zu dem Campingplatz Poseidon Beach ab, der uns aber nicht sonderlich gefällt. Trotzdem bleiben wir, da unsere Luci raus will und deshalb nervt. Fritz dagegen macht keine Anstalten, den Bus zu verlassen, daher hof-fen wir weiter auf seine Selbstheilungskräfte.

Weil wir keine Lust auf ein selbstgekochtes Essen aus der Dose verspüren, gehen wir in die dem Campingplatz angeschlossene Pizzeria, und verspeisen eine Pizza Mar-garita für einhundertzwanzig Drachmen. Und was soll ich sagen, sie schmeckt prima. Aber damit ist unser Kontingent an Pizza für die nächsten Tage ausgeschöpft. Ab jetzt gibt es das italienische Nationalgericht nur noch in Ausnahmefällen, außerdem erzeugt die Pizza ein ungewolltes Völlegefühl.

Um das zu bekämpfen, stürzen wir uns in unseren üblichen Verdauungsspaziergang, der uns, wie die anderen zuvor, richtig müde macht, dagegen ist unser Baby putzmunter. Es strampelt wild, als wolle es Karlas Bauchwände von innen durchbrechen. „Temperament hat unser Kind", lobe ich meinen Sohn, „genau wie sein Vater."

Karla lacht. Danach sprudelt es aus ihr heraus: „Daran mangelt es ihm wirklich nicht. Aber dir würde weniger Temperament nicht schaden." Schon habe ich mein Fett weg, aber ich weiß, wie sie es meint und bin ihr nicht böse.

Vor dem Schlafengehen trinken wir zwei Gläser Samos. Das harzige Gesöff mag ich eigentlich nicht, weil es bei mir einen tierischen Durst auslöst. Und so ist es auch diesmal, also spüle ich meinen Rachen mit zwei Flaschen Bier, was Karlas Kritik hervorruft. „Immer wieder trinkst du zu viel", schimpft sie. „Ich will keinen Säufer als Vater für mein Kind."

„Unser Kind", verbessere ich sie. „ich war an der Entstehung beteiligt."

„Also gut, unser Kind", lenkt Karla ein.

Doch das Einlenken bekomme ich in den falschen Hals, denn diese Reaktion hatte ich mir vor einigen Wochen gewünscht, als es um das Aufgeben unseres Münchner Domizils ging. Prompt regt sich mein rückwärts gerichteter Zeigefinger, und ich ziehe mich schmollend von Karla zurück.

Und wo führen mich meine Gedanken hin? Natürlich nach München in den Zirkus Krone Bau. In dem spielt

Pink Floyd die legendäre LP „Dark Side Of The Moon",
wobei ich bei der Menge an Lautsprecherboxen, die die
Roadies der Band rundum auf den Emporen des Rund-
baus aufgebaut hatten, fast ausflippe. Der Trip durch das
Album artet zur akustischen Revolution aus, wie ich sie
in anderen Konzertsälen nie erlebt hatte. Dazu kreist der
Joint, der mich in eine surreale Welt entführt, und all
meine Ängste vor der damals noch neuen Stadt unwichtig
machen. Die musikalische Wucht, mit der Pink Floyd auf
das Publikum eingewirkt hatte, die toppt keine Band der
Welt, und ich habe sie alle live erlebt.

Die geistige Abwesenheit abgelegt, streichele ich Karla
über ihren Bauch. Es ist eine mechanische Geste, mit der
ich ihr beweise, dass mir das Leben mit ihr viel bedeutet.
Danach mummele ich mich in meinen Schlafsack, denn
die griechischen Nächte bleiben kalt. Auch Karla begibt
sie sich in die Arme des gesunden Schlafes, der ihr mit
dem lebendig strampelnden Baby im Bauch hoffentlich
gelingt.

Vom Bier leicht verkatert, krabbele ich aus dem Bus ans
Tageslicht, da sieht der Himmel recht vielversssprechend
aus. Das Gebirge um den Olymp bildet ein einzigartiges
Panorama, an dem sich meine Augen ergötzen. Nur der
Gipfel bleibt unsichtbar. Es ist der Olymp, und der hat
sich hinter einer dicken Wolkendecke versteckt.

Um mehr über den Olymp zu erfahren, krame ich meine
Geographiekenntnisse heraus, und nach denen ist er der
höchste Berg Griechenlands. Er liegt unweit des Ortes
Litochoro, dicht vor der Grenze zu Mazedonien. Und in
der griechischen Mythologie ist er natürlich ein Sitz der
Götter.

Doch zu den Göttern wollen wir nicht, und auch die vor der Reise geplante Wanderung durch die Bergwelt erscheint uns zu beschwerlich, worin mich ein Gespräch mit dem Platzwart bestärkt. Der schildert mir, dass die Wanderruten im Bereich um den Olymp schlecht ausgeschildert seien. Nach seinem Geschmack sollten wir die Finger von der Wanderung lassen, denn er hält nichts von der Qualität und Beschaffenheit der Wege. Die sind alles andere als trittsicher.

Wie ich erwähnt hatte, wollen wir die Risiken für das Kind minimieren, und dazu gehört, dass wir waghalsige Wanderungen unterlassen. So bedanke ich mich für die mich wachrüttelnde Information, dann gebe ich sie wahrheitsgetreu an Karla weiter, die unser Wandervorhaben von unserer Tu Do Liste streicht. „Die Wanderung ausfallen zu lassen finde ich gut. Dadurch verkürzt sich die Reise", sagt Karla ohne eine Spur des Bedauerns. Sie ist hocherfreut über die Änderung in der Reiseplanung. Dann hängt sie an: „Umso schneller komme ich zu meiner nächsten Nachuntersuchung."

Mit der Nachuntersuchung hat mich Karla überzeugt, denn ich widerspreche ihr nicht. So können wir den Beginn der Weiterfahrt geruhsam angehen, also frühstücken wir ausgiebig. Anschließend bezahlen wir den fälligen Übernachtungspreis mit bescheidenen einhundertfünfzig Drachmen, und haken den Olymp ab. Adieu, du schöne Bergwelt. Der Platzwart wünscht uns eine unbeschwerte Weiterfahrt, dann fahre ich ein Stück auf der Schnellstraße in Richtung Larissa zurück, und biege auf die Straße nach Kalambaka ab.

Bin ich mit der Planänderung zufrieden? Ich weiß es noch nicht. Aber dass ich nicht bis Igoumenitsa durchfahre, das weiß ich ganz bestimmt. Noch ein paar Tage möchte ich mich auf griechischem Boden bewegen, denn meine Sehnsucht nach Aachen bleibt überschaubar. Denke ich an Aachen, dann beschleicht mich das Gefühl der Ablehnung, das ich in seinen Auswirkungen auf meine Psyche nicht zuordnen kann. Einerseits freue ich mich auf alte Freunde und Bekannte, mit denen ich aufgewachsen bin, anderseits schwingt die Furcht vor der langweiligen Stadt dabei mit. Mal sehen, wohin das Pendel ausschlägt, jedenfalls erzeugt das ins Gedächtnisrufen des Familienkreises eine merkwürdige Beklemmung in mir, und das ist nicht die helle Freude.

Dagegen ist die Fahrerei auf griechischen Straßen alles andere als langweilig, denn die sind holperig und mit Schlaglöchern übersät, sodass sich Karla nach hinten auf das Matratzenlager verzieht Von dort sieht sie durch das Seitenfenster einige Klapperstörche, die auf den Schornsteinen der Dächer ihre Nester bauen. Der selten gewordene Anblick veranlasst mich, in meinen Vatergefühlen zu kramen, für Karla ist das ein gutes Omen.

Und ein weiterer Haken an den Straßen ist das langsame Vorwärtskommen. Es ist bereits Nachmittag, als wir in Kalambaka eintreffen, dessen beeindruckende Lage, am Fuß der Meteora-Felsen, uns Respekt abnötigt. Wir sind begeistert von der sensationellen Kulisse eines beeindruckenden Klosters, das auf einer unerreichbar erscheinenden Felsspitze thront. Aber einen freien Stellplatz auf einem überfüllten Campingplatz zu finden, das ist ein Ding der Unmöglichkeit, oder es erfordert viel Geduld. Doch das Geduldsspiel haben wir in Griechenland verlernt, außerdem betreten wir mit dieser Region abermals so etwas wie Neuland. So hat der Campingplatz, bei dem wir unser Glück versuchen, eine Neuerung für die Katzen parat, und das sind eine Menge freilaufender Hühner. Prompt fängt Luci an, die Hühner zu jagen, bis eine alte Frau mit Steinen nach ihr schmeißt, doch sie trifft Luci natürlich nicht. Die Alte keift und zetert, sodass wir es mit der Angst zu tun bekommen.

Mit viel Handlungsgeschick gelingt es uns, unsere Luci ins Wohnmobil zu verfrachten, dann ergreifen wir mit Sack und Pack die Flucht, denn der Aufenthalt auf dem Platz sollte vom Prinzip her angenehm ausfallen. Doch nichts war's mit der erfreulichen Übernachtung, denn die hat uns die keifende Frau versaut.

Aus Enttäuschung verschieben wir die Suche nach einem anderen Platz, denn der Tag bietet die Möglichkeit eines Ausflugs zu einem der Felsenklöster. Also unternehme ich den Versuch, mit unserem Bus zu einem der Gemäuer hinaufzufahren, und das ist erfolgreich. Der Kastenwagen keucht und stöhnt zwar, aber es klappt. Und da stehen wir vor dem Kloster mit Entsetzen in den Augen, denn ehe wir uns versehen, werden wir von einer Menschentraube umringt. „Mein Gott, Karla. Hier ist der Teufel los", beschwere ich mich. „Gehen wir ins Kloster und beginnen dort die Besichtigung."

Während des Besichtigens der Fresken des 16. Jahrhunderts als Zeugnisse postbyzantinischer Malerei, die als das geistige und kulturelle Erbe des damaligen Byzanz gelten und gut erhalten geblieben sind, erdrückt uns die Masse an Menschen. Für eine Schwangere ist das der blanke Horror, den wir beenden müssen, indem wir hinausstürmen. Alles weitere an Wissenswertem erfahren wir durch eine informative Schautafel, die vor dem Kloster steht. So zum Beispiel, dass die Beschädigungen am Kloster durch das Bombardement der Wehrmacht im 2. Weltkrieg erzeugt wurden.

Weshalb das Bombardieren? Das verstehe wer will, denn es macht wenig Sinn. Warum beschädigt die deutsche Wehrmacht ein Kloster, in dem die Bewohner zurückgezogen leben? Die asketisch nach der Einsamkeit

Suchenden strahlten keinerlei Gefahr für die Besatzungsmacht aus, außer sie hatten feindlichen Partisanen Unterschlupf gewährt. Aus meiner Sichtweise war höchstens das Errichten der Klöster für die Erbauer in dem bizarren Gelände gefährlich. Nun ja, die Kriegführenden brauchten Feindbilder, das muss ich nicht herausheben, dennoch haben mich die geschichtlichen Hintergründe der Meteora-Klöster nachdenklich gestimmt, weil die deutsche Heeresführung eine fragwürdige Rolle bei den Zerstörungen gespielt hatte.

Wir setzen uns auf einen riesigen Stein und schauen andächtig hinunter in das fruchtbare Tal. Der Ausblick ist sagenhaft. Den halte ich mit dem Fotoapparat fest.

„Weißt du was, Karla", spreche ich sie auf eine Unterlassungssünde an. „Wir haben zu wenige Bilder während der Reise gemacht. Vor allem fehlen uns die Bilder von den Wuppertaler Freunden."

„Das stimmt", erwidert Karla. „Aber das holen wir zu Hause nach. Ich gehe fest davon aus, dass es bald zu einem Wiedersehen kommt."

Als ich über die Wahrscheinlichkeit nachdenke, fällt mir ein Campingplatz auf, dessen Schild hatten wir unten im Ort übersehen. „Sieh, Karla, der Platz mit den Olivenbäumen ist ideal für uns."

Ich zeige auf einen Campingplatz, der mir als Übernachtungsplatz ins Auge sticht. „Zu dem fahren wir, denn der hat noch Kapazitäten frei."

Ohne einen Widerspruch zu ernten, lasse ich unseren Bus ins Tal hinunterrollen, und prompt stehen wir vor dem von oben ausgemachten Platz. Weit und breit ist kein Haus zu sehen, wodurch es auch keine Katzen geben wird, somit die gewohnten Auseinandersetzungen ausfallen werden. Das sind hervorragende Voraussetzungen für einen Aufenthalt, also melde ich uns an der Rezeption für die nächsten zwei Nächte an. Dann stellen wir den Bus am Rand des Platzes neben ein Gebüsch und kramen unsere Campingutensilien heraus, so kehrt eine zufriedenstellende Besinnlichkeit bei uns ein. Es bleibt sogar noch etwas Zeit für ein kleines Sonnenbad auf den Liegen.

Aber da gibt es ja noch den Hunger, denn der treibt uns die zwei Kilometer zu Fuß in die Stadt. Von Kalambaka verspreche ich mir eine gute Imbissbude, und die finde ich tatsächlich. Ich kaufe mir zwei Suvlakia-Spieße und Karla nebenan beim Bäcker ein Stück Kuchen. Damit haben wir uns das Kochen erspart. Und teuer ist es auch nicht, aber der Preis ist mir entfallen.

Wir essen die Errungenschaften auf einer schattigen Bank, dazu trinke ich die erste Cola der Reise. Dann kaufe ich die obligatorischen Ansichtskarten und wir machen uns auf den Heimweg zum Campingplatz, den wir im Stil der Eroberer erreichen. Wir sind an einem Fleck der Erde, der durch die Meteora-Klöster viel Stoff für Erzählungen bietet. Aber erst einmal fallen wir von den Eindrücken des Tages völlig erschöpft in einen todesähnlichen Schlaf.

Eigentlich wollten wir heute nach Igoumenitsa aufbrechen, aber durch meine Anmeldung für zwei Nächte hat sich das erledigt. Und das ist gut, denn der Ausblick auf die Felsen ist faszinierend. Der zusätzliche Tag animiert mich zu einer Wanderung. Und da uns das Wetter wohlgesonnen ist, will ich nach dem Frühstück zu Fuß zu einem weiteren Kloster hinaufwandern. Karla findet den Vorschlag kühn. So überlegt sie, ob sie mich begleiten soll. Wäre Volker bei uns, dann würde der Stürme der Begeisterung vom Stapel lassen, doch auch meine Partnerin kommt zu dem positiven Schluss: „Wenn du's nicht übertreibst, dann gehe ich mit", sagt sie, was ich insgeheim gehofft hatte. „Aber ich gehe zurück, sobald mir die Strecke zu lang wird."

Und so beweist sich mal wieder: Ein stressfreies Miteinander ist mehr als die ganze Miete für eine harmonische Verbindung. Unsere Harmonie ist nicht mit Gold aufzuwiegen. Wenn der Wunsch mit dem gesunden Kind in Erfüllung geht, dann bin ich ein Glückpilz, aber habe ich das Glück verdient?

Wenn es einer verdient hat, dann wohl ich. Daran lasse ich keinerlei Zweifel aufkommen, denn unser Ausflug wird eine der schönsten Wanderungen der Reise. Wir wandern gemächlich durch die Felsmassive, die ich in seiner prächtigen Ausstattung nur auf Ansichtskarten gesehen habe. Karla kommt aus dem Staunen nicht heraus. Vor Verzückung stößt sie wohlklingende Lobeslaute aus, die dieser Wanderausflug wahrlich verdient hat.

Auf dem Rückweg zieht sich der Himmel zu und die Wolken werden bedrohlich. In der Ferne höre ich es donnern. Also beeilen uns, um rechtzeitig vor dem einsetzenden Regen am Wohnmobil zu sein, da fängt es an zu tröpfeln. „Verdammter Misst", schimpfe ich und drohe dem Himmel mit erhobenen Fäusten. „Die Wanderung hat ein besseres Ende verdient."

Grade noch rechtzeitig schaffen wir es zum Platz, und in Nullkommanichts ergießt sich ein sintflutartiger Platzregen über unseren Bus, wodurch unsere Gemütslage in den Keller sinkt. Was wir jetzt brauchen, das ist ein Aufheller, den uns der quicklebendige Fritz liefert. Der rettet sich im letzten Moment vor den Fluten durch die Luke ins Businnere, dabei wundere ich mich über seine runden Bewegungsabläufe, denn Fritz hat seine Verletzung ohne ärztliche Hilfe überstanden und wir können von der Suche nach einer Arztpraxis Abstand nehmen.

Aus Freude über die Genesung bekommt er eine Extra-
ration Katzenfutter, und uns koche ich unsere bewehrte
Frühlingssuppe, danach schreibe ich die Karten von der
Akropolis und den Meteora-Felsen, und anschließend
krame ich die Spielkarten hervor. Mit denen spielen wir
mehrere Partien Rommee. Das sich nach draußen Setzen
können wir vergessen, denn das Unwetter entwickelt sich
zum Dauerregen, außerdem sind wir müde von der Wanderung. So nutzen wir die uns bevorstehende Nacht, um
etwas Schlaf nachzuholen.

Die Angst ist der ständige Begleiter solch einer Tour.
Zum Beispiel die Angst vor dem Steckenzubleiben, oder
die Angst vor einer Panne, im schlimmsten Fall vor einem Motorschaden.

In der Nacht hat es in Strömen weitergeregnet. Als wir
aufstehen, da ist der Platz aufgeweicht. In Badelatschen
waten wir in das Waschhaus, wo wir uns die Zähne putzen und frisch machen. Anschließend bereiten wir im
Wohnmobil ein Frühstück zu, wonach wir die Übernach-
tungsrechnung begleichen, doch eine böse Überraschung
folgt auf dem Fuße. Wir sind eingestiegen und wollen
losfahren, also lege ich den ersten Gang ein. Dann gebe
ich Gas, um unseren Bus in Bewegung zu setzen, prompt
quietscht es fürchterlich, denn die Räder drehen durch.
„Scheiße!", fluche ich. „Wir brauchen Hilfe. Mindestens
drei oder vier Männer. Die sollten uns auf festen Unter-
grund schieben."

Da kommen die Helfer auch schon herangeeilt, denn der
Platzwart hat das Unheil kommen sehen. Er hat zwei vor
Kraft strotzende Männer im Schlepptau, die kräftig zupa-
cken können. Und die spucken in die Hände, sodass es
tatsächlich gelingt, unseren Bus aus dem Schlamm auf
festen Boden zu schieben. Ein bravo den hilfsbereiten

Griechen. Da sage noch einer, die Südländer wären faule Säcke.

Nach überschwänglichen Danksagungen brechen wir zur Fahrt an die Küste auf. Und die hat es in sich, denn bis zum Hafen haben wir eine schwierige Strecke durch das Pindos Gebirge zu bewältigen, das sich einhundertfünfzig Kilometer in nordsüdlicher Richtung erstreckt. Das Gebirge scheidet die griechische Landschaft Epirus im Westen von Mazedonien im Osten. Im Norden reicht es bis nach Albanien. Der Pindos ist die Wasserscheide zwischen dem Ionischen Meer und dem Ägäischen Meer. Für die Wanderfreaks ist der Wanderpfad durch die Vikos-Schlucht von kolossalem Interesse, da er aus den üblichen Routen heraussticht. In der griechischen Mythologie gilt der Pindos als einer der Orte, an dem sich die Musen um Apollon versammeln. Frei übersetzt bedeutet er „der Weiße", was ich auf die schneebedeckten Gipfel zurückführe.

Doch bevor wir das Gebirge durchqueren, fallen mir die schwarzen Rußfahnen aus dem Auspuff auf. Jetzt kommt es knüppeldick, denke ich. Und welche Schlüsse ergeben sich aus dem Dilemma?

Ich fahre rechts ran, steige aus, öffne den Motorzugang und finde den Ölmessstab. Den ziehe ich heraus und wische ihn ab, dabei runzele ich die Stirn. „Oh, oh, das sieht schlecht aus. Bloß keinen Motorschaden. Hoffentlich ist nur das Öl unbrauchbar geworden", erkläre ich meiner Begleiterin den Sachstand. „Wir sollten dringend einen Ölwechsel machen lassen. Aber dafür müssen wir eine Tankstelle finden."

Worauf Karla spontan antwortet: „Dreh um. Wir sind gerade an einer vorbeigefahren."

Gesagt, getan, steigen wir ein. Dann wende ich unser Vehicle und fahre die zwei Kilometer zurück zur Tankstelle.

Und wie so oft habe ich Dusel, denn der Tankstelleninhaber nimmt mich sofort dran, ja er zieht mich sogar vor, als er Karlas Bäuchlein registriert. Tut er es aus Mitleid, weil er sich eine schwangere Frau auf Campingtour nur sehr schlecht vorstellen kann? So wird es sein, denke ich, denn wie erwähnt reite ich momentan auf einer Glückswelle. Hoffentlich ebbt die nicht sobald ab.

Nach dem Ölwechsel lasse ich den Tank auffüllen und der Tankwart verrechnet sich sogar zu unseren Gunsten um einen Liter Öl, worauf ich den Mann aufmerksam mache, der große und vor allem erstaunte Augen macht. Ihn hätte der Liter ärmer und uns nicht reich gemacht.

„Jetzt ist mir wohler in meiner Haut", sage ich zu Karla, als wir die Tankstelle verlassen und weiterfahren. „Die Ehrlichkeit wird irgendwann belohnt."

Wir haben zwanzig Minuten an Zeit verloren, aber den tausendsiebenhundert Meter hohen Pass über den Bergrücken noch vor uns, doch mit dem frisch geölten Motor ist das für das Wohnmobil ein Klacks, außerdem ist keine übertriebene Eile geboten. Leider ist der Straßenzustand saumäßig, doch um die Ankunftszeit nicht aus den Augen zu verlieren, prügele ich das Wohnmobil, im wahrsten Sinne des Wortes, die Strecke zum Pass hinauf.

So wird die Quälerei für das Fahrzeug und für uns zur unangenehmen Strapaze. Bei der fahren wir durch tiefhängende Wolken, wobei ich nicht die Hand vor Augen sehe. Es liegt nahe, daran zu denken, dass wir uns der Himmelspforte nähern. Wir atmen erst auf, als sich die Straßenverhältnisse normalisieren und wir den Pass überqueren. Ab da ist das Abenteuer überstanden, weil es nur noch abwärts weitergeht, dennoch muss ich aufpassen, denn die Kurven behalten ihre Gefährlichkeit.

Nebenbei werfe ich verzückte Blicke auf die Umgebung, und die ist sensationell. Was ich sehe, lässt mein Herz aufblühen. Meine Augen erfreuen sich an den landwirtschaftlich geprägten Flächen, und die sind durchsetzt mit imposanten Waldgebieten. Bei der Durchfahrt eines Dorfes sehe ich Fernsehantennen, die die Leute auf einen Hügel aufgestellt haben. Nur so sind sie auf Empfang.

Die Fahrt durch das Gebirge ist ein würdiger Ausklang der Tour über das Festland. Daran denke ich, als ich das geschundene Wohnmobil mit den letzten Sonnenstrahlen auf das Hafengelände in Igoumenitsa steuere. Tja, und wie geht es dem vierrädrigen Kumpel? Der schnurrt, als sei's eine leichte Übung gewesen.

„Was ein paar Liter frisches Öl bewirken können", sage ich zu Karla. Damit spreche ich dem treuen Gefährten ein dickes Lob aus, denn robust ist er. Er war ein verdammt guter Kauf.

16

Nun sind wir also zurück im Hafen von Igoumenitsa. Er ist die vorletzte Übernachtungsstation bei den Griechen, und der Hafen vermittelt ein vertrautes Bild, auch wenn wir uns beim ersten Aufenthalt schnell verabschiedet hatten. Doch das ist Wochen her, dennoch überkommt mich das Gefühl der Traurigkeit.

„Das war's dann wohl mit dem Festland", erwähne ich mit eingetrübter Stimme, doch Karla kann meinen Trübsinn nicht nachvollziehen und antwortet: „Bitte sei nicht traurig. Immerhin bleibt uns noch der Aufenthalt auf Korfu."

Ist das ehrlich, was ihr dazu eingefallen ist? Ich denke mit gemischten Gefühlen darüber nach. Wenn ich mir Karla so anschaue, dann freut sie sich innerlich über den Abschied, denn ich sehe die Sehnsucht nach dem Ende der Reise in ihren Gesichtszügen. Habe ich mich in ihr getäuscht und für sie ist meine Reisegier ein lästiges Übel? Bereut oder verteufelt sie die Griechenlandreise sogar? Eigentlich hatte ich gedacht, der Reisespaß ist auf unser beidseitiger Mist gewachsen. Nun ja, so kann man sich vertun. Aber es kann auch anders sein, und sie teilt meine Trauer, die sie mir nur nicht zeigen will. Manchmal neige ich dazu, die Dinge und Ansichten in schwarzschimmernden Farben zu malen.

Doch Schwarzmalen ist im Moment nicht angesagt, denn wir müssen uns um die Fährtickets kümmern. Wir brauchen ein Ticket von Korfu nach Brindisi am Pfingstmontag, und eins von Igoumenitsa nach Korfu morgen früh. Und das will Karla erledigen, daher bleibe ich am Steuer sitzen und sie geht zu den Schaltern. Dann kommt sie mit den Tickets zurück. Allerdings wundert sie sich über den Preis für das Ticket nach Korfu und wittert Betrug. Karla wühlt in ihrem Sammelsurium an Unterlagen, da sie vermutet, dass sie das Ticket der ersten Überfahrt aufgehoben hat.

Sie sucht und sucht, doch sie findet es nicht, trotzdem sagt sie: „Eintausend Drachmen haben wir bei der damaligen Überfahrt nicht bezahlt; da gehe ich jede Wette mit dir ein."

„Alles wird teurer", scherze ich, obwohl ich genauso verwundert bin.

Weil ich an Karlas Beteuerung glaube und mich der Betrug wurmt, erkundige ich mich bei einem Offizier der Fährgesellschaft, der mir ehrlicherweise bestätigt, dass Karla einen zu hohen Betrag bezahlt hat. Er geht mit mir an den zuständigen Schalter und sorgt dafür, dass ich dreihundertzwanzig Drachmen zurückerhalte War der falsche Preis ein Versehen? Wohl eher die Tat der Bereicherung. Nun gut, die Klippe ist umschifft, ja wir sind sogar gutmütig gestimmt und wollen dem Kartenverkäufer nicht an den Kragen.

Inzwischen ist es stockdunkel geworden, aber auf die Suche nach dem Campingplatz wollen wir uns nicht mehr begeben. Für eine Nacht ist Improvisation angesagt, was bedeutet, wir müssen im Hafenbereich schlafen. Doch das ist nicht weiter schlimm, denn eine meiner Leidenschaften ist das Auskosten der Hafenatmosphäre. Auch die Katzen akzeptieren den Schlafplatz, und gut ist, dass sie die sichere Nähe des Wohnmobils nicht verlassen. Jedenfalls werden wir früh morgens die Ersten sein, die auf die Fähre fahren, denn der Andrang im Pfingstreiseverkehr ist enorm. Aber vor dem Schlafengehen muss etwas

Essbares in unsere Mägen. Wir ergattern am schäbigen Imbissstand zwei vertretbar aussehende Fleischspieße, dann schreibe ich die restlichen Ansichtskarten, die ich in den Briefkasten werfe. Und da dem Hafen eine Toilettenanlage mit Waschbecken angeschlossen ist, vermissen wir die Geborgenheit eines Campingplatzes nur bedingt, solange uns die Polizei in Ruhe lässt.

Die Polizei hat uns nicht belästigt, und die Katzen haben sich ruhig verhalten. Wir machen einen Schnellwaschgang in dem Waschraum, dann stellen wir uns für die Abreise auf und sind damit bereit. Schon fährt die Fähre in das Hafenbecken ein und legt an, dann entlädt sich ein Schwall an Fahrzeugen über das Gelände. Aber der Vorplatz leert sich im Minutentakt, als der letzte Lastkraftwagen die Fähre verlassen hat.

Nun winkt man unser Wohnmobil auf die Fähre, also fahre ich tatsächlich vorneweg auf das Fahrzeugdeck, allerdings wird es nach uns rappelvoll. Die Kraftwagen stehen dicht an dicht. Mancher Fahrer bekommt die Tür seines Wagens nur zum Zentimeter breiten Spalt geöffnet, durch den er sich aus dem Fahrzeug zwängt. Mir kommt die Fähre überfüllt vor. Was bei einem Fährunglück passiert, den Gedanken verscheuche ich so schnell, wie er gekommen ist. Die Wetterbedingungen stimmen, und die Fähre schaukelt uns gemütlich durch die schmale Meerenge zwischen dem Festland und Korfu, sodass Karla mit dem Fahrverhalten klarkommt, denn insgeheim hatte sie sich vor der Überfahrt gefürchtet.

In Korfu angekommen, lösen wir uns mit waghalsigen Fahrmanövern aus dem Hafenbereich und machen uns auf den Weg zu unserem damaligen Aufenthaltsort Kontokali. Unterwegs halten wir an dem kleinen Laden, den wir gut kennen, und kaufen mehrere Dosen Hundefutter,

die den Katzen genauso gut schmecken, wie die Katzendosen irgendeiner Nobelmarke. Bei der Dosenauswahl
sind sie nicht wählerisch.

Jetzt sind wir wieder mittendrin im Inselgeschehen. Wie
lange waren wir auf dem griechischen Festland unterwegs? Waren es zweiundzwanzig Tage? Mir ist es wie
eine Ewigkeit vorgekommen. Und was haben wir alles
erlebt?

Meine Gedanken kehren zum tragischen Unglück mit
dem Verlust des Babys in Korinth zurück. Die Tragödie
wird einen Meilenstein in meiner Entwicklung zu einem
verantwortungsvollen Mann darstellen, dessen bin ich
mir bewusst. Wer in die Vaterrolle schlüpfen will, der hat
seine flippigen Marotten abzulegen. Der darf nicht von
Abenteuern und einem Aussteigerleben träumen, was
dem Aufbau einer Familie undienlich wäre, so nützlich
Träume auch sind. Darüber wird zu reden sein, eventuell
mit den Wuppertalern?

Ich weiß in Ansätzen, was wir auf Korfu beim letzten
Aufenthalt tun werden, die Abläufe habe ich im Kopf, als
wir auf dem liebgewonnenen Campingplatz eintreffen.
Der erste Ansatz sieht ein Gespräch mit dem Verwalter
vor, in dem ich ihn nach angekommener Post befrage.
Und der hat tatsächlich einen Brief von Karlas Mutter an
uns aufbewahrt und überreicht ihn uns. Ich schaue auf
den Poststempel und stelle fest, dass der erst nach unserer
Abfahrt angekommen sein kann, denn der ist datiert auf
den sechsten Mai, und da befanden wir uns bereits auf
dem Festland.

Okay, der Verwalter hat sich korrekt verhalten. Ihm ist
nichts vorzuwerfen. So stellen wir unser Wohnmobil auf
den Platz, an dem er vor vier Wochen gestanden hatte,
und lassen die Katzen raus, die sich sofort heimisch fühlen. Hoffentlich taucht der Kater nicht auf, der unseren

Fritz fürchterlich verdroschen hatte? Aber das Risiko gehen wir ein, denn Fritz braucht seine Freiheit. Den kann man nicht über mehrere Tage einsperren.

In der Grundstimmung, als wären wir nie weggewesen, machen wir einen Spaziergang, bei dem wir vertraute Stellen der Campingplatzumgebung aufsuchen. Es hat sich kaum etwas verändert. Eigentlich befinden wir uns an einem der schönsten Plätze unserer Reise durch Griechenland, deshalb will ich noch nicht wahrhaben, dass das Erlebnis Korfu in zwei Tagen abgeschlossen ist. Aber daran ist nicht mehr zu rütteln, will ich einen Disput mit Karla vermeiden.

Das Wetter ist sommerlich und die Sonne beweist ihre verschwenderische Kraft, daher knallen uns auf die Liegen. Mit der Sonnenbrille auf der Nase fallen die anstrengenden letzten Tage wie eine zweite Haut von mir ab. Am Abend gehen wir in das Sterne-Restaurant zum Essen. In dem hatten uns die Gerichte hervorragend geschmeckt. Mein Tintenfisch ist frisch und lecker, wie von mir erwartet, aber Karlas Gemüsetasche ist kalt, so wie sie die Griechen essen. Ja, das ist das Risiko bei einem griechischen Gericht, das anders zubereitet ist, als man es aus der Heimat gewöhnt ist. Das man uns für den Heimweg ein Glas Ouzo spendiert, das ist ein üblicher Vorgang, fast schon ein Ritual, denn das wird in Deutschland genauso zelebriert, wie in Griechenland. Leider mildert das Likörgetränk die Enttäuschung Karlas nur minimal

Auch mich putscht der Ouzo nicht auf, denn ich bin von der Gebirgsfahrt mächtig geschafft. Die Strapaze fällt nicht einfach von mir ab, als ginge es um Schuppen auf der Kopfhaut. Trotzdem habe ich jeden Tag der Reise genossen, klammere ich die schrecklichen Unglückstage mit den Wuppertaler Freunden aus. Der Tod ihres Babys wird mich über die Reise hinaus begleiten.

Aber noch sind wir auf Korfu. Und da ziehen wir uns in unser Wohnmobil zur wohlverdienten Nachtruhe zurück, doch es bleibt beim Versuch des Einschlafens, denn er taucht wieder auf, der Kater mit dem rötlichen Fell, der Fritz fasst massakriert hatte. Doch dieses Mal lasse ich es nicht dazu kommen, denn ich springe aus dem Bus und vertreibe ihn mit markerschütterndem Gebrüll, was mir die anderen Campingfreunde verzeihen müssen. Aber es wirkt, denn wir haben den Kerl nicht wiedergesehen, worüber mein Fritz sicherlich nicht traurig ist.

Am Pfingstsonntag, es ist der Tag vor dem Abschied, zeigt sich das Wetter von seiner allerbesten Seite. Es ist sonnig und warm, also weiterhin so, wie es von Griechenland erwartet wird. Was bietet sich beim Ausklingen des Aufenthaltes an?

Wir fahren mit dem Linienbus in die Stadt, denn unsere verbliebenen Drachmen müssen unters Volk. Karla kauft sich eine bunte handgefertigte Strickjacke, ebenso eine für das Baby, und ich bekomme ein Paar neue Ledersandalen ab. Und als Zugabe erwerben wir für einen Freund in Aachen eine Flasche Ouzo. Er ist ein kleiner Schluckspecht und steht auf das Zeug, mir allerding mundet der Ouzo nur in Griechenland.

Beim anschließenden Verweilen in der Altstadt essen wir ein Eis, anschließend gönne ich mir zwei Suvlakia-Spieße auf die Hand. Das war's dann, denn danach überkommt mich das Heimweh zum Wohnmobil und den Katzen auf dem Campingplatz. Das Abschieds-Relaxen kann nirgendwo besser gelingen, als auf den bequemen Sonnenliegen.

Mit der Erwartungshaltung zwängen wir uns in den überfüllten Linienbus und fahren nach Kontokali zurück. So ist alles easy, bis ich Karla den Vorschlag unterbreite:

„Ich kann mir vorstellen", beginne ich meinen Wunsch ganz vorsichtig, „dass wir am Abend ein letztes Mal auf Korfu Essen gehen."

Mit der für mich banalen Anregung versuche ich Karla auf ein gemeinsames Abschiedsessen einzustimmen, woraufhin die erbost abwinkt und schimpft: „Geh allein. Mir hängt der kalte Fraß zum Hals raus."

Ist der Wutausbruch berechtigt? Das sicher nicht, denn ich hatte es gut gemeint, außerdem muss sie nicht immer diesem Zwang nach einem Moussaka unterliegen, deshalb bringe ich wenig Verständnis für ihre Absage auf und verliere die Kontrolle über mich. Ich packe sie hart an die Schultern und frage: „Was ist los? Hast du Fieber, oder bist du anderweitig erkrankt?"

„Du bist krank", antwortet Karla und zeigt mir, wie gereizt sie reagieren kann. „Nur weil ich deinen Vorschlag ablehne, muss ich nicht krank sein. Schreibe dir das hinter die Ohren."

Ihr scharfer Ton hat mich gekränkt. Deshalb verlasse ich sie und mache einen Spaziergang mit den Katzen über den Platz, bei dem ich mich mit diversen Gedanken ablenke, indem ich über die Entstehung der Tavernen in Deutschland nachdenke: Nach den italienischen Pizzabäckern sind die griechischen Tavernen in Deutschland auf dem Vormarsch. Sogar in der bayrischen Landeshauptstadt haben griechischen Restaurants die Weißwurstkultur verdrängt. Begriffe wie Suvlakia, Moussaka und Tzatsiki sind aus dem geläufigen Sprachgebrauch nicht wegzudenken. Sie sind der Inbegriff einer preiswerten Esskultur geworden. Dass es die Griechen in Deutschland mit dem Steuern bezahlen nicht genau nehmen, das kann man ihnen bei der Bezahlmoral in ihrem Land nicht verdenken, oder gar verübeln. Griechen und Steuern bezahlen? Dass ist was für pflichtbewusste Deutsche. So ähnlich denkt ein cleverer Wirt, der sich mit den Steuer-betrügereien arrangiert hat. Er kennt Schlupflöcher, mit denen er sich erfolgreich gegen den staatlichen Zugriff in seine Geldbörse wehrt. Das ist die griechische Mythologie des Bereicherns, und die hinterlässt ein großes Loch in den deutschen Staatsfinanzen.

Ziehe ich ein Fazit, dann sind die Griechen kleine Gauner, doch das tut meiner Sympathie für ihre Mentalität und Ausstrahlung keinen Abbruch, denn die ist von ehrlicher Freundlichkeit geprägt. Trotz allem hätte der Ausklang auf Korfu erfreulicher ausfallen können, ja müssen. Und immer noch stellt sich mir die Frage: Weshalb ist Karla sofort gereizt?

Manchmal bin ich plump, aber das bin ich nicht erst seit gestern, und Karla sollte mich so nehmen, wie ich bin. Nach meinem Verständnis verhalte ich mich nicht abfällig ihr gegenüber. Eher das Gegenteil tue ich, denn ich trage sie auf Händen, indem ich ihr jeden Wunsch von den Augen ablese. Sind ihre Aggressionen normal bei einer Schwangerschaft?

Diese Problematik beschäftigt mich, daher versinke ich bei dem Spaziergang in verzwickte Gedankengänge. Der Erste setzt auf eine Verständigung: Muss ich mehr Verständnis für Karla aufbringen? Muss ich mehr auf sie eingehen? Und muss ich meinen Eigensinn zurückstellen, das heißt, sie hegen und pflegen?

Bisher habe ich viel Verständnis für Karla aufgebracht. Und die Hoffnung auf einen Turnaround, was unseren Verbleib in München betrifft, die habe ich längst aufgegeben. Daher führt kein Weg an der Einsicht vorbei, dass in unserer Beziehung der Wurm steckt.

Den Wurm spüre ich bei meiner Rückkehr zu Karla, denn die schenkt mir keinen Augenaufschlag. Sie bleibt stur und schweigt wie ein Grab. Mir bleibt nichts anderes übrig, als mich hungrig aufs Bett zu legen und den Versuch des Einschlafens zu unternehmen, doch da es die letzte Nacht auf Korfu ist, misslingt mir das kläglich. In mir dreht sich alles um die zu klärende Frage: Was mache ich falsch? Dabei werde ich das Gefühl nicht los, dass mich Karla nicht mehr liebt. Aber ist das auch so?

Als sich Karla neben mich auf das Bett legt, kuschelt sie sich nicht an mich, stattdessen wendet sie ihr Gesicht von mir ab. Ist das der Beweis für ihre Lieblosigkeit? Oder sucht sie selbst nach einer Lösung für das Problem, das eigentlich gar keins sein muss?

Ohne eine Zeitabsprache getroffen zu haben, stehen wir sechs Uhr auf, doch weiterhin reden wir nur Notwendiges miteinander. Die Katzen habe ich in der Nacht eingesperrt, deshalb schlafen sie auf ihren Lieblingsplätzen. So bietet sich beim Frühstück das gleiche Bild, denn Karlas Gesichtszüge strotzen vor Eigensinn. Sie weicht nicht von der Linie der Missachtung ab, ja der Zustand verschlimmert sich.

Den Quatsch muss ich nicht mitmachen. Sie stößt mit ihrer Ablehnung bei mir auf Granit, denn ich stehe mit gleichgültiger Ausstrahlung auf und wasche mich. Dann bezahle die Gebühr für die Übernachtung, und da Karla abreisebereit ist, lasse ich sie einsteigen, um mit dem Wohnmobil vom Platz zu fahren. Unterwegs zum Hafen fülle ich an einer Tankstelle den Tank auf, doch trotz des Zeitverlustes sind wir früh auf dem Hafengelände und entrichten das Hafenendgelt von über fünfzig Drachmen. Dann stehen wir bereit, um die Fähre nach Brindisi zu entern.

Es ist eine Großfähre, die gegen neun Uhr in den Hafen einbiegt und anlegt. Der Pott trägt den Namen Appia. Bei seiner Größe wird der Seegang keine Spuren in Karlas

Verdauungstrakt hinterlassen, denke ich. Daher hege ich die Hoffnung, dass es eine beschwerdefreie Überfahrt wird, wie ich sie Karla wünsche, trotz unserer Auseinandersetzung.

Ich habe den Gedanken kaum zu Ende gedacht, erfolgt prompt die Überraschung, denn zwei Leute winken von der Reling wie wild zu uns hinunter. Sind wir gemeint? Und wer ist das...?

Aber ja, die Winkenden meinen uns, das gibt's doch gar nicht, denn es sind Renate und Jochen.

Erinnern Sie sich an die Motorradfreaks aus Borken? Mit denen hatten wir auf Korfu und später bei Patras spaßige Tage und Nächte bei allerlei Aktivitäten verbracht. Was treiben die auf der Fähre? Die müssten längst zu Hause sein?

O nein, das sind sie nicht, denn sie befinden sich auf der Überfahrt nach Italien, so steht uns ein erzählfreudiges Wiedersehen auf dem Adriatischen Meer bevor.

17

Karla ist durch die Überraschung wie ausgewechselt. Sie hat die Auseinandersetzung vergessen, die zu ihrem Schweigen geführt hatte. Ihr Bauch wippt freudig über das unverhoffte Treffen. Und dieser Bauch wird dicker und dicker. Die Latzhose spannt sich durch den sich vergrößernden Bauchumfang. Lange kann sie die Hose nicht mehr tragen, denn die läuft Gefahr, dass sie in den Nähten aufreißt. Doch der Gedanke stört Karla nicht, denn sie ist total aus dem Häuschen.

Erst einmal sind wir mit dem Besetzen der Fähre am Zug, denn die Korfu Besucher haben mit ihren Fahrzeugen das Schiff verlassen. So fahre ich mit dem Wohnmobil das vierte Mal auf eine Fähre, und man merkt, dass ich darin geübt bin, denn ich habe eine gewisse Routine entwickelt. Doch auch das heutige Fährschiff erscheint mir, ähnlich der Vorherigen, mächtig überfüllt zu sein, denn das Schiff platzt aus allen Nähten. Ja, ja, so ist das im Pfingstreiseverkehr.

Wir geben den Katzen ihre Ration Futter. Dann verlassen wir den Bus und betreten über ein paar Stahltreppen das Oberdeck, wo Renate und Jochen enthusiastisch auf uns zustürmen. Nach den überschäumenden Umarmungen gehen wir in einen gemütlichen Aufenthaltsraum und setzen uns an eine Sitzgruppe, deren Stühle sie für uns freigehalten hatten, und das Ratschen über die Erlebnisse der jeweils anderen Partei beginnt.

Sie sind seit Patras auf der Fähre und haben den Großteil ihres Griechenlandaufenthaltes auf der Insel Ithaka verbracht. Dort hat es ihnen hervorragend gefallen, denn es fällt das Wort Traumurlaub.

Dann wollen sie wissen, wie es Karla geht. Und die berichtet bereitwillig über ihren unkomplizierten Verlauf der Schwangerschaft bis hierhin. Aber als sie sich nach den Wuppertalern erkundigen, und da speziell nach Anna, beichten wir ihnen den Schicksalsschlag mit der Todgeburt, wodurch das Gespräch einen aufgeregten Verlauf nimmt.

„Nein", sagt Renate, und schlägt die Hände über ihrem Kopf zusammen. „Die Anna hat wirklich ihr Kind verloren? Das ist ja schrecklich."

Und Jochen fügt an: „O ja, das ist schlimm. Ich kann mich gut daran erinnern, wie sehr sie sich auf das Kind gefreut hatte."

„Das hatte sie", bestätige ich mit ernster Miene. „Umso zerstörerischer war der Schock. Auch der Zustand Annas stand auf der Kippe. Inzwischen sind sie hoffentlich heil in die Heimat heimgekehrt."

Es entsteht eine Gesprächspause, um die Wirkung des Dramas sacken zu lassen. In der gehen wir in ein Self-Service Restaurant, wo sich Karla, unvernünftig wie sie nun mal ist, erneut diese Gemüsetasche bestellt, doch auch hier auf dem Schiff ist sie kalt. Sie schimpft wie ein Waschweib, dessen Wäsche nicht sauber geworden ist: „Ist es denn zu viel verlangt, wenn ich ein warmes Essen erwarte?"

Ich sage nichts dazu, denn ich will mir nicht die Zunge verbrennen, so übernimmt Jochen meinen Part: „Hör auf zu schimpfen", sagt er in seiner beruhigenden Art. „Unsere Spieße waren okay. Mit deinem Moussake isst du das Falsche."

Jochens Ermahnung wirkt, denn Karla legt die Fesseln der Unzufriedenheit ab und besinnt sich auf das Erfreuliche der Überfahrt. Mit Renate und Jochen zusammen zu hocken, das kommt mir wie ein Traum aus tausend und eine Nacht vor, und der Wellengang ist so sanft, dass man sich wie ein Baby in Mutters Schoß fühlt. Außerdem soll die Fähre sogar eine Stunde früher in Brindisi ankommen, als geplant.

Die Nachricht der Zeitverkürzung passt perfekt in unser Stimmungsbild, denn diese Überfahrt entschädigt Karla für die Schreckensfahrt von Dubrovnik nach Korfu, bei der sie den Pfad in die Hölle betreten hatte. Daher verwundert es nicht, dass wir vor der Ankunft beschließen, zusammen einen Campingplatz anzufahren. „Wir machen uns einen netten Abend", rege ich an. „Es gibt noch eine Menge zu erzählen."

„Das machen wir", stimmt Jochen zu. „Wir warten am Hafenausgang auf euch."

Der erste Eindruck der Stadt, der sich uns bietet, ist erschreckend. Das Hafenbecken ist total verdreckt. Riesige Ölteppiche auf der Wasseroberfläche deuten auf Schindluder bei der Wartung der Fähren und deren Reinhaltung hin. Als wir zum Zoll kommen, bildet sich hinter uns eine Schlange, denn die Zöllner lassen einen Hasch-Hund intensiv an unserem Bus herumschnüffeln. Doch was der riecht, das sind unsere Katzen.

In das Wohnmobil lassen wir den Hund natürlich nicht, denn das hätte eine Katastrophe zur Folge gehabt. Stattdessen zeige ich den Zöllnern durch das Seitenfenster unsere Katzen, schon ist das Missverständnis aufgeklärt, und die Uniformierten wollen sich kaputtlachen.

Tja, man nehme eine Katze mit ins Fahrzeug, schon ist das Schmuggeln Kleinkinderkram und man wäre der King im Schmuggelparadies.

Mit den Freunden aus Borken fahren wir in der Stadt. Dort wechseln wir an einem Bankautomaten zweihundert Deutsche Mark in Lire, und der Automat spuckt Achtundachtzigtausend Lire aus. Das ist der normale Umtauschsatz, der sich allerdings bombastisch anhört. Der Wertverfall der Lire ist enorm, außerdem müssen die Italiener bei den Monsterzahlen kleine Rechengenies sein.

Noch über die Rechengenies nachdenkend, fahren wir zusammen mit den Freunden zu einem Campingplatz außerhalb der Stadt, doch der Bevollmächtigte für die Platzaufnahme will den Motorradfreaks das Übernachten wegen des Motorradlärms verweigern.

„Die machen zu viel Krach", behauptet er. Tja, herzlich willkommen im Land der Motorradweltmeister.

Schließlich gibt der Miesepeter dem Übernachten für eine Nacht seine Zustimmung. So wird es ein vergnüglicher Abend, an dem wir eine überdimensionale Portion Spaghetti kochen, dazu gibt es die aus dem Shop erworbene Muschelsoße.

Na ja, der Hunger treibt die Pampe rein, das sagt alles. Und als wir eine Flasche Wein geköpft haben und unser Gesprächspulver verschossen ist, gehen wir guten Gewissens ins Bett.

Bis weit in die Nacht hinein haben wir uns pudelwohl gefühlt, doch damit ist es vorbei, als Karla der Dringlichkeit des Klobesuchs nachkommen muss, außerdem hat sie Zahnschmerzen bekommen. Und das ausgerechnet jetzt, wo ich ihr höchstens eine Tablette empfehlen kann. Doch die lehnt sie dankend ab. „Tabletten schaden dem Kind", sagt sie, womit sie das Thema beendet.

Dass ihr Marsch zum Klo vom Katzengeschrei begleitet wird, das stört sie nicht, denn zusätzlich zu den Zahnschmerzen zwingt sie ein fürchterlicher Durchfall in die Knie, was einen längeren Aufenthalt auf der Kloschüssel erforderlich macht. Woran mag das liegen? An der komischen Soße?

Als sie zurückgekehrt ist und sie sich hingelegt hat, da ist sie ein paar Pfunde leichter, aber die Zahnschmerzen bleiben. Immerhin kehrt Ruhe ein, denn sie hat nur die Freunde aufgeweckt. Es ist also, bis auf Karlas Totalentleerung, nichts Schlimmes vorgefallen, und uns gelingt es, den entgangenen Schlaf halbwegs nachzuholen.

Wir stehen früh auf, denn wir wollen mit Renate und Jochen frühstücken, bevor sie aufbrechen. Leider gibt es kein frisches Brot. Schließlich ergattert Jochen ein Baguette vom Vortag im Shop, welches wir unter uns Vier aufteilen.

Im Gegensatz zu den Freunden können wir nicht abreisen, denn nur Fritz ist anwesend. Der leistet uns am Frühstückstisch Gesellschaft, aber die gute Luci wandelt durch die Walachei. Also verabschieden wir uns zum dritten Mal von den Weggefährten mit dem Versprechen, dass wir nach der Geburt des Babys Kontakt aufnehmen. Unsere Freunde wollen über Neapel nach Sizilien, und von dort weiter nach Sardinien, demnach gondeln sie noch eine geraume Weile durch die italienische Weltgeschichte.

„Weiterhin viel Spaß, ihr Motorradhaudegen", beglückwünsche ich Renate und Jochen zur Wahl ihrer Weiterreise. „In Gedanken werden wir mit auf euren Motorrädern sitzen."

Das Bild erzeugt Gelächter, mit dem sie hinter den Zelten verschwinden, woraufhin wir uns den lieben langen Tag mit Lesen oder albernen Spielchen vertreiben, nur die Abwesenheit zu einem Einkauf zwischendurch im Campingplatzshop ist drin. Und da es anfängt zu regnen, werde ich sauer. Weshalb muss Luci ausgerechnet auf dem grässlichen Platz wegbleiben? Aber nach den Auswirkungen fragt eine Katze natürlich nicht.

Am Abend werfe ich den Grill an. Mir ist nach einem Grillhähnchen aus der Metzgerei neben dem Campingplatz. Und das gut gewürzte Hähnchen schmeckt ausgezeichnet. „Vor allem ist es nicht kalt", findet sogar Karla ein gutes Haar daran, also lobende Worte.

Während des Essens kommt Luci angeschlichen. Sie schaut uns mit ihren treuen Augen an, als sei sie nie weggewesen. Aber warum kommt sie gerade jetzt? Ich vermute, der Geruch des Hähnchens hat sie angelockt.

Wir sind nicht nachtragend und geben ihr ihren Anteil, auf den sie pocht, aber für die Nacht sperren wir sie und Fritz ein, denn das muss sein. Es darf viel passieren, nur nicht, dass wir noch eine weitere Nacht auf dem ungeliebten Platz bleiben müssen. Alles, bloß das nicht.

Da wir die Katzen nicht einfangen müssen, kommen wir relativ früh in die Buschen. Jetzt geht alles ruckzuck. Das Duschen und Zähneputzen, dann das Frühstücken, alles erledigen wir im Schweinsgalopp. Warum die übertriebene Eile? Eigentlich haben wir noch einige Wochen Zeit bis zum errechneten Geburtstermin.

Karlas Eile liegt an einer inneren Unruhe, die sie seit Tagen in Atem hält. Sie lechzt nach der zweiten Untersuchung bei der Frauenärztin, denn sie befürchtet, dass mit dem Baby irgendwas nicht stimmt. „Ich weiß nicht, was mit meiner Gebärmutter nicht in Ordnung ist", deutet Karla an. „Ich spüre ein merkwürdiges Ziehen."

„Mal den Teufel nicht an die Wand", versuche ich sie zu beschwichtigen, doch Karla legt ihre Stirn in Falten. „Es ist keine haltlose Vermutung", erwidert sie. „Eine Frau spürt, wenn die Alarmsignale überhand nehmen."

Ich schließe sie in meine Arme und nehme ihre Gefühle ernst. „Hab noch ein bisschen Geduld", vertröste ich sie. „Sobald wir München erreichen, lässt du dich untersuchen."

Ich wäre ein Narr, würde ich ihre Sorgen ignorieren. Als werdende Mutter hat Karla den Anspruch darauf, dass ich ihre Bedenken nicht herunterspiele. Ich werde beim Vorwärtskommen einen Gang zulegen, dabei jedoch jedem Schlagloch ausweichen. Auf der restlichen Wegstrecke soll sich Karla wie in Abrahams Schoß fühlen. Mehr Luxus kann ihr unser Wohnmobil nicht bieten, doch bisher hat er ausgereicht.

Zwei Tage nach Pfingsten begeben wir uns auf die Autobahn, die uns nach Rimini bringen soll, und das ist eine Bezahlstrecke. Auf dem ersten Teilstück bezahle ich zehntausenddreihundert Lire, auf dem zweiten achttausenddreihundert Lire. Das sind schlimme Zahlen, die sich utopisch anhören, anderseits ist der Dieselpreis in Italien niedrig. Die Hauptstad Rom, sowie die Wahnsinnsstädte Siena, Pisa und Florenz in der Toskana, tragen klangvolle Namen, doch die fahren wir nicht an, denn Karla brennt das Ziel Frauenärztin unter den Nägeln, wogegen ich nicht zu protestieren wage, denn ich will den Tiefgang unserer Beziehung nicht an den Abgrund treiben. Förderlich für eine Art von Lockerheit und Frohsinn ist auch nicht die Landschaft des Küstenstreifens an der Adria entlang. Die monotone Strecke ist wahrlich keine Granate an Schönheit. Wir sehen eine Menge Olivenbäume, was bei einer Langstreckenfahrt Ermüdungserscheinungen hervorruft. Da hat uns die abwechslungsreiche griechische Landschaft bedeutend besser gefallen.

Entschädigen für die Tristesse soll uns das legendäre Rimini, doch der Strandort ist eine mittlere Katastrophe.

Jedes weitere Wort wäre pure Verschwendung, es ist daher überflüssig. Was denken sich die deutschen Urlauber, als sie ab den siebziger Jahren über die Adriaküste in Heerscharen herfallen? Dazu gehört eine große Portion Naivität und die Sucht nach dem Dolce Vita.

Wir dagegen suchen einen Campingplatz, der unseren bescheidenen Ansprüchen genügt. Und dem Anspruch entspricht der Platz Campeggio Pilone voll und ganz, denn der ist fast leer. Deutsche Campingurlauber fallen erst in den Sommermonaten über die Adria-Küste her, also ist unser Stellplatz katzengerecht. Jetzt waren die Viecher eine Nacht und einen Tag eingesperrt, daher brauchen sie frische Luft und ich muss das Katzenklo entleeren. Unsere zwei Lieblinge stromern herum und wir unternehmen nichts mehr an diesem Abend. Nur den Campingtisch und die Stühle bauen wir auf, dann essen wir ein Spaghetti-Gericht, aber von irgendwas sind wir entnervt. Die Adriaküste ist keine Gegend für uns, denke ich, so streiten wir uns vor dem Schlafengehen wie die Kesselflicker, was Karlas Blutdruck rasant steigen lässt und daher nicht passieren sollte. Dass sich in der Nacht ein Katzenspektakel abspielt, das verdient keine Erwähnung, obwohl sich Fritz an der Vorderpfote verletzt.

Nach einem ausgiebigen, vor allem warmen Duschvergnügen, und einem relaxten Frühstück, packen wir die Campingausstattung und die Katzen ein, die nach der durchwachten Nacht müde sind. So wird es elf Uhr, als ich die Rechnung begleiche, über die ich nicht meckere. Durch die ausgezeichnete Duschvorrichtung ist der Platz die geforderten dreitausendachthundert Lire wert.

Auf unserer Alpenetappe wandelt sich das Wetter. Von schön warm, bis regnerisch und kühl, es ist alles dabei. Hinter Verona fängt es sogar wie wild an zu regnen. Da es in den Bergregionen Bozen und Meran ganz mau aussieht, wird es nichts mit der Zwischenstation im Puster-Tal, wo wir die sehenswerten Drei Zinnen bewundern wollten. Anderseits hätte ich Karla in ihrem Zustand eh nicht zu einem Kurzaufenthalt bewegt.

An einer Raststätte in Südtirol lesen wir zwei junge Frauen auf, die per Anhalter nach München unterwegs sind. Die eine stammt aus dem Rheinland und heißt Irmgard, die andere heißt Paula und ist aus Norddeutschland. Beide studieren in Perugia Medizin und beabsichtigen, in München die Sau rauszulassen. „Das trifft sich gut", lade ich sie ein mitzufahren. „Wir haben bis vor kurzem in München gelebt und sind dorthin unterwegs."

Worauf die Jüngere antwortet: „Das haben wir uns gedacht. Dass ihr Münchner seid, das erkennt man an eurem Autokennzeichen."

Die Studentinnen sind gesprächig, doch intensiv unterhalten wir uns mit der Rheinländerin. Warum Karla von München nach Aachen umsiedeln will, das erzähle ich der Interessierten ausführlich, worüber die den Kopf schüttelt. „Freiwillig täte ich das nicht", sagt Irmgard und erntet damit den Unmut meiner Partnerin, die sich herausgefordert fühlt und motzt. „Du bekommst auch kein Kind."

Karla ist sauer und beendet das Thema, damit ist es vom Tisch.

An der italienisch österreichischen Grenze winkt man uns durch. Die Zollbeamten nehmen keinen Anstoß an den mitreisenden Passagieren, obwohl der Aufenthalt im Businnenraum während der Fahrt untersagt ist. Da sich die Wolkendecke gelichtet hat, können wir das berauschende Alpenpanorama mit seinen schneebedeckten Bergkuppen intensiv bewundern.

Noch berauscht von der Schönheit der Tiroler Alpenrepublik, berappe ich an der Bezahlstation des Brenners einhundertzwanzig Schilling, die wir an einer Wechselstube eingetauscht hatten, danach durchqueren wir ein Stück Österreich im Schnelldurchgang und kommen an die deutsche Grenze.

Vor dem Grenzübergang bitte ich die Tramperinnen auszusteigen. Ich finde es besser, wenn sie die Grenze zu Fuß passieren, um Unannehmlichkeiten auszuweichen, die ich vermute. Ich will sie auf der deutschen Seite auflesen, und sie danach mit nach München nehmen.

Somit sind wir allein im Bus, wodurch das Überschreiten der Grenze ohne Beanstandung funktioniert. Unsere Pässe werden zwar kontrolliert, aber wir sind nicht zur Fahndung ausgeschrieben. Es liegt kein Haftbefehl vor, trotz unbezahlter Gerichtskosten, die ich längst vergessen hatte. Von den Katzen nehmen die Grenzer keine Notiz. So unkompliziert verlaufen die Grenzübertritte in der Flüchtlingskrise nicht, doch das ist eine Vorausschau in eine noch ferne Zukunft.

Auf dem Parkplatz hinter der Grenze entdecken wir in der Imbissmeile die Tramperinnen und sammeln sie ein. Doch bevor die Tour gen München weitergeht, gönnen wir uns einen gemeinsamen Imbiss, danach düsen wir im Wohnmobiltempo meinem heißgeliebten München entgegen, denn bevor der Abend hereinbricht, wollen wir eintreffen, was durchaus möglich ist.

Aber gerade das einhundert Kilometer lange Autobahnreststück zieht sich in die Länge, sodass uns die Langeweile überkommt, also intensiviere ich das Gespräch mit der Rheinländerin. Ich erzähle ihr von unseren Erlebnissen in Griechenland und schwärme ihr vor, wie toll das Land ist, und vieles mehr. Auch die Fehlgeburt Annas verschweige ich nicht, was einen Bruch im Erzählstrang erzeugt. Irmgards bewundernde Gesichtszüge wechseln bei der Fehlgeburt in Betroffenheit als logische Konsequenz. Außerdem ist es keine Frage, dass ich mit der Ankunftszeit Wort halte, denn es ist sieben Uhr dreißig, als wir im Ortsteil Schwabing eintrudeln.

Tja, damit sind wir daheim in München und der Kreis schließt sich, wodurch sich mir der Hals zuschnürt. Was heißt daheim? Auch wenn ich mich heimisch fühle, so sind wir doch Wohnungslose in meiner Lieblingsstadt, die ich für immer verlassen muss, ob ich es wahrhaben will oder nicht. Ja, so grausam spielt das Leben, und das ist schwer auszuhalten.

Wir fahren durch die Leopoldstraße zum Siegestor, wo wir die Tramperinnen absetzen, die sich vielmals bedanken, und uns viel Erfolg mit dem Baby wünschen. Und das war's. Vor sieben Wochen hatten wir unsere Griechenlandtour begonnen, die uns viel Freude, aber auch Kummer bereitet hatte, der uns für lange Zeit in den Gliedern stecken wird. Denke ich an den Verlust des Babys, dann muss ich mich zusammenreißen, um nicht wie ein Schlosshund loszuheulen.

Aber die Ankunft in München ist der falsche Zeitpunkt, um in Endzeitstimmung zu verfallen, denn mir schießt das alljährliche Theaterfestival auf dem Olympiagelände in den Kopf. „Weißt du, wo wir jetzt hinfahren?", frage ich Karla, die sich die müden Augen reibt. „Wir besuchen das Theaterfestival."

„O ja, das machen wir", juchzt Karla, die ihre Müdigkeit vergisst. „Ich freue mich schon auf die altbekannten Gesichter."

Ist Ihnen das Theaterfestival ein Begriff? Wahrscheinlich nicht, außer Sie wohnen in München. Wenn nicht, dann fahren Sie in die Landeshauptstadt und besuchen Sie das alljährlich stattfindende Festival. Uns haben die

Künstler, die Pantomimen und Akrobaten den Aufenthalt auf dem Olympiagelände versüßt. Die große Vielfalt der Auftritte verleiht der Zeltstadt am Rand der Sportstätten den besonderen Reiz. Und auch diesmal ergreift die Atmosphäre bis in die kleinste Pore von uns Besitz.

Auf dem Parkplatz ziehe ich mir meine Jeansjacke über, denn es ist frisch geworden. Wie in den vorherigen Jahren flanieren wir Hand in Hand über den Platz und bleiben vor jeder Kleinkunstbühne stehen, da man uns kennt und mit uns rumalbert. Durch die Darsteller bekommt die Veranstaltung das herausragende Flair. Die Besuche bei den Freundinnen Brigitte und der Ex-Mitbewohnerin Patrizia verschieben wir auf den morgigen Tag, dann bleibt Zeit für das Ausleben des Wiedersehens.

Dass ich mit der Bemerkung: „Ein derartiges Festival kann Aachen nicht bieten", einen Krach mit Karla provoziere, das ist unklug und hätte sich vermeiden lassen. Doch die Bemerkung ist mir rausgerutscht, so reagiert Karla demensprechend: „Ich verstehe dich nicht", sagt sie wütend und rollt mit den Augen. „Warum musst du mir das bisschen Spaß vermiesen?"

Potz Blitz, was bin ich ein Tollpatsch, aber meine Äußerung ist nicht rückgängig zu machen. Trotz allem überfällt uns die Müdigkeit, doch wir fahren nicht wie gewohnt zum Campingplatz, sondern übernachten auf dem Festivalparkplatz, auf dem ich mir die mitgenommene Flasche Ouzo zur Brust nehme. Die Veranstalter in ihren Wohnwagen ignorieren meine Sauferei, und die herumwildernden Katzen bemerken sie nicht mal.

18

Beim Aufwachen ist mein Zustand erbärmlich. Auch Karla fühlt sich unwohl, obwohl sie nur ein mit viel Wasser verdünntes Gläschen Ouzo getrunken hatte. Weil wir den Arztbesuch vor der Backe haben, putzen wir uns schnell die Zähne über der geöffneten Katzenluke, dann frühstücken wir ein Kuchenteilchen und rauschen vom Parkplatz zu ihrer Frauenärztin.

An der Praxis angekommen und das Wohnmobil abgestellt, staune ich über Karlas Frechheit. Ohne Termin und Aufforderung setzt sie sich rigoros ins Behandlungszimmer der Ärztin, was die ihr verzeiht. Nach der Untersuchung und dem folgenden Gespräch stellt sich heraus, dass alles paletti ist. Das Baby ist putzmunter. Karlas Sorgen waren unbegründet. Mein Sohn wächst und gedeiht, dass es eine wahre Freude ist. Auch der Besuch mit Fritz bei der Tierärztin bringt keinen negativen Befund. Die Ärztin verschreibt ihm ein Vitamin-Präparat gegen sein stumpfes Fell, dann ist er als geheilt entlassen. Die vielen Raufereien haben zwar Spuren hinterlassen, aber die stellen keine Bedrohung für sein Altwerden dar. Somit ist alles in Butter, so wie ich es erwartet habe. Jetzt können wir uns unserem Besuchsmarathon widmen.

Der führt uns zuerst zu Patrizia, die uns zwar öffnet, uns aber sofort wieder abschiebt. Sie wohnt jetzt mit einem Fixer zusammen, diesem Hartmut, und dem will ich nicht begegnen. Er ist ein unangenehmer Geselle. Wie kann Patrizia auf dieses Arschloch hereinfallen?

Obwohl der Besuchsbeginn unerwartet endet, verabreden wir uns für den Abend auf dem Festivalgelände, weil Patrizia die Katzen wiedersehen möchte, doch durch den Fixer droht die positive Wirkung zu verfliegen, die unsere Reiseaktivitäten in mir erzeugt haben. Vielleicht ist das Treffen mit Brigitte von einem wiederbelebenden Zauber beseelt?

Doch bevor wir zu ihr fahren, gönnen wir den Katzen etwas Freigang am Campingplatz, den sie voll ausschöpfen. In der Zwischenzeit essen wir die von mir geliebten Semmeln mit einem echt bayrischen Fleischpflanzerl dazwischen und etwas Senf obendrauf. Von der leckeren Spezialität habe ich mich beim ersten Aufenthalt in München tagelang ernährt. Und schon habe ich mich wieder im Münchner Sympathienetz verfangen. O Gott, das Abschiednehmen wird schwer.

Tja, wovon soll ich noch berichten? Sie sind über mein Innenleben und die Erlebnisse der Reise informiert, und das Drumherum haben wir erfolgreich abgeschlossen. Im Großen und Ganzen bin ich mit meinem Latein am Ende. Dass wir mit Brigitte einen zauberhaften Abend beim Festival verleben, das ist keine Überraschung, obwohl eine große Traurigkeit über jedem Gefühlsausbruch liegt. Die alles überschattende Melancholie bringt mich in Bedrängnis, denn sie ist entsetzlich.

Schlussendlich ist das Abschiednehmen vorbei und ich bekomme den Kopf frei. Das sich drücken und herzen darf sich nicht in die Länge ziehen, denn zu langes Verabschieden macht es nicht leichter, stattdessen erschwert es eine glasklare Sichtweise auf die Zukunft, und die liegt in Aachen. Dafür hat Karla gesorgt. Das ist vorbestimmt. Also müssen wir schleunigst in die Domstadt aufbrechen, denn wir brauchen eine kindgerechte Wohnung. Auch das Wo und das Wie das Kind auf die Welt kommen soll, das muss geklärt werden, denn immer stärker klopft das Baby an und will uns guten Tag sagen.

Bei Karlas Mutter will ich mich nicht lange aufhalten. Mein Einziehen bei ihr ist eine Notlösung, obwohl sich Karla auf das Bekochen freut, denn ihre Mutter ist eine gute Köchin, was ich auch zwei oder dreimal auskosten durfte. Außerdem besitzt sie ein großes Haus mit genug Platz für Karla, für mich und natürlich das Kind. Andersherum hat sie die Gabe, sich in alles einzumischen, was die meisten Mütter an sich haben. Sie wird Karla Vorschriften machen. Tu dies nicht, tu jenes nicht, diese Redewendungen werden die Abläufe bestimmen, und das wird mir wehtun in den Ohren. Zwischen der Mutter und mir werden die Fetzen fliegen. Daher gibt es nur eine Marschroute: Wir müssen blitzschnell in eine eigene Wohnung umziehen. Aber ist das möglich, bei dem überhitzten Wohnungsmarkt?

Wie überall gibt es auch in Aachen eine starke Hausbesetzerszene. Die Lage zwischen den Besetzern und den Hausbesitzern ist angespannt. Und in all dem Hickhack hat die Polizei mit den Räumungen begonnen.

Am Abreisemorgen frühstücken wir ein letztes Mal am Campingplatz, danach verabschiede ich mich von der Umgebung, die mir die Vorzüge Münchens nähergebracht hatte. Unsere nächste Station ist die Garage, in der wir einige Wertgegenstände zwischengelagert haben. Die laden wir in den Bus, ohne die Katzen nicht aus den Augen zu verlieren. Doch denen gefällt es zwischen dem jahrhundertealten Schrank, einer alten Kommode, alten Stühlen und den Kartons mit Kleinkram. Sie genießen die Möglichkeiten, die ihnen die vielen Verstecke zwischen dem Krempel bieten, also büxen sie nicht aus.

Nach einer Stunde ist unser Werk des Umlagerns in das Wohnmobil vollbracht. Kurz und schmerzlos gebe ich die Garagenschlüssel bei dem Inhaber ab, dann fahre ich mit Karla und den Katzen von der Hofanlage auf die Nymphenburger Straße und komme stadtauswärts am Schloss Nymphenburg vorbei zur Autobahnauffahrt nach Stuttgart. Auf Wiedersehen, du heißgeliebte Stadt.

Unterwegs in die Grenzregion halten wir an der Raststätte Augsburg, wo wir unsere erste Nacht im neuen Zuhause verbracht hatten. Dort bekommt Karla romantische Anwandlungen und pflückt einen Strauß Blumen, um das Innenleben des Busses zu verschönern, dann geht es im Schneckentempo über Neu-Ulm, Stuttgart, Frankfurt und Köln in die zukünftige Wohnregion, wo Karlas Mutter, natürlich auch meine Mutter, und meine verheiratete Schwester auf uns warten. Von der Millionenstadt München in das verschlafene Aachen umzuziehen, das ist ein Kulturschock, so etwas nenne ich ein klassisches Eigentor. Aber es beginnt ein neuer Lebensabschnitt. Was wird er bringen? Wie erfolgreich fällt die Wohnungssuche aus? Bis zur Geburt des Kindes in zwei Monaten muss die neue Wohnung bezugsfertig sein. Das ist ein enggesteckter Rahmen, der Glück erfordert. Wird uns das Glück hold sein?

Ich mache einen Sprung von zwei Wochen, denn Mitte Juli befindet wir uns auf der fünften Wohnungsbesichtigung. Die vier vorherigen waren ergebnislos verlaufen. Entweder war die Wohnung ungeeignet, weil nicht kindgerecht oder katzenuntauglich, oder der Makler hatte uns aus unerfindlichen Gründen eine Absage erteilt.

Dieses Mal passt die Wohnung, doch der Hausbesitzer mauert, indem er mich fragt: „Wo arbeiten Sie? Haben Sie eine Verdienstbescheinigung?"

„Nein", antworte ich, denn ich bin ehrlich. „Die brauche ich nicht, denn ich habe Ersparnisse. Wollen Sie dementsprechende Unterlagen sehen?"

„Wie? Sie sind arbeitslos?", wird der Besitzer ungemütlich. „Ja wovon wollen Sie die Miete bezahlen? Und dann auch noch das Kind. Oh Gott, oh Gott, Sie haben Nerven."

Er schaut wie ein Viehbeschauer an Karla rauf und runter, und fährt fort: „Ich bin kein Unmensch, aber klären Sie erst einmal ihren Familienstand, denn verheiratet sind Sie sicher auch nicht."

Ich antworte ihm mit geballten Fäusten in den Hosentaschen: „Sie sollten sich schämen." Dann lasse ich die entsprechende Frage folgen: „In welcher Welt leben Sie?" Und als Klarstellung ergänze ich: „Die Naziherrschaft hat sich Gott sei Dank abgeschafft und sogar das Mittelalter war toleranter."

Das war starker Tobak, deshalb will sich der Hausbesitzer aufplustern, doch dazu gebe ich ihm keine Chance, denn ich schnappe mir Karla und wir lassen ihn ohne uns zu verabschieden stehen. Jedes auf ihn Einlassen wäre vergebliche Liebesmühe. Der Depp ist es nicht wert, sich mit ihm anzulegen. Er gehört zu der Generation, die aus der Vergangenheit nichts gelernt hat. Und mit ähnlichen Wortgefechten laufen auch andere Kontaktaufnahmen zu Vermietern ab.

Überrascht von dem Verlauf der Vorstellungsgespräche bin ich nicht. Diese Erfolgslosigkeit hatte ich uns am Anfang der Reise prophezeit. Daher bleiben wir im Reich der Mutter, wo wir uns an einer Nachricht ihrerseits erfreuen. Die hat einen Anruf entgegengenommen, der uns den Boden unter den Füßen wegzieht.

„Anna aus Wuppertal hat nach euch gefragt", berichtet sie in einem Tonfall, der ihren Kummer erahnen lässt.

„Sie hat eine Telefonnummer hinterlassen, unter der sie erreichbar ist."

Ich frage meine Quasischwiegermutter, weil ich es nicht glauben kann: „War wirklich unsere Freundin Anna am Telefon?"

Karlas Mutter blickt mich traurig an, denn sie weiß, was der Anruf bedeutet. Ich werde ihre Tochter ein zweites Mal entführen, was sie bis ins Mark treffen wird. Sie genießt es, mit der Tochter unter einen Dach zu wohnen, mich nimmt sie dabei als Beifang in Kauf. Und auch an die Katzen hat sie sich gewöhnt. Und nun soll das vorbei sein?

Karla greift zum Telefon. „Ich rufe Anna an", sagt sie, und wählt die aufgeschriebene Nummer.

„Hey, Anna", höre ich Karla sprechen. „Was macht ihr den lieben lange Tag in Wuppertal?"

Dann höre ich nur noch Karlas: „Hm", und ihr „Ja", und „das ist ja toll."

Als Karla aufgelegt hat, fällt sie mir in unbändiger Freude um den Hals. „Anna und Volker haben eine Wohnung für uns", jubelt sie. „Die liegt direkt unter ihrer Wohnung und steht leer. Wir können sofort einziehen."

„Und?", hake ich nach. „Wie bist du mit Anna verblieben?"

„Ich habe ihr gesagt, dass wir sofort kommen", erklärt mir Karla ihren Spontanentschluss. „Du willst es doch auch. Oder fühlst du dich übergangen?"

„Nein, nein, das ist okay. Aber was ist mit deinen Freundinnen?", erwähne ich meine Bedenken. „Wegen denen wolltest du von München weg."

„Ach die Rückständigen", wiegelt Karla ab. „Seit ich in München gelebt habe, trennen uns Welten. Anna ist mir wichtiger. Ein bessere Freundin hatte ich nie."

„Na wenn das so ist, dann machen wir es", atme ich erleichtert aus, denn mein Verhältnis zur Schwiegermutter befindet sich auf dem Tiefpunkt. Wir fetzen uns bei jeder ihrer Einmischungen, denn mit denen treibt sie mich zur Weißglut. Meine Mutter ist ganz anders. Sie drängt sich nicht auf, obwohl wir uns regelmäßig sehen, trotzdem lässt sie uns unser Ding durchziehen.

Aber auch die herzensgute Frau ist tieftraurig, als ich ihr unseren Umzug nach Wuppertal unterbreite. „Muss das sein?", fragt sie mit belegter Stimme. „Ihr kommt doch gerade erst aus München zurück."

„Es muss sein, liebe Mutter", beschwichtige ich sie. „Außerdem ist Wuppertal nicht aus der Welt. Du kannst uns dort regelmäßig besuchen."

Am Abend gehe ich in meine Stammkneipe und stille mein Bedürfnis, Karlas Mutter für ein paar Stunden auszuweichen. In der Kneipe erzähle ich den altbewerten Freunden: „Wir ziehen zu den Urlaubsbekanntschaften nach Wuppertal. Mit denen verstehen wir uns hervorragend, so ist es das Beste für das Baby."

„Ihr seid verrückt", knurrt Walter sein Unverständnis heraus. Und auch Toni gibt seinen Senf dazu: „Muss das so Hals über Kopf geschehen? Überlegt es euch gut, denn das kann schiefgehen."

„Nichts wird schiefgehen", winke ich ab. „Alles ist besser, als bei der Schwiegermutter zu bleiben."

Das Argument ist einleuchtend. Das sehen die Freunde ähnlich, denn dafür hat man die Weggefährten. Die sind um keinen Ratschlag verlegen. Braucht man sie, dann sind sie da, zumindest an der Theke kann man sich auf sie verlassen.

Karla hat mich mit ihrer Eigenmächtigkeit überrannt. Sie hätte mein Einverständnis einholen können, denn ich hätte mir mehr Mitspracherecht zum Umzug gewünscht.

Allerdings ist mein Wunsch Realität geworden. Bereits bei den Griechen hatte ich mir Gedanken über das Leben in einer Wohngemeinschaft mit den Wuppertalern gemacht, und nun ziehen wir zu Anna und Volker. Zwar wohnt jeder in seiner Wohnung, aber das auf Tuchfühlung. Und erstaunlich ist, dass Karla zugesagt hat, ohne die Wohnung zu kennen. Sie vertraut Anna blind. Hoffentlich war das nicht leichtfertig?

Anderseits sind die Risiken gering. Besser, als der momentane Kriegszustand ist eine neue Situation allemal. Doch die Mutter bricht in Tränen aus, als Karla ihr unseren Entschluss unterbreitet. „Bleib bitte hier", fleht sie ihre Tochter an. „So gut wie bei mir ist das Kind in Wuppertal nicht aufgehoben."

Woraufhin Karla stöhnt: „Ach Mutter. Mach's mir nicht zu schwer. Für deinen Besuch steht dir jederzeit die Tür offen."

Nein, bloß das nicht, denke ich, ohne es auszusprechen. Wir ziehen auch ohne die Schwiegermutter ein putzmunteres Kind auf. Darin bin ich zuversichtlich, ohne zu wissen, was in Wuppertal auf uns zukommt. Wie Anna und Volker den Verlust ihres Kindes verarbeitet haben, das heißt es abzuwarten. Als sie heimfuhren, da sah alles rosarot aus, denn sie waren mit der Planung eines Kindes beschäftigt. Von den Fortschritten lassen wir uns überraschen. Wichtig ist die stabile Freundschaft, denn die ist Gold wert.

19

Anna und Volker empfangen uns freudestrahlend und bringen uns in unsere neue Wohnung. Die Katzen warten im Bus auf ihr neues Umfeld. Die können sich später austoben.

„Was sagt ihr zu de Wohnung?", fragt Volker, der uns mit Anna herumführt und unsicher dabei wirkt. Denkt er, sie könnten uns zu viel versprochen haben?

Karla und ich schauen uns fasziniert um. Die Wohnung ist geräumig und sie hat sogar ein Kinderzimmer. Und dann dieses Erkerfenster? In das verliebe ich mich sofort. Mit unseren mitgebrachten Möbeln zaubern wir uns hier ein kleines Paradies, denke ich. Über eine Außentreppe können die Katzen auf eine riesige Dachfläche gelangen, so ist auch an deren Auslauf gedacht.

Karla umarmt zuerst Anna, und dann Volker. „Danke", stammelt sie. „Auf eine Nachricht von euch hatte ich gehofft. Dass dabei eine so zauberhafte Wohnung herausspringt, das übertrifft meine Erwartungen."

Ich sage nichts dazu, denn an Volker sind mir Veränderungen aufgefallen, die ich nicht zuordnen kann. Irgendetwas in seinem Verhalten ist anders. Nicht Karla und mir gegenüber, o nein, uns gegenüber verhält er sich normal, aber seine Anna beachtet er kaum. Sie ist für ihn Luft, dagegen schaut er neidisch auf Karlas Bauch.

Ich lenke ihn ab, indem ich ihn zum Anpacken auffordere: „Komm Volker. Schleppen wir die Möbel rauf. Dann machen wir uns einen gesprächsreichen Abend."

Volker zögert nicht lange. Ich glaube, er ist froh, dass er etwas tun kann. Und Anna beschäftigt sich mit den Vorbereitungen zu einem Abendessen, bei denen ihr Karla zur Hand geht.

Nachdem Volker und ich das Raufschleppen erledigt haben und die Räumlichkeiten vernünftig gekramt sind, da erkunden die Katzen bereits das Dach. Meine Sorge war unbegründet. Sie fühlen sich wohl und haben genug Auslauf. Und wir können uns beim Essen in Ruhe über das brennende Thema unterhalten, wo der kleine Mann letztendlich aus Karlas Bauch schlüpfen wird.

Anna schlägt ein anthroposophisch angehauchtes Krankenhaus in Herdecke vor. „Das hat den besten Ruf", erwähnt sie. „Aber ihr müsst euch sofort anmelden, denn die Liste der Gebärfreudigen ist lang."

„Wie weit ist das weg?", frage ich, denn von dem Ort Herdecke hatte ich noch nie etwas gehört.

„Mit dem Auto sind's zwanzig Minuten", antwortet Volker. „Anna hatte selbst vor, dort unser Kind zur Welt zu bringen."

O je, wie gequält er das Kind zur Welt bringen herausgepresst hat. Das gestorbene Kind scheint der wunde Punkt in ihrem Leben zu sein. Die Grimasse der Enttäuschung, die Volker zieht, deutet auf ungeklärte Verhältnisse zwischen ihm und Anna hin. Volker hat den Schock über den Verlust des Kindes nicht aufgearbeitet, das ist ersichtlich. Was dessen Tod betrifft, da hängt er immer noch wie ein schwer angeschlagener Boxer in den Seilen. Was haben sie seit der Heimkehr aus Griechenland gemacht? Das Thema auf stabile Beine zu stellen, das ist ihnen gründlich misslungen.

Nun gut, vielleicht sehe ich zu schwarz und der Eindruck trügt. Erst einmal stellt uns Anna ihre Mutter vor, denn der gehört das Haus. Die lacht und scherzt mit uns, denn die gegenseitige Sympathie ist unübersehbar. Und auch Annas Haustiere lernen wir in dem Zuge kennen. So sind alle Voraussetzungen für ein angenehmes Zusammenleben geklärt. Was Volker bedrückt, das bekomme ich heraus. Die Problematik, die ihn peinigt, die will ich nicht durch die Freundschaft schleppen, dafür hat sie viel zu gut angefangen, und daran erinnern wir uns gern.

Der Geburtstermin bei den Anthroposphen ist für Mitte September festgezurrt, daher erliege ich dem Lockruf des Geldes, und mache ein Gastspiel bei einem Architekten in München. Der har sich an mich erinnert, weil ich für einen Scheich in Saudi Arabien ein Hochhaus konzipiert hatte. Das wurde nie gebaut und dessen Pläne dienen allein dem Protzen. Da der Scheich Nachschub braucht bin ich dafür prädestiniert.

Karla sieht es ungern, dass ich sie verlasse, doch ich verspreche ihr: „Sollte etwas anstehen, dann eile ich sofort zu dir zurück."

Na ja, wohl ist mir nicht in meiner Haut, und auch dadurch nicht, weil Volker schimpft: „Mensch, Richard, lass das Geld sausen. Du kannst Karla in ihrem Zustand nicht allein lassen."

Ausgerechnet Volker mischt sich ein. Ja, was hat er auf dem Griechenlandtrip mit Anna getrieben? Er musste unbedingt mit dem klapprigen Kadett um Albanien herum kurven, was eine Frechheit war. Und jetzt macht er mir Vorhaltungen, weil ich Karla ein paar Tage allein lasse. O nein, Bursche, nicht mit mir. Von dir lasse ich mir gar nichts sagen.

Doch das sage ich ihm nicht ins Gesicht, aber er sieht mir an, was ich denke, denn er schweigt. So beherzigen wir, dass wir uns nicht schon in den ersten Tagen in die Wolle geraten dürfen, denn er mag mich und ich ihn. Ist erstmal das Kind auf der Welt, dann renkt sich alles ein und die Vorhaltungen sind Schall und Rauch.

Mit dieser Erkenntnis packe ich ein paar Anziehsachen in den Bus und verabschiede mich von den Freunden mit einem kräftigen Händedruck, und von Karla mit einem dicken Kuss. Ich verspreche ihr, sie jeden Abend anzurufen. Dann fahre ich zehn Stunden bis in den Norden Münchens, denn in einem Architekturbüro im Stadtteil Obermenzing ist mein Arbeitsplatz, und mit dem Parkplatz direkt vor dem Büro ist eine problemlose Schlafstätte vorhanden.

Auf dem Kalenderblatt ist es der 8. August, und die Arbeit an dem Wolkenkratzer mit arabischem Innenleben geht mir locker von der Hand. Meine Fähigkeit, das Bauwerk mit dem damals üblichen Tusche-Rapidograph in verschiedenen Strichstärken und den unterschiedlich großen Schriftschablonen auf das Transparentpapier zu zaubern, die habe ich nicht verlernt. Darin bin ich legendär und dafür hat mich das Büro geholt. Karla rufe ich jeden Abend an, dabei lasse ich mir ihren Zustand und den des Babys bis ins kleinste Detail durchgeben Hätte es ein Smartphone mit WhatsApp gegeben, dann könnte ich mir Karlas Bauchzuwachs als Videofilmchen ansehen, aber wie so oft von mir erwähnt, leben wir hinter dem Mond oder in der Steinzeit, und fortschrittliche Errungenschaften existieren nur in den Köpfen nicht in Erscheinung getretener Erfinder.

Nach den Telefonaten treffe ich mich mit Patrizia und Brigitte im Fasaneriehof, oder ich treibe mich in den Kneipen Schwabings herum, ohne auf dumme Gedanken zu kommen. Ein einziges Mal besteht die Gefahr, dass ich schwach werde, denn ich trinke ein Bier mit einer Frau, mit der ich früher liiert war. Die Liaison war kurz, aber die Frau hat mich nicht vergessen, sodass ich ihr mit Mühe und Not entkomme. Nun ja, das ist keine Heldentat, denn ich liebe Karla, und als werdender Vater bin ich gegen Seitensprünge gefeit.

So eilt die Zeit dem Ende des Monats entgegen und die Unruhe in mir wächst. Ich kann mich nicht mehr auf den Job konzentrieren, außerdem habe ich den Wolkenkratzer der Vollendung zugeführt, sodass ich nicht mehr gebraucht werde. Das bestärkt mich in dem Drang, zu Karla heimzukehren. Was hält mich an dem lukrativen Arbeitsplatz? Ich rechne meine getane Arbeit mit einem beachtlichen Stundenlohn mit dem Architekten ab, und verabschiede mich mit der Bitte, dass er auf mich zurückgreifen kann und ich einspringe, wenn Not am Mann ist. Man weiß ja nie, wozu es gut ist.

Den Freundinnen Patrizia und Brigitte hatte ich am Vorabend Lebewohl gesagt, jetzt schließe ich das Kapitel München endgültig ab. Es sind nur dreihundert Meter vom Büro bis zur Autobahn, und schon bin ich auf dem Heimweg zu Karla, dabei blicke ich auf erfolgreiche Tage zurück. Meine Finanzlage habe ich in eine respektable Zone verfrachtet. Das gefüllte Konto hilft uns über die nächsten Monate hinweg und lässt mein schlechtes Gewissen durch meine Abwesenheit verstummen. Ja, so muss es sein. Heute Abend bin ich wieder bei Karla. Dann zählt nur noch das Kind.

Und wieder in Wuppertal, nehme ich mir die Zeit und spreche mich mit Volker aus. Der heißt den Trip nach München zwar weiterhin für unvertretbar, aber ihn beschäftigen eigene Probleme wegen des ungeborenen Kindes. Er findet sich nicht damit ab. Das sagt er mir offen und ehrlich ins Gesicht, und Anna weiß darüber Bescheid. Ob es daher gut ist, dass er Karlas Bauch andauernd sieht, das steht auf einem anderen Blatt. Ich sehe es seinem Blick an, wie er unter Karlas Schwangerschaft leidet. Und die Krönung ist, dass er sich als ihr Beschützer aufspielt. Um Himmels Willen, was soll das werden?

„Geh in dich", spreche ich ihn an. „Du musst loslassen, sonst gehst du innerlich kaputt."

Und auch Anna pflichtet mir bei: „Ja, Volker. Der Tod deines Kindes war höhere Gewalt. Niemand kann ihn ungeschehen machen."

Doch was tut Volker? Der zieht sich in seinen Schmollwinkel zurück und weint. Er ist weit davon entfernt, ein von Problemen unbelastetes Leben zu führen und zu akzeptieren. Dagegen imponiert mir die Stärke, mit der Anna die schwierige Situation meistert. Sie ist der Fels in der Brandung. Ich baue auf ihre Robustheit, denn durch sie steht unser Zusammenleben auf soliden Fundamenten, wovon hoffentlich Volker irgendwann profitiert.

Endlich ist es soweit. Es ist Mitte September und das Warten auf das Kind hat ein Ende. Ich bringe Karla in das Krankenhaus nach Herdecke, aber es ist zu früh, dadurch vergehen quälende Stunden des Wartens.

Bei der Warterei fällt mir auf, dass der Chefarzt der Entbindungsstation stottert, was ein Schmunzeln in meinen Gesichtsausdruck lockt. Das schmälert mein Vertrauen in ihn allerdings nicht, denn bei der Beurteilung seiner Qualitäten unterliege ich keinem Irrtum. Der Mann ist kompetent. Vorurteile durch das Stottern sind fehl am Platz. Leider sind meine Ratschläge zu Karlas Verhalten bei den Wehen unerwünscht, also stelle ich sie ein, obwohl sie sich die Lunge aus dem Hals schreit.

Tja, das Ergebnis der Geburt ist bekannt. Mit der Hilfe des Mannes bringt Karla einen gesunden Sohn auf die Welt, ganz ohne Kaiserschnitt. Alles verläuft wunschgemäß, denn Karla strahlt, als ich sie in die Arme nehme und hinterher das Baby in die Höhe halte, wie es ein stolzer Papa so macht.

Es war die normale Geburt, über die sich Karla besonders freut. Und da es der Junge geworden ist, hat sie sofort den Namen parat. Aber es ist nicht zu glauben, denn mein Sohn soll tatsächlich Julian heißen, womit sie mich glücklich macht, denn den Namen Julian hatte ich mir gewünscht. Und mit der erfreulichen Nachricht eile ich zu einem Telefonautomaten, um den Prachtkerl in den Bekanntenkreis hinauszuposaunen.

Zuerst erreiche ich Anna und Volker. „Julian ist da", schreie ich in den Telefonhörer. „Vierzehn Stunden hat die Geburt gedauert, aber Karla hat sich tapfer geschlagen."

„Das hört sich wunderbar an", flötet Anna. „Ich bin ja so gespannt. Morgen früh betrachte ich mir das Prachtexemplar genauer."

Bevor ich auflege höre ich im Hintergrund, wie Volker sein: „Glückwunsch", nuschelt, danach sind die Omas an der Reihe, denn auch die hatten der Geburt entgegengefiebert. Und auch die sind aus dem Häuschen. „Wie lange muss Karla im Krankenhaus bleiben?", fragt meine Mutter, die weiß, dass ich kein Freund langer Klinikaufenthalte bin.

„Wir warten die Nachuntersuchungen ab", antworte ich ihr. „Und ist alles mit Karla und unserem Julian korrekt, dann bringe ich sie nach Hause."

Hinterher bin ich mit der Geburt bei den Anthroposophen zufrieden, doch leider habe ich mich in den folgenden Abläufen getäuscht und ich muss meine Meinung revidieren. Warum die Meinungsänderung? Den Grund erfahren Sie gleich, denn zuerst gönne ich mir eine Mütze Schlaf in der Wohnung.

Am nächsten Morgen fahre ich in die Klinik, wo ich einen Schutzanzug überziehen muss, bevor ich das Zimmer meiner Freundin mit meinem Sohn betreten darf, weswegen ich erbost frage: „Warum das Prozedere? Von einer Pandemie weiß ich nichts. Außerdem lasse ich mir ungern Vorschriften machen."

„Das ist eine Sicherheitsmaßnahme", teilt mir die mürrisch dreinschauende Schwester mit. Danach fordert sie mich auf, den Maßnahmen nachzukommen, und schiebt nach: „Die Einwilligung haben sie auf einem Formular vor dem Eintritt in unser Haus unterschrieben."

Habe ich das?

Es kann natürlich sein, denn ausführlich durchgelesen hatte ich mir das Kleingedruckte auf dem Wisch nicht, was man allerdings tun sollte. Also füge ich mich und warte die Ergebnisse der Untersuchung am nächsten Tag ab. Trotz allem kotzt mich das Brimborium bis zur Halskrause an, denn Karla und das Kind sind kerngesund. Bei einer Hausgeburt verzichtet man auf den übertriebenen Aufwand, denke ich. Aber so sind die Anthroposphen. Sie sind Kleinigkeitskrämer und Pflichtbesessene, was sich in der Webbroschüre des Herrn Steiner ganz anders liest.

Jedem das Seine. Wem das gefällt, der soll sich in ihre Hände begeben. Karla und mir behagt deren Umgang mit uns nicht. Daher stehe ich vor der Endscheidung: Das Spiel noch tagelang mitmachen oder zu verduften. Und was mache ich?

Wieder einmal schnappe ich mir Karla, doch diesmal mit meinem frischgeborenen Sohn. Ich verschwinde mit ihnen aus dem Geburtshort, dabei unterschreibe ich keine Entlassungspapiere. Wir sind einfach weg, und das auf Nimmerwiedersehen. Die Krankenkasse akzeptiert unser Handeln, oder sie bekommt es nicht mit. Hatte ich vorher

Bedenken, dann sind die unbegründet, denn Karla wird im Handumdrehen fit und unser Julian entwickelt sich prächtig. Es ist eine helle Freude, ihm beim Wachsen zuzusehen.

Damit verlasse ich den erfreulichen Teil der Geschichte, die mir eine tolle Reise beschert hat, und in der ich Vater wurde. Doch dem Erfreulichen folgt ein Leben mit Anna und Volker, das von unüberwindbaren Schwierigkeiten überschattet wird. War das Umsiedeln nach Wuppertal der richtige Schritt? Daran beginne ich zu zweifeln, obwohl ich ein halbes Jahr nach der Geburt einen lukrativen Job als freier Mitarbeiter in einem Büro für Baustatik angenommen habe.

Im Büro entwickelt sich die Zusammenarbeit hervorragend. Die Arbeitsauslastung ist okay und das Kollegium ist ein phantastischer Haufen. In der Arbeitswelt läuft demnach alles wie am Schnürchen, doch anders ist es im Privatbereich, denn in dem zeigen sich nicht zu übersehende Risse und Verschleißerscheinungen. Der von den Griechen ins Bergische transportierte Zusammenhalt ist futsch, denn gleichgültig leben wir nebeneinander her. Wo bleibt das Umsetzen der Träume, die wir uns an gemeinsamen Abenden wunderbar ausgemalt hatten?

In dem Zusammenhang ist vor allem Volker negativ zu nennen, der eine unerklärliche Berg und Talfahrt hinlegt. Vom himmelhohen Jauchzen bis zum zu Tode betrübt sein, davon hat er alles auf der Palette. Aber kreative Vorschläge zur Bewältigung der Krise bleiben die Ausnahme. Hauptsächlich denkt er an seine Trauer und zeigt kein Interesse an der neuen Lebensform, die den Mittelpunkt unserer Gespräche dargestellt hatten.

Die Leidtragende ist Anna. Die hat Volker zur Alleischuldige am Tod des Babys erklärt, was einer Schweinerei gleichkommt und zu endlosen Streitereien zwischen den beiden führt. Das wirft die Frage auf: Ist ihre Beziehung noch lebenswert?

Ein Reifezeugnis kann ich Volker nicht ausstellen, doch knöpfe ich mir den Knaben vor und ergreife Partei für Anna, dann ist das eine undankbare Rolle, obwohl die Schuldfrage klar ist. Aber wie würde meine Parteinahme enden? Kalinichta, oder eine gute Nacht, du heißgeliebte und wünschenswerte Alternativwelt, das käme dabei heraus.

Oft denke ich, dass es besser ist, das Katz und Mausspiel zu beenden, denn das zerfahrene Zusammenleben bekommt uns nicht. Nur wie sieht die Perspektive aus, ja haben wir die überhaupt? Eine angemessene Wohnung in Aachen zu finden, das ist unrealistisch. Die Lage auf dem Wohnungsmarkt ist weiterhin prekär, und wie üblich erzeugt unser Familienstand eine abschreckende Wirkung. Daher bleibt nur die Möglichkeit, bei Karlas Mutter unterzukommen. Aber ist die undurchführbar erscheinende Ausweichlösung möglich, bei meinen Aggressionen gegenüber der Mutter?

Ein Versöhnungsgespräch zwischen uns Protagonisten verschafft einen Aufschub, denn widerstandslos geben wir uns nicht geschlagen. Wir beschwören den Geist Griechenlands herauf, was Volker veranlasst, in sich zu gehen. Er sieht ein, dass er mit seinen Vorwürfen den Bogen überspannt, doch der Wille zur Besserung bleibt ein leeres Versprechen. Weiterhin treibt er Anna mit seiner Unbelehrbarkeit in den Wahnsinn, und auch Karlas und meine Bereitschacht, an ihn zu glauben, wandelt auf einem schmalen Grad. So wie es aussieht ist er einfach nicht in der Lage, sich am Riemen zu reißen. Der Bursche ist zu verbohrt, um von der Vorwurfslinie abzuweichen. Es ist unvermeidbar, dass mein Geduldsfaden reißt.

Um Karla und meinen Sohn vor Volkers blindwütigen Vorwurfsarien zu schützen, gebe ich meine Bemühungen auf, ihn in unsere Umlaufbahn zurückzuholen. Zu beängstigend hat sich mein Kräftehaushalt aufgebraucht. Griechenland war gestern, und das Jetzt ist ein Haufen Mist. Es hat nicht sollen sein, denke ich, und damit sind die Weichen für die Rückkehr zu Karlas Mutter gestellt, was für ausreichenden Gesprächsstoff sorgt.

„Bleibt doch bei uns", bittet uns Anna, die wenig zum Scheitern der Gemeinsamkeiten beigetragen hatte. Und Volker haut in die gleiche Kerbe: „Gebt mir eine Chance, meinen verbratenen Schwachsinn wieder gut zu machen. Sobald Anna schwanger ist, starten wir einen Neuanfang."

Worauf ich Anna und Volker mein Bedauern ausdrücke: „Es tut mir leid, aber die Chance ist verspielt." Und Karla wird noch deutlicher: „Was ein halbes Jahr nicht geklappt hat, das ändert sich nicht durch willkürliche Beteuerungen."

Der Traum vom liebenswerten Wohnexperiment ist ausgeträumt. Die einzigen Nutznießer dieser Entscheidung sind die Katzen, auf die ein ansprechender Garten wartet, wie ihn sich jede Katze wünscht.

Ein allerletztes Gespräch führt keine Wende herbei, so wickeln wir das Auseinandergehen blitzschnell ab, was wir ohne gegenseitiges Zerfleischen und nicht förderliche Vorwürfe vollziehen, denn es ist alles zur Problematik gesagt. Glücklicherweise muss die Wohnung nicht aufgekündigt werden, denn Annas Mutter zeigt Verständnis für unseren Auszug, und dass wir ins Grenzland zu Karlas Mutter zurückkehren. Schlussendlich drehen wir Wuppertal den Rücken zu, was für Julian den ersten Umzug im noch jungen Leben bedeutet.

Volker hilft uns beim Beladen des Wohnmobils mit unseren Besitztümern, danach fällt das Abschiedszeremoniell kurz aus, damit es uns nicht das Herz zerreißt. Ich muss auf meine Herzkranzgefäße achten, denn meine Herzklappen haben ihren Rhythmus verlangsamt. Leid tut es mir um die liebeswerte Anna, die geschockt wirkt, aber der Tollpatsch Volker hat zu viel kaputtgemacht.

Als wir losfahren, winken uns zwei traurige Gestalten nach. Und damit ist der im fernen Griechenland entstandene Wunsch nach dem alternativen Zusammenleben wie die Seifenblase geplatzt.

20

Es dauert eine Weile, dann habe ich das Abenteuerunternehmen Wuppertal aus den Kleidern geschüttelt. Der freundschaftliche Zusammenhalt mit Anna und Volker wird schwächer, aber er bleibt nicht total auf der Strecke. Ein letztes Mal besucht uns Volker in unserer Wohnung bei Karlas Mutter, das allerdings ohne seine Anna, stattdessen hilft er mir bei einem Terrassenausbau.

Mein Job verlangt meine Anwesenheit an drei Tagen in der Woche im Büro in Wuppertal, also fahre ich am Montag in aller Frühe zum Arbeitsplatz und schaffe wie ein Wilder, zwei Nächte verbringe ich im Wohnmobil. Daheim führt Karla unsere neue Errungenschaft allein, denn ihr Wunsch war es, aus umweltpolitischer Überzeugung, einen Bioladen aufzumachen, und den hat sie bekommen. Wir haben ihn im Haus der Mutter in Parterre installiert, allerdings verdienen wir mit dem Laden kein Geld, eher ist er ein Zuschussgeschäft. Dennoch füllt der Laden Karlas Leben aus, und meine Einnahmen durch den Bürojob bilden eine solide Lebensgrundlage.

Unser Sohn wächst und gedeiht, eigentlich müsste das für ein zufriedenstellendes Leben ausreichen, dennoch bin ich für die Grünen in die Kommunalpolitik eingestiegen. Ich will Veränderungen erzielen, denn das Waldsterben und das Verseuchen der Flüsse gehört bekämpft. Und welche Partei ist dafür die Richtige?

Natürlich die grüne Partei. In etwa mache ich jetzt die Dinge, die wir uns in Griechenland in wilden Diskussionen um die Ohren gehauen haben. Manchmal wird es mir zu viel. Eigentlich gebührt Julian die Hauptrolle in meinem Leben, doch das wird von Tag zu Tag schwieriger, denn die politischen Herausforderungen fressen mich auf.

Karlas Mutter mischt sich nicht mehr ein. Die habe ich mundtot gemacht. Ich ignoriere sie, wo ich kann, und schaffe die notwendige Distanz. Doch als die Fragen und Schnüffeleien des Jugendamtes überhand nehmen, weil ein unverheiratetes Paar mit Kind in keine gutbürgerliche Schablone passt, habe ich die Faxen dick. „Den Quark müssen wir uns nicht antun", sage ich zu Karla. „Unsere Beziehung stimmt und die Entwicklung unseres Sohnes bietet keinen Anlass zu Beanstandungen. Die Schnüffelei nehme ich nicht hin."

„Und was willst du dagegen tun?", antwortet Karla, der die regelmäßigen Jugendamtsbesuche ebenfalls nicht in den Kram passen.

„Weißt du was? Wir heiraten", spreche ich das Unwort aus, das ich vorher für unaussprechbar gehalten hatte, sodass Karla nicht mehr aus dem Staunen herauskommt.

„Was willst du?", fragt sie. „Meintest du eben tatsächlich heiraten?", hakt sie nach, weil ihr mein Heiratsantrag spanisch vorkommt.

„Ja, ich will die Ehe", bestätige ich meinen Antrag. „Ich weiß, dass der Wunsch absurd klingt, aber es ist die einzige Möglichkeit, das Schnüffeln zu unterbinden."

Und da Karla auf ein Veto verzichtet, kommt es zum unglaublichen Schildbürgerstreich, denn ich melde uns beim zuständigen Standesamt zwecks der Gründung eines Ehebündnisses an.

Viel Aufwand betreiben wir nicht. So sitzen Karla und ich mit unseren Trauzeugen Walter und Karlas Cousine vor dem Standesbeamten, der sich als Witzbold darzustellen versucht, was er selbstherrlich unterstreicht. Weil uns die Sonne intensiv in die Gesichter strahlt und uns blendet, zieht er den Vorhang vor die Fenster und verkündet mit amtlichem Gehabe: „Ich will doch nicht, dass sie blind in die Ehe schliddern", wonach er sich vor Lachen über den Witz seinen dicken Bauch reibt.

Schnell und unfeierlich geht die Eheschließung über die Bühne. Karla und ich haben kaum ja gesagt, schon sind wir Frau und Mann. Auf die Hochzeitsringe und eine Hochzeitsreise verzichten wir, doch das tut unserer Liebe keinen Abbruch. Und siehe da, schon ist das zweite Kind unterwegs.

Nach den Erfahrungen bei den Anthroposophen in Herdecke ist die zweite Geburt ambulant geplant. Doch diesmal verschätze ich mich in der Länge der Anfahrtszeit, denn wir sind spät dran. Als Beweis niete ich mit dem Campingbus das Einfahrtsschild vor der Klinik um. Dann renne ich mit Karla an der Hand, hast du was kannst du, zum Entbindungsraum, wo man uns erwartet und das Entspannungsbad kurz ausfällt, dann geht der Geburtsvorgang hoppla hopp.

Diesmal ist es ein kleines, schnuckeliges Mädchen, das ich in den Armen halte. Das es Miriam heißen wird, das steht lange fest, und einen Zweitnamen brauchen wir nicht. Uns gefällt Miriam über alle Maßen, und ich finde, der Vorname passt hervorragend zu dem kleinen Würmchen. Drei Stunden bleiben wir in der Klinik, dann treten wir mit unserem Sonnenscheinchen den Heimweg zum Brüderchen an, der sich über sein Schwesterchen freut. Sogar die Katzen begrüßen unser neues Familienmitglied, denn sie wollen Miriam auf Katzenart abschlecken. So ist der Freudenbecher meines Lebens randvoll gefüllt, doch wenn es dem Esel zu wohl wird, dann geht er aufs Eis. So wie der Spruch verhält es sich mit meiner Psyche.

Der geht es höchstwahrscheinlich zu gut, denn je mehr mich unser Wunschpärchen entzückt, umso empfänglicher werde ich für Schmeicheleien anderer Frauen. Es dauert noch drei Jahre, dann bin ich reif für einen Seitensprung, da ich graziles Wesen, das nicht von dieser Welt zu sein scheint, und sich neu zu den Grünen gesellt hat, nicht aus meinem Gedankenvolumen bekomme, denn diese Traumgestalt himmelt mich aufreizend an. Was gefällt ihr an mir? Sind es meine politischen Auftritte, oder meine langen Haare, die ich hinter die Ohren gezwängt trage? Sie heißt Constanze und sie ist hemmungslos, und damit versetzt sie mein Inneres in so große Aufruhr, dass ich meine Vorsichtsmaßnahmen über Bord werfe. Aber auch in Karla läuft eine ähnliche Story ab, die einem miserablen Drehbuch entstammt, denn sie trifft sich mit dem Sonnyboy der Grünen, der sie mit butterweichen Komplimenten umgarnt. Als harmlose Episode ist das Techtelmechtel nicht zu bezeichnen.

Es kommt, wie es kommen muss, denn unser Auseinanderdriften nimmt an Fahrt auf, so schrillen bei mir die Alarmglocken, als Karla mit der Schmachtlocke auf ein Wochenende nach Paris verschwindet. Was macht sie da und vor allem, was macht sie mit mir? Ist sie geistig umnachtet? Wie bringe ich es den Kindern bei, die wegen des Wegbleibens tausend Fragen stellen? Bin ich ehrlich und mache das Scheitern der Ehe publik?

Als Karla heimkehrt, stelle ich sie zur Rede: „Wir haben die süßesten Kinder der Welt, und was machst du?", frage ich sie, dabei kann ich meine Wut nur schwer eindämmen. „Du opferst unsere Beziehung für einen Blödmann, der keinen Pfifferling wert ist."

Meine Zurechtweisung habe ich ihr mit Wucht vor die Füße geknallt, was ich sofort bereue. Daher versuche ich es mit einer Zusage, dass ich ihren Eigensinn akzeptieren würde, wenn wir zur Liebe zurückfinden. Doch die Zusage hilft nicht mehr, denn der Wutanfall hat meine Position geschwächt und für ihre Einsicht ist es zu spät. Ich dringe nicht zu Karla durch, denn das Kind ist längst in den Brunnen gefallen. Aber trotz aller Widrigkeiten gestehe ich mir mein Scheitern nicht ein. Noch schwelt ein Funke Hoffnung in meiner Brust, das jedoch nur, wenn sich die Verletzungen nicht fortsetzen. Tun sie das, dann ergreife ich die Konsequenzen und ziehe aus.

Okay, Karla war noch sehr jung, als ich sie mit nach München genommen hatte, und bis auf die geschilderte Ausnahme, hatte sie keine anderen Männer ausprobiert. Ist das der Grund für den Emanzipationsausbruch? Will sie das Versäumte nachholen? Anderseits habe ich ihr zwei wundervolle Kinder geschenkt, inwieweit denkt sie an deren Leidensfähigkeit? Die Kinder sind mir das Liebste meines Lebens und die hängen wie die Kletten an mir. Warum berücksichtigt Karla das nicht?

Wie Volker ist Karla ein sturer Bock, doch ihre Abkehr von der Liebe zu mir hat mit Sturheit nichts zu tun. Die geschieht nicht aus heiterem Himmel. Der Verzicht auf mich ist einschneidender, als sie meint, dass sie mich nicht mehr lieben kann. „Das mit uns hat keinen Zweck", behauptet sie mit bitterernster Miene. „Meine Gefühle für dich sind verloren gegangen. Sie sind abgestorben. Aber weil dich die Kinder lieben, musst du nicht ausziehen."

Mit dieser Frechheit trampelt sie wie eine Elefantenhorde auf meinen Gefühlen herum. Dagegen kann ich nichts mehr unternehmen, doch gefühlsmäßig bleibt die Wende zum Guten in mir erhalten. Aber wer lebt mit einer Frau zusammenleben, die ihn nicht mehr liebt?

Wäre ich altmodisch, dann würde ich darauf pochen, dass die Frau dem Mann zu gehorchen hat. Diese Vergewaltigung der Frau habe ich in der Ehe meiner Schwester erlebt. Doch abstruse Einstellungen sind mir fremd. Dennoch bin ich maßlos darüber enttäuscht, was mir Karla das bei ihr Bleiben überhaupt vorschlägt, denn ob ich ausziehe oder nicht, das mache ich von meinem Leidensdruck abhängig. Aber ziehe ich nicht aus, dann hege ich die Befürchtung, dass sie mir mit dem Hans Wurst auf der Nase herumtanzt.

„Ach Karla", stöhne ich und versuche den Befreiungsschlag mit dem Appell an ihr Gewissen: „Erinnere dich an die Griechenlandreise? Und daran, wie wir die Pläne für uns und unser Kind geschmiedet haben? Und nun sind es zwei Kinder geworden."

„Na und", erwidert Karla. „Was willst du mir damit sagen?"

„Wir haben sogar geheiratet", fahre ich fort, „und wir sind die Eltern eines Traumpärchens, das wirft man nicht einfach weg."

Doch mit dem Versuch des Wachrüttelns stochere ich im Nebel, denn den Platz für Karlas Zuneigung hat der Süßholzraspler eingenommen. Sie hat sich gegen mich entschieden, da sie diese Labertasche liebt, der ihr Luftschlösser vorgaukelt. Meine warnenden Apelle ignoriert sie und von meinem Einmischen hat sie die Schnauze voll. So drastisch drückt sie es jedenfalls aus. Warum ihr Ratschläge geben, die sie nicht hören will?

Dass wir gemeinsam versuchen, die verfahrene Kiste vor den Kindern geheim zu halten, das ehrt uns, doch dadurch glimmt in mir der Funke Hoffnung auf die Abkehr vom Unvermeidlichen weiter, aber leider ist die Situation aussichtslos. Und an der ändert sich nichts, als wir einen Anruf aus Wuppertal bekommen, mit dem uns Anna ihren Besuch mitteilt.

Am folgenden Wochenende hole ich Anna am Bahnhof ab und wir setzen uns mit Karla zusammen. Nach den üblichen Redefloskeln teilt sie uns mit: „Ich habe mich von Volker getrennt. Es ging nicht mehr. Er hat die Konsequenzen gezogen und ist ausgezogen."

„O je, das ist krass. Aber als wir euch verlassen haben, da habt ihr auf Nachwuchs gehofft." Ich tue mich schwer mit der Vorstellung, und Karla will mehr über das Warum wissen. „Was hat sich daran geändert?"

„Das mit einem Kind hat nicht klappt, so wurden Volkers Anschuldigungen fanatischer", erklärt uns Anna. „Nein, mit dem Fanatiker will ich kein Kind:"

„Bist du dir sicher", werfe ich ein, „schließlich ist Volker deine große Liebe. War sein Auszug nicht zu verhindern? Gab es keinen anderen Ausweg?"

„Bis zur Selbstaufgabe habe ich versucht, das Steuer herumzureißen", konkretisiert Anna ihre Ausführungen, „doch ihr kennt Volker. Er ist und bleibt verbohrt. Außerdem fühle ich mich nach der Trennung wohler."

„Hör dir das an, Karla", wende ich mich an meine Frau. „Willst du, dass ich ausziehe? Willst du das den Kindern antun?"

Doch Karla kontert: „Halt bitte die Kinder raus. Außerdem verstehe ich Anna. Auch ich will das tun und lassen können, was ich will. Versteh das bitte, anders kann ich dir nicht helfen."

Das Rettungsboot, in dem ich sitze, droht unterzugehen. Da sich Anna und Volker getrennt haben, schminke ich mir den Traum vom gemeinsamen Leben mit ihnen endgültig ab. Auch ich muss mich von Karla trennen, daran ist nicht zu rütteln, denn Karla befindet sich in der Selbstfindungsphase, so wie viele des weiblichen Geschlechts. Aber habe ich Karla je in ihrer Entwicklung gebremst, oder war ich gar ein Mann, der sie unterdrückt hat?

Das denke ich nicht. Vielleicht war mein Einfluss dominant, aber mit Unterdrückung hatte das nichts zu tun.

Vergleiche ich unsere Situation mit der der Wuppertaler, dann gibt es einen gravierenden Unterschied. Ich habe Karla zwei herzallerliebste Geschöpfe geschenkt, deren Existens die Grundlage unserer Beziehung verändert hat. Doch die Kinder als Druckmittel einzusetzen, das würde das Leid vergrößern, außerdem nützt es nichts, denn ich bin nicht wirklichkeitsfremd und sehe ein, dass sich unsere Liebe abgenutzt hat. Die ist sang und klanglos gescheitert. Doch was kann ich dagegen tun? So wie's jetzt aussieht ist das Ende der Zweisamkeit eine Frage von Wochen.

Das Urteil ist gesprochen. Anna hat nichts zur Verhinderung der Trennung beitragen können, deshalb reist sie nach Wuppertal ab. Ich bringe sie zum Bahnhof. dann kehre ich zu Karla in unsere gemeinsame Wohnung zurück. Wegen unseres Dilemmas umarmen wir uns lange, dabei weinen wir hemmungslos, doch ein Weinkrampf ist eine deprimierende Lösung.

Also richte ich mich auf und blicke zielgerichtet nach vorn, denn die Kinder verdienen einen zuversichtlichen Vater, und mein Politikerdasein erfordert meine Energie, die ich nicht für die Lebenskrise verschwenden darf, und sei sie noch so schlimm, denn von mir wird Tatendrang erwartet.

Mein innerer Weckruf beflügelt mich, aber ist meine daraus resultierende Entscheidung weise? Woher soll ich das wissen. Auf jeden Fall ähnelt meine nächste Handlung einer Herkulestat, mit der ich mich zum Auszug aus dem Haus meiner Schwiegermutter durchringe, wobei mir das Verzichten auf Karlas Mutter nicht sonderlich schmerzt. Durch politische Beziehungen ergattere ich einen Platz in einer Hausgemeinschaft, die mit ihrem Charakter und der Besetzung auf Gegenliebe bei meinen

Kindern stößt, denn zu der Gemeinschaft gehören einige Spielkameraden.

Und wen hole ich in die neue Umgebung? Natürlich die Katzen, denn ich will durch das Verlassen Karlas und der gemeinsamen Wohnung die liebgewonnenen Gefährten nicht aufgeben, neben dem alltäglichen Umgang mit meinen Kindern. Immerhin geht mein Wunsch nach dem Zusammenleben unter Wohngemeinschaftsbedingungen in Erfüllung, und das mit politisch Gleichgesinnten, aber mit Anna und Volker wäre es nicht anders gewesen, denn auch mit den Wuppertalern Freunden war ich auf einer Wellenlänge unterwegs.

Tja, so war das in den 80-zigern. Es waren die revolutionierenden Jahre des Aufbruchs, die eine neue Zeitrechnung eingeleitet hatten. Trotz imposanter Nackenschläge durch die Trennung, die mich fast Taumeln ließen, war es eine aufstrebende Zeit, die intensivste meines Lebens. Herausragend dabei ist, dass ich als alleinerziehender Vater das Heranwachsen meiner Kinder souverän meistere, denn meine zwei Lieblinge machen es mir kinderleicht, in die verantwortungsvolle Rolle hineinzuwachsen.

Wie gefällt Ihnen der Ausgang der bewegenden Beziehung? Finden Sie das Ende in Ordnung, oder schade und traurig? Hatten Sie sogar damit gerechnet? Nach den chaotischen Verwicklungen kann ich mir gut vorstellen, dass es Sie interessiert, wie es mit Karla und den Kindern weitergegangen ist.

Okay, deren Entwicklung bin ich Ihnen schuldig. Also kommen wir zu den Menschen, die mein frühes Leben geprägt haben und mir weiterhin viel bedeuten. Ich beginne mit Karla, von der ich geschieden bin. Sie hatte sich, nachdem es mit dem Süßholzraspler nicht klappte, für einen Mann entschieden, der den Namen nicht verdient, immerhin ist daraus ihr drittes Kind entstanden, aber ungeachtet dessen sind wir Freunde geblieben.

Meine Kinder Julian und Miriam sind vielversprechende Partnerschaften eingegangen. Mit je zwei Enkelkindern haben sie mich zum vierfachen Opa gemacht. Damit haben sie mir eine Rolle verpasst, die mir ausgezeichnet liegt. So pflege ich gemeinsam mit Karla als Oma den regen Kontakt zu einem Jungen und drei Mädchen. Und das tun wir mit einer Selbstverständlichkeit, dass sich die Bekannten wundern, warum es zu dieser schmerzhaften Trennung kommen konnte. Daran können Sie sehen, dass es im Leben keinen Stillstand gibt, denn die Lebensuhr tickt unaufhörlich weiter.

Schließlich fehlt noch mein Werdegang, den ich besonders gern schildere, denn bei dem hat es das Schicksal besonders gut gemeint. Mir ist durch eine glückliche Fügung meine große Liebe in einer wunderschönen Hülle erschienen. Nicht als Engel, wie damals Karla, sondern als eine Frau, die mit beiden Beinen mitten im Berufsleben steht. Sie ist Lehrerin, und Sie können sich denken, was jetzt kommt.

Ja, ich habe ein zweites Mal ohne großes Brimborium geheiratet, um Komplikationen während einer siebenmonatigen Weltreise in ferne Länder auszuweichen. Meine Frau hatte ein Sabbatjahr eingereicht, denn das große Plus, das uns vereint, ist unsere nicht zu bändigende Reiselust. Verstehen Sie jetzt, warum ich mich wie ein Glückspilz fühle?

Vor der Weltreise habe ich mit meiner zweiten Frau alle griechischen Inseln bereist. Daher begleitet mich der Gruß: „Kalinichta", also eine gute Nacht, wie eine zweite Haut durch mein ereignisreiches Leben.